我们阅读
WOMENYUEDU
魅丽文化
花火
花火工作室

薄皮大馅／著

陕西新华出版传媒集团
三 秦 出 版 社

图书在版编目（CIP）数据

月光着陆 / 薄皮大馅著. -- 西安 : 三秦出版社，2019.11

ISBN 978-7-5518-2025-7

Ⅰ. ①月… Ⅱ. ①薄… Ⅲ. ①长篇小说－中国－当代 Ⅳ. ① I247.5

国版本图书馆 CIP 数据核字（2019）第 224301 号

月光着陆

薄皮大馅 著

出版统筹 邹立勋
出　　品 湖南魅丽文化传媒股份有限公司
总 监 制 朵 爷
责任编辑 韩 星
特约编辑 肖云梦
责任校对 赵 炜
封面设计 殷 舍
版式设计 李 娟
封面绘制 亦良璇子

出版发行 陕西新华出版传媒集团 三秦出版社
社　　址 西安市雁塔区曲江新区登高路 1388 号
电　　话（029）81205236
邮政编码 710061
印　　刷 湖南新华精品印务有限公司
开　　本 880mm×1230mm 1/32
印　　张 9.5
字　　数 339 千字
版　　次 2019 年 11 月第 1 版
2019 年 11 月第 1 次印刷
标准书号 ISBN 978-7-5518-2025-7
定　　价 38.60 元

网　　址 http://www.sqcbs.cn

CONTENTS 目录

CONTENTS 目录

第一章

从来都不是临时起意

（一）

十月底，是F大一年一度运动会召开的时候，书翦被学生会“抓壮丁”，拉去广播室念宣传稿。

F大地处沿海城市A市，哪怕已经是深秋时节，气温依然居高不下，广播室里没安空调，窗户大敞着，热风无情地“呼呼”往里灌。书翦忙了一上午，额头沁出了汗，此时倒在椅子上，彻底软成了一摊橡皮泥。

跟她搭档的女生去楼下领饮料了，体育部部长进来的时候，环顾了一圈，没见到一个人影，正奇怪着，再往前一步，才看见陷进椅子里的娇小身躯，巴掌大的苹果脸上像写了一个大大的“丧”字。

书翦是南方人，身高在一米五五至一米六之间摇摆不定，全看当天穿了什么样的鞋子。

听见人声，她扶着椅背坐起来，一转头看见一张肤色黝黑的脸，这张脸上仿佛还写了三个大字“周扒皮”——体育部部长倒真的姓周，名叫周临，和书翦是同乡，常常借着这层关系把她拖来做苦力。

被压榨了一上午的身体，在看见罪魁祸首的一瞬间，迅速不屈地站立起来。书翦仰着头瞪着面前的大块头，自以为形同凶神恶煞，其实毫无威慑力，宛如一只小奶猫。

“学长你的时间转速是不是跟我不一样，说好只用半小时，这都十一点了，你再迟来一会儿我都打算拿手机看今年的春节联欢晚会了。”

她是文科生出身，嘴皮子功夫了得，吐槽常常噎得别人讲不出话。

周临本来就理亏，闻言更是立刻服软：“这不是给你送吃的来赔罪了吗，学妹辛苦啦。”说着提起手里的塑料袋晃了晃。

书翦控诉归控诉，但她从不是得理不饶人的人，她只从一大袋零食里抽出两包小饼干，一包给自己，一包留给搭档的女生，再抬起头，就撞见周临一脸感动的表情。

“我就知道学妹最厚道了！”

被发了好人卡的书翦，鼓了鼓腮帮子，将饼干塞进了背包。上午的入场仪式基本结束，她可以功成身退了，脑海里已经开始计划中午吃些什么。

今天是周五，二食堂限量供应菠萝咕咾肉，三食堂的冒菜限时半价，四食堂的黄焖鸡米饭也好久没吃了……

结果她刚向前迈了一步，就被周临挡住了去路。

“学妹，那个，”身高超过一米九、一身硬汉气质的周临，搓着手一副小媳妇模样，让人不忍直视，“先留步。”

书翦眨眨眼，困惑地望着他：“还有事吗？”

“经济学院大三那个金融二班你知道吧，就都是体育特长生那个班。”

她点头。

“本来说好他们班下午才出场，刚刚突然要求上午出场，学校一向惯着他们，我也不好阻拦，你再坚持一下，中午学长请你去吃大餐，地点随你挑！”

他的语气里明显透着几分心虚，书翦顿了顿，一语道破真相：“学长，上次你也这么说，后来我们去吃了校门口的王阿婆牛肉面。”

“牛、牛肉面也挺好嘛，管饱。”

“那次你还没带钱包。”

沉默。

沉默是今晚的康桥。

正当周临憋红了一张黑脸，想挤出两滴英雄泪卖惨时，书翦忽然松了口：“你把稿子给我吧，最后一次，这次念完我真的要走了。”

再不走，菠萝咕咾肉真的要被抢光了。

搭档很快领了水回来，书翦和她大致划分了一下台词，对周临比了个“好”的手势。

F 大一共三十个学院，将近一百个系，一般运动会出场都是从学院里出方阵，唯一的例外就是金融二班，这个学校招收的第一届、也是唯一一届网球体育生特招班。

书翦大一刚入校的时候，曾听各路八卦科普过这个班级，怎么都逃不过“高富帅集中营”和“四肢发达头脑简单”两个标签。

毕竟 F 大是百年名校，积聚了国内五湖四海学霸中的学霸，这么一个都大三了四级通过率还不到 20% 的班级，在其中自然显得格格不入。但自有拥趸们为之辩护，说人家十个有九个是等毕业就回家继承家族企业的，过不过四级又有什么关系。

其中被提及次数最多的一个人，是队里的队长，好像姓陆，具体叫什么，一向两耳不闻窗外事的书翦也记不大清了。

然而下一刻，她凝神仔细阅读完稿子后，“陆星江”三个字，就深深刻在了她的脑海里。

不知道是谁写的宣传词，其中有三分之一的篇幅都落在这个队长大人身上。

“队长陆星江俊美如阿波罗神”“阳光跳跃在他英俊的眉眼间”“陆星江矫健的身姿带领着金融二班勇往直前走向胜利”。

“玛丽苏”小说都不这么写了吧？

书翦深吸了一口气，给自己反复洗脑：写稿子的人都不觉得羞耻，她只是念一下而已，有什么好怕的！

广播室正前方有一块落地窗，透过窗户能看见操场上的情景。

如瀑的阳光扑面而来，书翦眯着眼睛往外眺望，看见队伍已经快走到主席台下，便背过身清了清嗓子，然后开始念第一句开场白。

念稿时，她余光扫过走在最前面那个男生，不由自主地多停留了一秒。他只穿一身最简单不过的白 T 恤衫黑裤运动装，手腕上是宝蓝色的护腕，整个人看上去带着一股吊儿郎当的懒散劲儿，但因为身形挺拔，倒也不显得颓废。

一张脸生得太好了，光看侧脸都能感觉到眉目的惊艳。

怎么看都不像体育生，像哪家的大少爷。

沉寂了许久的操场突然间人声鼎沸：

“陆星江！太帅了！！

“少爷看我！看我啊啊啊！！

“今生无悔入F大，明年陆神娶回家！”

宛如追星现场的混乱场面，让书翦脑子卡壳了0.5秒，才继续念羞于出口的台词。

这么短的停顿，几乎没有人发觉，只有书翦自己知道，刚刚她低头的一瞬间，她的目光对上了一双极为漂亮的眼睛，是“阿波罗”的眼睛。

那是一双典型的桃花眼，眼尾略上翘，带着些许风流妩媚的味道，大概因为主人不太爱笑，显得有些冷淡。

可是，不知道是不是她的错觉，刚刚的某一秒钟，“阿波罗”好像浅浅地弯了眼睛，对她笑了一下。

——在她念到“陆星江我们爱你”的时候。

行吧。人固有一死，或死得早，或死得晚。书翦绝望地闭上了眼睛。

十二点过五分钟，饱受了三个多小时摧残的书翦终于端着咕咾肉坐在了二食堂里。

她刚念完宣传稿，周临就不见人影了，只给她留了条短信说体育部有急事，请客要换个日子了。书翦对他的“口头承诺”早已见怪不怪，有先见之明地叫室友帮忙打了饭。

室友魏醒醒是个网瘾少女，吃饭也忘不了刷手机，不知道看到了什么，整个人笑得浑身颤抖，见书翦面露疑惑，把手机推到她面前。

屏幕里是F大八卦社的最新一条微博：大家中午猴啊！社社还陷在

刚刚陆队的盛世美颜里久久不能自拔，不知道有没有小伙伴和社社一样呢。给大家挖来了两年前还是青葱少年的陆队的采访哦，我们陆队是真·钢铁直男本直了。

链接是某弹幕视频网站。

视频很短，大约只有四十秒，屏幕里是一张英气逼人的脸，但到底是比现在年轻，还带着一丝青涩，俨然是个鲜嫩得掐得出水的美少年。

他眉心微蹙，半低着头，一字一顿地念着 A4 纸上的问题，并做出相应的回答。

“我喜欢什么样的女孩子？——还没遇到过，不知道，最好是能跟我一起打网球的。

“很多粉丝说想要嫁给我，让我表个态。——我今年才十八岁，这不合适吧。

“请用一个成语夸奖一下今天的主持人小姐姐。——龙马精神。”

“直男三连”“陆队你这样是找不到女朋友的”“呜呜呜呜呜少爷太可爱了好想圈养回家”等，一大片这样的弹幕刷屏而过。

视频大约经过多次转存剪辑，音质已经有几分失真，可评论区依旧不乏声控说陆星江声音好苏。书翡算是半个专业人士，也不得不承认，他的声音的确很悦耳。

一旁的魏醒醒还在积极为新晋男神做推广：“这个是少爷高三参加全国青少杯网球联赛拿金奖时候的采访，那时就帅裂苍穹了！唉，我之前也以为他就只有一张脸是闪光点，现在才发现……他靠脸就能吃饭了啊！”

书翡吃完最后一块菠萝，收好碗筷，冷静地指出她话里的错误：“他都拿金奖了，不应该是靠网球吃饭吗？”

“对哦。那从今天起，朕就要去补少爷所有比赛视频了，书贵妃，起驾回宫！”

书翡嘴角扬起一个职业假笑：“告辞了。”

金融二班浩浩荡荡冲进二食堂的时候，大厅里已经没多少人了。

秦晔一眼就看到西南角坐着的两个女生，语气里有点儿兴奋：“哎哎哎，看那边，蓝衣服那个是不是上午广播站的小学妹？”

他怕大家抓不住重点，又补充了一句：“就是我们队长对人家抛媚眼的那个……嗷嗷嗷，我错了队长，我错了！”

陆星江不动声色地扫了他一眼，收回了拍在他肩上的手。

秦晔委屈巴巴，想扑向旁边搭档于海洋的怀抱求安慰，然而后者一个闪身躲开了。

于海洋：“老大那叫抛媚眼吗？那明明是体恤民情好吧，平时让你多看看书涨涨知识，你看你现在，和 250 不过差一个 213 的距离。”

“就是，叶子你看你现在眼神都被智商给带差了。”

副队长胡承看不过眼，出面维护队内团结：“别说了，叶子再傻也是我‘儿子’，我不允许你们这么欺负他！”

受到肉体言语的双重攻击，秦晔在心里流了一升的眼泪，默默地扒着碗里的饭，余光却一直盯着陆星江，瞥见他一分钟内不动声色地往蓝衣小学妹那里看了三眼，心中愈发笃定。

他就知道有问题！他们队长母胎单身不解风情，什么时候对女孩子这么上心过了。

一个个就知道欺负他这种老实人。

秦晔愤愤地瞪了正吸溜面条的搭档一眼。

于海洋不明所以。

体育生吃饭的特点就是风卷残云，速度惊人。

饭后，自诩聪明绝顶的秦晔同学决定做个助攻，随便编了个理由脱离队伍，返身折回了食堂。小学妹和她的同伴刚起身，打算离开。

他麻溜儿地从背包夹层里翻出了一张海报，快步走了过去，站在两人面前，露出八颗牙齿的标准笑容：“小姐姐们留步！网球健身了解一下？”

（二）

书翦读大一的时候参加了五六个社团，课外活动那项学分早就修满了，所以对 F 大挤破脑袋才能进的网球社兴致不高。眼前的娃娃脸男生目光格外热情真挚，她思考了几秒对方是不是自己失散多年的远房表哥后，最后还是接过了他手里的海报：“谢谢，我们回去研究一下。”

秦晔松了一口气，一脸期盼：“我们社团福利超好的！一周三次聚餐，全由社长买单，假期还有福利，社长给你惊喜。哦对了，我们社长是陆星江，你们认识吧。”

他话音刚落，魏醒醒差点一跃而起：“好的，好的！我们现在就报名！我叫魏醒醒，外语学院英文系 17 级 1 班，电话 181××××××××！我旁边这个人美声甜的小姐姐是我室友，叫书翦，跟我一个……”

“班”字还没说完，书翦就捂住她的嘴，一边把她往外拖，一边对秦晔道歉：“对不起啊，我们还有事要先走一步，待会儿会把报名信息发到邮箱里的。”

魏醒醒还在挣扎：“窝们现债奏阔以报名……”

等出了食堂大门，书翦才将她松开：“抱歉醒醒，我不想去。”

“为什么！”魏醒醒十分不解，“是健身不好，还是陆星江不帅？”

“都不是，我最近有点儿忙，不想参加社团了。老大不是说要健身吗，你可以找她一起。”

午后阳光炽烈，乍一出门刺得双眼发疼，书翦眼睛一直有些畏光，微微垂着眼睑，抬手轻轻揉了两下，杏眼红了一圈，泛起一层薄薄的水光。

她本身就是宿舍里年纪最小的，脸也生得嫩，这么一来，简直像一个受了欺负的小朋友。

魏醒醒见她这样，蓦地想起了什么，叹了一口气，顺便还揉了揉她的刘海儿，表情带着几分爱怜与抚慰。

大一那会儿，书翦在古典文学研究社的时候，发生过一件不太愉快的事。

事情说大也不算大，那个社团每个月都有一次书评交流活动，不是强制性的，但书翦除了期末考那个月，每次都会按时上交书评，其中有一篇被社里的人私自挪用，作为专业课的作业提交给导师，刚巧还被导师选中发表在一个业内出名的期刊上。

书翦平时性子虽软，却没有懦弱到愿意眼睁睁地看着自己的劳动成果冠上其他人的名字。因为那人一直躲着她，她便拜托社长帮忙联系，可没想到社长已经知道了事情经过，还劝她息事宁人，甚至受剽窃之人所托，来问她愿意开价多少卖出那篇论文。

她没有过多纠缠，直接去联系了那个导师。事情解决得还算圆满，只是从那以后，社里的人看她的目光都变得复杂起来，修够学分，书翦就直接退了社。

其实她并不怎么把这件事放在心上，甚至都没有告诉室友，以至于后来那个人所在的学院将通报批评的通知挂在官网后，周围的朋友们才得知，纷纷安慰。

尤其是魏醒醒，哭得一把鼻涕一把泪:“我们书宝受苦了呜呜呜……”

“我没……”

“哇，书宝你别说了，是姐姐没保护好你！”

“我真的……”

“文学院那谁，以后我在路上看到他，直接打折他的手！”

“……”

算了。书翦怎么辩解都没用，只能从口袋里翻出一包纸巾递给她。

目前的状况，魏醒醒明显又误会了，但书翦觉得自己越解释，她可能越觉得她可怜，为了自己的刘海着想，她决定还是沉默不语。

午休后，下午运动会就正式开始了。

书翦不是学生会的人，也没有报名参加任何运动会项目，运动会基本等同于放假。

魏醒醒拉着老大林芝去看比赛了，书翦收拾好书准备和邻床的晓春一起去图书馆。

事实证明，哪怕是放假，F大爱学习的人还是很多，图书馆一、二、三层都座无虚席了，她们爬到四楼才勉强找到空位。

书翦收拾完座位，去开水间打水的路上，看见两个女孩子趴在窗户上。下午两三点钟，室外烈日正盛，她们手撑在额前，望着远处，小声却激动地喊："少爷加油啊！啊啊啊……少爷太棒了！"

紧接着，就听操场上的广播播报："男子800米预赛，第三组第一名，陆星江，第二名，岳铭……"

书翦握着茶杯的手一顿。

今天听到这个名字的次数是不是太多了。

仅位于埃兹拉·庞德和詹姆斯·乔伊斯之后，排在第三。

前两位都是外国著名文学家，陆星江跟他们的共同点好像只有——

性别男。

晓春晚上六点要去奶茶店打工，吃完晚饭后就和她分道扬镳了。

去图书馆的路上要经过F大有名的人工湖，因为长期有小情侣在湖边卿卿我我，此湖又得名"比翼湖"，校领导还非常有情趣地引进了一批白天鹅，这里彻底成了情侣谈情说爱欣赏风景的宝地。

到大二仍然从未交过男朋友的书翦同学，每次都要从这里绕开，怕无意间撞见别人亲密，彼此尴尬。没想到却因此发现了比翼湖后方的一个秘密基地。

说是秘密基地，其实也就是一座隐在竹林中的八角凉亭。这里白天采光极好，晚上周围的路灯也能照进来，明亮如昼，对背书学习、排练直播来说，再合适不过。

书翡和魏醒醒说最近有点儿忙，倒不是托词。

书翡一周前刚接了一个广播电台的offer（录用通知），要主持一档晨间英文栏目。在寝室怕打扰室友休息，图书馆也不允许大声喧哗，她只能每晚先来这里熟悉一下第二天节目上要念的诗文。

节目开播一个星期了，书翡也不知道反响如何，只从邀请她来主持的编辑姐姐那里听说台长很满意。以至于快要走到凉亭，听见一段她再熟悉不过的声音时，她脑子还有点儿发蒙。

“If the day is done, if birds sing no more, if the wind has flagged tired……”

少女声音柔和轻缓，吐字清晰，腔调是纯正准确的英式发音，每一个音节都鼓点似的落在准处。

明明只听了一句，书翡的脸已经霍地一下热了起来。

问：有人当着你的面回放你的直播是一种什么样的体验？

答：谢邀，和公开处刑没有区别。

书翡自问不是一个“尬点”很低的人，一天之内连着两次尴尬症发作可以说是绝无仅有的情况了。她本想直接离开，可心中到底有几分好奇。究竟是谁这么有眼光，看中了她的节目，只是这个听直播的地方，选得不太对，跟主播撞车了。

夜风一阵一阵地穿过竹林，徐徐吹来，驱散了她脸颊的热度，月光清冷地洒下，周遭树影婆娑。

直播已经进入第二个环节，是一些日常用语的英文教学。

因为这个节目是面向大众的，所以最开始教授的都是非常基础的对话，小学生都完全可以接受。

书翡本以为对方不会继续往下听了。

孰料这人不仅没有关闭直播，反而跟着念了起来：“Hello, Han Meimei, my name is Li Lei.”

书翦："……"

不知道是不是因为天色暗了下来的关系，这人的声音带着一丝沁人心脾的凉意，音色低沉而带有磁性——如果抛开还不如小学生英文发音的话。

书翦记性很好。早在高中，她就经常在学校的电台播广播，大一开始陆陆续续接了一些直播的兼职后，她对声音更加敏感。

只在几个呼吸间，她就辨认出这是谁的声音了。然而理智上确认了对象，但是情感上却无法说服自己。

又是一阵风窸窸窣窣地吹过，把阻拦了视野的树叶拂开。几米之外的男生披了一件深色牛仔外套，随意地靠在栏杆上，手肘压在上面，曲起一条长腿，左手漫不经心地摆弄着手机，姿态分外悠闲，淡色的嘴唇微微张合，吐出几个于他而言分外艰涩的英文单词。

书翦情不自禁地无声"啊"了一下。

竟然真的是陆星江！

F 大男神，"女友粉"多到可以绕比翼湖三圈不止，国内最闪耀的网坛新星，陆星江——大晚上，躲在没有人的地方，对着她的节目，练英语口语。

非常、极其、特别、魔幻的现实。

书翦掌心冒了一点儿汗，因为不小心窥探到了别人的隐私，心里突然生出几丝羞愧之情。

见陆星江一时半会儿还没有走的打算，书翦慢慢地朝后挪了一步，准备悄无声息地闪身离开。

"啪嗒"一声，她一脚踩碎了一截枯枝。

声音不大，但是在静谧的竹林里显得格外刺耳。

书翦甚至还没反应过来，一道身影就倏地立在了她面前。她鼻尖触到他的牛仔外套，是蓝月亮茉莉花洗衣液的味道。

——她去年“双十一”的时候买一送一抢了两箱到现在都没用完，所以对这个味道分外熟悉。

她的手腕被来人握在掌心，温热的触觉从肌肤贴合的地方一路攀升至耳郭。

你们体育生动作都这么快吗！

书翦挣扎了几下没挣开，既气恼又心虚地抬起头。面对几万观众都可以流畅地念出台词的她，此刻声音却磕磕巴巴：“我……我就是路过，什……什么都没听见！”

这话里的意思就是她听见了，刚说完她就懊悔不已，咬着唇看向面前的人。

诧异和窘迫似乎只是一瞬间便从陆星江脸上飞速闪过，快得像是书翦的幻觉。

下一秒，他神情一转，慢悠悠地开口。

“不好意思，我不是很相信。”

陆星江挑起半边眉，嘴角翘起一个似笑非笑的弧度，语气里是满满的遗憾。

“我这个人为人处世向来比较谨慎。很抱歉，不管你有没有听见什么，我都要‘杀人灭口’了。”

“？？？”

（三）

晚上十点，对于 Wi-Fi 时代的男大学生来说，夜生活才刚刚开始。

8 号宿舍楼 321 室。

陆星江推开门时，屋里三条“咸鱼”正搬着凳子坐成一排玩“吃鸡”，小队模式，三男一女。

秦晔正故作姿态地清清嗓子，开麦说：“妹子不开语音吗？我们三个超厉害的，带你吃鸡带你飞，还可长期合作哦！”

对面沉默片刻，听筒传来“吱吱”的电流声。

“学妹星际大西瓜，老娘铁观音。”

陆星江微微一笑，解了外套甩在椅背，从裤兜里掏出手机，还没解锁，就见秦晔飞奔到他跟前，把手机塞他怀里。因为开着语音的关系，不能发出声，秦晔拼命用唇语示意他帮忙代打。

他心领神会，点了点头，接过手机。

一分钟后。

看着界面上被一枪崩了的自己，刚从厕所出来的秦晔痛哭出声：“队长，你是一个自己不缺妹撩，却总是让人无妹可撩的男人。”

秦晔“挂”了以后，宿舍另外两个很快相继“扑街”了。他万万没想到，最后是那个“铁观音”妹子存活到决赛圈，一连六杀带领队伍吃了鸡。

她全程没有再说一句话，只是在这局彻底结束前，冷笑了一声：“呵，男人。”

“……”

最怕空气突然安静。

陆星江住的是混合寝室，除了他和秦晔是网球队的，还有两个是计算机院的。

老二简振干咳了两声，耸了耸肩膀：“别说，大晚上的还挺热……欸，陆哥，啥时候回来的？”

大概是他自己也意识到自己的语气太过浮夸，他又定睛看了陆星江一眼：“你又自己去加训了？我们还以为你去跟哪个小妹妹约会了，要不怎么特地换了一身衣服。”

他指了指陆星江颈间还没干的薄汗。

陆星江淡淡地“嗯”了一声。从回来起一直安静得像一块废铁的手机，终于颤颤巍巍地振动了一下。

【书中自有菠萝饭：明天我们院里要开会，我后天再去报到可以吗？你放心，我在图书馆借阅室的信用评分都是五颗星，绝对不会赖账的！】

【书中自有菠萝饭：ball ball you.gif】

他无意识地弯了一下嘴角，桃花眼微弯，露出一个意味不明的笑，敲了几个字回过去。

【螺旋桨：什么 ball ？】

脑海中却不自觉回想起三个小时前，听他说要“杀人灭口”后女孩子的反应。

巴掌大的苹果脸，因为手臂从他手里挣脱不得的缘故，憋得染了点红晕。他话音落下，她面上先后闪过震惊、恐惧、指责、难以置信等数种神情，最后双眼一闭，似乎认命了。

在“凛然赴死”前，她还是小小地挣扎了一下：“我室友发现我不见了肯定会报警的，现在警察那么厉害，24 小时之内就会把凶手捉拿归案……”

“哦。”他浑然不在意地应道，“没关系，我不怕坐牢。”

书翦眼角都红了：“就、就不能再商量一下吗？”

陆星江慢慢低下头，贴近她的脸，声音听着轻描淡写，说出的话却相当严重。

“你知不知道，因为你的路过，让我觉得秘密暴露了。你深深地伤害了我的自尊心。”

书翦“啊”了一声，垂着脑袋，嗫嚅着道：“真的很对不起。”

冷酷无情的陆星江并没有心软，继续道：“可能导致未来一个月我都无法训练了。”

“……”

“我身为队长带头不去参加训练，会导致军心涣散，下个月 F 大网球队要去参加省里的全国团体赛选拔，也许就因此失去了参赛资格。”

蝴蝶效应都没这么可怕吧？

脑海中刚冒出这个想法，又被愧疚之心压了下去，书翦沉默了几秒，猛然抬起头，壮士断腕般道：“那、那有什么补救办法吗？只要能让你恢复身心健康，我都、都可以……”

“行吧。”陆星江皱了皱眉，状似勉强道，“把你微信给我，明天上午十点，我参加八百米决赛，你先从给我带水做起吧。”

巨大的身高差使书翦抬头看他都很费劲，可怜兮兮地应了一声：“好。”

陆星江嘴角微扬，差点想伸出手摸摸她的头顶，意识到场合不对，他很快将冲动压下去，又是一副意兴阑珊、黯然落寞、受了伤害的模样。

至于大魔王属性，只有被他拉去陪练还滞留在网球场里的胡承得以窥见。

他发出消息后，那边十分钟都没有回应。

陆星江难得耐心地等着，十分零十一秒的时候，书翦终于发来消息，是一张图，图上有篮球、足球、乒乓球、羽毛球等数十种球，最中间的是一个网球。

【书中自有菠萝饭：你想要哪个 ball ？乖巧 . jpg】

【螺旋桨：后天早上九点，综合楼 208 室，不许迟到。】

陆星江发完消息后，没有再等回复了，看了一眼时间，抓了两件换洗衣服去洗浴室冲了一个澡，再回来时，新消息只有一个孤零零的“好的”，他点开书翦的朋友圈，倒是多了一条新分享，是一首叫作《Evil》的歌。

他眉心一皱，把六级考了 666 分的简振叫了过来，扬了一下下巴，示意他看手机屏幕：“这是什么意思？”

简振瞥了一眼：“evil，恶魔，恶势力。怎么了陆哥？”

陆星江：“没事！”

他嘴上云淡风轻地说着，声音里却透出一股咬牙切齿的恨意，仔细听，依稀还有一点儿挫败。寝室里另外的三人面面相觑，向来脑筋缺根弦的秦晔不禁脱口而出："我们队长，真是哪哪都好，就是吃了没文化的亏。"

说完他才反应过来自己说了如此胆大包天的话，秦晔迅速打脸："队长，我、我刚刚啥都没说。简振！你干啥玩意儿呢，就你长嘴了，就你会英语了，一天到晚牛哄哄的！"

简振："我和你二大爷有话一叙。"

陆星江正神游天外，并没有看见身后的"腥风血雨"，回过神来时，随口问了一句："对了，问你们一个问题，我念英文很难听？"

一晚上没吭声的老四被推出来回答这道送命题："陆哥，'暴殄天物'这个词，你知道什么意思吧？"

陆星江："……"

书翦每天节目直播的时间是早上七点，播完大约是八点半。她想了一下目前自己"包身工"的处境，在进入综合楼前，在楼下的小超市里买了几盒纤维饼干，还有补充体力的饮料。

她出了超市是 8 点 57 分，陆星江已经发来了微信催她。

【啊菠萝：还有三分钟。不用敲门，直接进来。】

"啊菠萝"是书翦给陆星江的备注，来源还是广播稿那个玛丽苏爆表的"阿波罗"。书翦低头丈量了一下自己的腿长，决定还是不浪费时间回复他了。

她一边爬楼梯，一边还在脑海里天马行空地想：好想介绍他和周临认识，他们在"如何压榨民工的剩余价值"这个课题上应该很有共同语言。

208 室是校网球社的活动室，平时用来堆放杂物，陆星江临时找人清理了一下，也只空出了一张桌子。

窗帘被拉开，大片阳光倾泻进来，空气中有细小的光圈，洒在双手按在桌沿的那人身上。书翦刚一推开门，就看见两条裹在休闲裤里的大长腿，好嫉妒。

她视线再一转，正好移到桌上厚厚的一沓书本上。书翦视力好，隔那么远也能看得清最上面那本书的书名——《剑桥少儿英语图书系列 1》（以下简称《系列 1》）。

难不成这个大佬是找她来给哪个小朋友上英语课的？如果是这样，对于有丰富家教经验的书翦来说，倒不是什么困难的事。她心下了然，刹那间摆出摩拳擦掌之势，问道："学长，要补课的学生来了吗？"

陆星江轻轻颔首。书翦环顾一圈也没看见别的人影，正要问人在哪，就听面前的人说："我。"

书翦没听清，侧着头看他，杏眼里还有些茫然。

陆星江又镇定自若地重复了一遍："你要教的人，是我。"

"……"

那套教材上标注了适用年龄：8—14 岁儿童。陆星江觉得没毛病，他的英文水平就是如此年轻。

而书翦还沉浸在那晚听见的那句小学生英语里。她本以为陆星江是故意念成那样的，没想到竟然是本色出演。

这下陆星江在她心中的形象，骤然变成了自强不息、顽强求学的"感动 F 大十大人物"，连带着她看向他的目光都变得敬佩不已："学长，我会跟你一起好好努力的！"

陆少爷被她灼热的视线盯得背后一凉，总觉得产生了什么误会。他把《系列 1》拿下来，递给书翦："就先从这个开始吧。我今年寒假要去澳洲打比赛，这是我第一次出国比赛，不想因为说不好英文丢脸。"

此话一出，书翦立刻感受到了浓浓的使命感，仿佛中澳网坛交流的纽带都系在了自己身上。她正襟危坐、严肃认真道："我明白了！"

半个小时后。

“学长，冒昧地问一下！”

“嗯？”

“你高考英语是怎么考的？”

陆星江拿着笔涂了两下扭曲的英文字母，英俊的眉头紧锁：“我是体育特招生，不需要高考。”

“哦……”怪不得，不然他的英语老师很容易被气得英年早逝。

书翦第三遍跟陆星江讲起主谓宾的概念，在纸上写下：I like you，解释道：“这是主谓宾正序结构里最简单的句子，I 是主语，like 是谓语，you 是宾语，意思也是直译，‘我，喜欢，你’。”

说完，她期盼地看着陆星江，希望他这次能听懂。

皇天不负苦心人，陆星江终于点了点头，嘴角还带着笑：“这个我知道，就是‘我喜欢你’嘛。”

好像有哪里不太对劲，但又说不上来。书翦皱皱鼻子，准备略过这一节，她喝口水润润嗓子，接着说下面的知识点，结果门突然被人从外面推开。

秦晔觉得自己真的挺倒霉的。原本是为了助攻，周末一大早就带着队长暧昧对象的室友们来社里填登记表，谁想到会正好撞上队长跟暧昧对象表白。

如果就他一个人，大不了憋着八卦撤退，到队群里再撒欢儿地说。可是事情毁就毁在，那个位暧昧对象的两个室友也在，跟他一起听了八卦，并且比他还激动，激动到一使劲儿，就把没关严的门推开了。

她们是娘家人不用担心，但他一个不小心，很有可能被他们队长弄得魂断训练场。

秦晔闭着双眼斩钉截铁道：“我们就是从这路过，什么都没听见！”

书翦一口水差点喷了出来。

这台词，还真不是一般的耳熟。

（四）

书翦差点被陆星江“杀人灭口”的事，她没有想过要瞒着室友。只是那天晚上实在不凑巧，魏醒醒和林芝看完运动会又被院学生会的人拉去一起玩桌游，回来都十一点了，两人困得眼皮直打架，晓春更是打完工回来倒头就睡。

到了第二天，她心中又隐隐觉得这事儿有些难以启齿。她肯定不能再把陆星江的秘密说出去，不小心对他造成了二次伤害，她就真的只能“以死谢罪”了。

她贫瘠的想象力唯一能想到的解释——陆星江是狼人，每到月圆之夜就会恢复狼身，她路过时正好撞见他在望着月亮“嗷呜”大叫，遂，要被灭口。

寝室里其他人八成会以为她玩狼人杀游戏走火入魔了。

这间房的空间本来就小，门口还站了三个，连空气仿佛都稀薄起来了，然而最神奇的是，竟然没有一个人开口说话。秦晔是觉得自己解释过了，该队长判刑了；魏醒醒和林芝递了一个眼神给书翦，意思是“坦白从宽，抗拒从严”；书翦余光盯着陆星江，不敢轻举妄动，生怕自己说错话。

几人就这样僵持着，仿佛处在一个巨大的黑箱之中，并不知道谁会先开口。这种情况在物理学上有过先例，叫作“薛定谔的猫”。

站在食物链顶端的猫王陆少爷，并没有察觉到目前诡异的气氛，还沉浸在刚刚那句“I like you”中，生平头一次感受到了英语的可爱，一转身，才发现门口堵了三个人：“秦晔？你什么时候来的？”

没想到会被忽略得那么彻底的秦晔，此刻却由衷产生了一种劫后余生的兴奋：“我们刚刚才过来，我带两个学妹来做入社选拔的登记。”

因为F大网球社名声在外，除了慕名来学网球的人，冲着金融二班的小哥哥们，尤其是陆星江，来加社团的学妹也格外多。学校限制社团人数，身为社团组织部部长的秦晔只能忍痛定期组织考核，筛掉一大部分学妹。

陆星江这个社长一向只是充当门面，做甩手掌柜，从不干涉社里的事，这次也一样。

魏醒醒的表情还在震惊与激动之间徘徊不定，小声地问书翦："书书，你也是来登记的吗？"

书翦还没来得及回答，一旁的陆星江像是突然想起了什么，手指叩了叩桌面，对秦晔道："我记得，社里的啦啦队还缺两个人。"

"还……还有这回事儿？"秦晔一脸蒙。陆星江抬起眼皮淡淡地扫了他一眼，刹那间让他回忆起了F大网球社的金科玉律：队长说的都是对的，队长说错的我们把它变成对的。

从某种角度来看，陆少爷也算是队宠了。

于是秦晔点头如捣蒜，做出一副恍然大悟状，问身后两个女孩子："你们愿意加啦啦队吗，有点辛苦。哦，还需要点舞蹈功底。"

魏醒醒当即举手："没问题！我们是新时代吃苦耐劳德智体美全面发展的五好青年，跳舞什么的不在话下！"说完用手肘戳了戳林芝，林芝嗓门响亮地应道："她说得对！"

如果大一体育课选修的健美操也能算舞蹈功底的话，那确实都是实话了。

她俩双双目露渴求地望着秦晔，气息传到书翦这儿，连带着她也把视线投了过去。秦晔赶紧退后两步，感觉到生命受到威胁，抬手擦了擦额角被逼出的虚汗："那、那行，下周二晚上八点，社里例会，你们去网球场报到就行。"

话音落下，门口的三人都松了一口气，平静下来才渐渐感受到空气中有一丝异样，发源地显然是陆少爷那儿。陆星江嘴角还微扬着，只是怎么看怎么像笑里藏刀，还是那种在酸醋坛子里泡过一夜的刀子。

门口三人的默契在这一刻达到了高度的统一，打了一声招呼后，就风驰电掣般闪身离开了。书翦想着一时半会儿还讲不完课，打算让她们帮忙带一份炒面回去，刚想开口眼前就只剩一阵风了。

寒风飘飘落叶，我心似一根苦瓜。

书翦把话咽进嗓子里，一转头就见陆星江正全神贯注地盯着书——中间听力部分的题目。她立刻低下头自我检讨了三秒钟，这么严肃的学习场合，她怎么能就想着吃呢，太对不起努力学英语的学长了！

满心羞愧的书翦，丝毫没注意到，身旁人打着看不清字迹的旗号，肩膀已经跟她挨到了一起。等她后知后觉右边耳朵被热气吹得有点儿痒时，一抬头嘴唇差点擦过陆星江的下巴。

她顿时严肃道："学长，你这样是不对的。"

陆某人正恃无赖行凶，脸上装出疑惑不解的样子："怎么了？"心中已计划好，如果书翦说"男女授受不亲"，他就可以狡辩他们现在是师徒关系，已经超脱了性别的界限。

暗自窃喜的陆星江，睁着一双无比纯洁无辜的桃花眼看着她。

果然，书翦皱了下眉："你又把'Do you know'写成了'Are you know'。'know'是动词，前面要加助动词，不能用系动词……"

陆星江："……"

为什么和说好的不一样？

心灰意冷的陆少爷蔫了下来，像在秋日的夜风中被摧残了一晚的茄子，倒是真的好好听了一节课。

书翦的声音很适合讲课，温和悦耳又不会过分轻柔，从最基础的知识点讲起，一条一条给他捋清。她的字也很清秀，陆星江的那张草稿纸被他龙飞凤舞涂得到处都是墨水印，她的纸上却乖巧地列好了她讲的所有要点。

最后书翦将纸一折，夹进了《系列 1》里充当书签，语重心长地对陆星江说：“学长，回去之后要好好复习呀。”见陆星江兴致不高，她猜是受到了打击，想了想，又安慰他道，“笨鸟先飞，勤能补拙，学长你别怕，只要肯学一切就都有希望！”

“……”

见对方似乎是把自己的话听进去了，书翦便开始收拾东西准备去吃饭，直到有什么瓶状物碰到了胳膊，微凉的触觉透过针织衫渗透进肌肤。她仰起头，陆星江正居高临下地看着她，手中握着她来时买的那瓶草莓味功能饮料：“这个不带走吗？”

其实陆少爷也脑补了一下，是不是她买给自己的，只是草莓味，怎么看都和他的气质不太搭。不过他还是眼眸一弯，带着调笑问她：“难不成是给我的？”

见书翦点点头，他嘴边笑意刚要加深，但她又接着摇了摇头，望着他的眼睛，小心翼翼地说：“我开始以为是要来做苦工，所以买来给自己补充体力的。”

他的笑容渐渐凝固。

他看着像这么丧心病狂的人吗？陆星江磨了磨后槽牙：“现在呢，怎么把它留下了？”

“我觉得学长学英语太辛苦了，比我更需要它。”

陆星江就这句话究竟是讽刺还是关心认真思索了五秒钟，最后还是败在了眼前小姑娘天真可爱的表情下。圆圆的杏眼里还掺了几分担忧，卷翘的睫毛如蝶翼般扑闪了两下，在他心里扫过一圈。

警告你，陆星江，不能“禽兽”。

算了，真能忍住那不就是禽兽不如。

陆星江手攥成拳，脑中的理智小人被打倒，索性放纵自己，手掌按在了书翦的头顶，细软的触感用高中满分作文的表达方式来说，就是让他灵魂都得到了升华。

“头发翘了，帮你压一下——你送我饮料，我中午请你吃饭，走吧。”

而另一边的秦晔，刚从综合楼出来，没等一秒，就在队群里发了消息。

F 大网球队的微信群群名叫作【除了陆星江我是本群最帅的】，名字是队里全票通过的，虽然陆少爷本人并不知道有过这么一个投票。

“特大喜讯！特大喜讯！”

于海洋是第一个回的：“全场五折，上不封顶？”

“叶子你终于不尿床了？恭喜恭喜！”

秦晔已经懒得让他们滚了，直接扔出重磅炸弹：“我今天带俩学妹去社里登记，结果撞见了队长在跟那天的小学妹约会！队长还跟人家表白了！！”

“叶子整天就假公济私泡学妹。”

“等等，啥玩意儿？你看见了啥？”

“秦晔快出来！把话说清楚！我知道你在家！”

掌握第一手八卦资料的秦晔“哼哼”两声，示意群里的人发红包，一条资讯售价八块八毛八，一时间赚了一个星期的饭钱，犯了众怒差点被群殴一顿。

一群人仗着陆星江常年屏蔽群聊从不参与聊天，八卦得热火朝天，硬生生扯到了大中午，累积了八百多条聊天记录，直到一条新消息从天而降。

【螺旋桨：运动会结束了，本来想让你们多休息两天，看你们生龙活虎的，那就下午两点，训练场集合吧。】

对面的人从口袋里掏出手机，好像看见了什么令人为难的消息，眉心打了个结，手指在屏幕上按了几下。书翦猜不出发生了什么，心中又着实有点儿担心，踌躇一会儿，小心翼翼地问：“学长，怎么啦？”

见对方良久没有应答，她当即说：“抱歉，学长，如果不方便说的话就不用说了。”

“书翦。”他头一次正儿八经地叫她的名字，“我昨天下午才跑完三千米，晚上又去很远的地方买书，今天下午计划休息一会儿的，结果刚刚队里下了通知，说要训练——"

"我有点累了。"

纤长的睫毛微垂，陆星江一脸失魂落魄，连视线都是虚虚落在空中，完完全全一副我很累的模样。

书翦不自觉心里一动。虽然她不了解网球，也不那么清楚陆星江过去的辉煌经历，但至少知道一分汗水一分收获，那样的成绩总归是来之不易的。

她于是站起身来，夹了一块碟子里最大的鸡腿到他碗里："学长你多吃点，补充体力，中午好好睡一觉，下午再去训练。"

罪魁祸首·大魔王·陆星江，眼睛半合，盯着碗里的鸡腿。一缕阳光洒进来，把他再健康不过的肤色硬生生照出了几分病态，声音脆弱得近似撒娇："谢谢学妹，训练要紧，我不会耽误正事的。"

碰巧来这家餐厅打包了午饭回去吃，又恰好从这经过的网球队某队员："……"

他是造了什么孽，要看见这"丧尽天良"的一幕！

（五）

再怎么波涛汹涌的八卦，经历一中午的发酵，也平息得差不多了……才怪。

陆星江中午吃完饭没有回去休息，把书翦送回寝室后，直接去了室内网球场。本以为按队里那群人能多赖一秒床绝不早起一秒钟的德行，可能要两点十分人才能到齐，没料到他刚踏进大门，就见9—18号球场的休息区坐满了人。

秦晔正手舞足蹈地比画着什么，旁边的于海洋拿手肘捅了捅他，他立刻警觉地收起搔首弄姿的手，立正站好，转身扬起笑脸："队长下午好啊，队长学习辛苦了！"

他一脸谄媚，就差把“忠心耿耿”四个字刻在脸上了。

陆星江难得心情好，他一边开储物柜的锁拿训练服，一边随口问：“给你三秒钟，有话快说。”

“队长你是不是在追早上那个小学妹？”秦晔语速惊人，说完又连忙补充，“我是被逼的，都是他们让我来问的，你要打就打于海洋，要不胡承，要不……呜呜呜呜……”

于海洋尴尬地捂住秦晔的嘴，干笑两声：“哈哈，老大，我们就是随便说着玩玩。”

秦晔闻言愤恨地瞪了他以及身后一群一本正经的人一眼。

他好不容易靠卖情报赚了点伙食费，结果果然天下没有白吃的午餐，这群人逼着他来把八卦问清楚，不然就虐到他退款。他秦小爷迎难而上，结果他们假装没在听，其实耳朵一个比一个竖得高。

同样被出卖的胡承站出来打圆场：“队长别生气，我们……我们就是关心一下你的感情生活。”

“嗯？”说话间，陆星江已经换好了衣服，很镇定、很坦然地说，“是啊，我是在追她。”

胡承：！？

于海洋：！！？？

秦晔：！！！？？？

其实追溯到大一刚开学，网球队的某次聚会中，就有人借老套的真心话大冒险的游戏，旁敲侧击地问过陆星江的感情经历。

网球队里绝大多数队员，都是从小就学习网球的，能被F大特招进来，在原来的高中怎么都算是众星捧月、天之骄子的人物。可是人最怕和人作比较，更何况比较的对象还是陆星江。

第一次见到陆星江时，队里就有人激动得热泪盈眶想找他要签名，说自己是看着他的比赛视频长大的。

陆星江没有跟着国家队训练，陆家家大业大，给他请了全球一流的教练来当私教，从十二三岁开始就参与一些含金量颇高的赛事，因成绩绝佳经常受到采访报道，同龄人说看着他比赛长大，倒是一点也不夸张。

这样一个几乎被捧在神坛上的人，大家自然好奇他私下的生活是什么样的。

当时场合很混乱，KTV 豪华包厢里黑压压坐了二三十个人，队里有人带了自己的女朋友，女朋友又带了一些慕名而来的女生。

作为众人焦点的陆星江却不怎么开口，一个人坐在一边，一副不大愿意与人攀谈的模样。包厢里灯光昏暗，依然遮不住他的昳丽，反而显得他越发迷人。

某个被人带来的女生，看着他亮出的牌，心跳如擂鼓地张开手，紧张地说："我是大鬼……我想问，陆神现在有女朋友吗，或者有喜欢的对象吗？"

话音落下，连在扯着嗓子唱《在那遥远的地方》的秦晔都不由自主调低了音量，一时间，房间里显得有些诡异的寂静。

陆星江闻言静默了一刻，接着若无其事地揉了揉眉心，扯了一下嘴角，说："有。"

此话一出，原本对游戏兴致缺缺的众人突然振奋精神、摩拳擦掌。只可惜当晚聚会结束，陆星江都没有再抽到一次小鬼。

等到大一快结束时，陆星江身边也没有任何状似女朋友的异性出没，因此，队里的人大多数默认，那天陆星江的话是为了阻拦一波接一波的狂蜂浪蝶。

谁能想到，时隔两年多，终于再次问到相关问题，陆星江会云淡风轻地丢下这么一颗重磅炸弹。

休息区平静了三秒钟，而后瞬间炸开了锅。

"哇，我们队长终于要嫁出去，呸，要把人娶回来了吗？"

“那谁，秦晔！快快快，有没有照片，快给我看一眼，究竟是哪位仙女，拥有连我们老大都抵抗不了的魅力。”

“什么时候见家长！什么时候订婚！什么时候结婚！队长你喜欢男孩，还是女孩？”

都说女生八卦起来，一个人像三百只鸭子，他们队里这群大男人比起来也丝毫不逊色。平时有人过来采访，半天憋不出一句话，如今八卦起来却没完没了。

眼见这群人已经讨论到在哪家酒店喝喜酒了，陆星江拿起拍子比了一个噤声的手势，打断他们：“她还不知道。”

胡承探过头问：“不知道什么？”

“她不知道，我在追她。”

“？？？”

秦晔跃跃欲试地举手：“队长你脸皮薄，不知道现在小姑娘就喜欢那种直白的，我帮你去探探路。”

“叶子你一单身狗‘恋爱经’却一套一套的，不靠谱。”后方摸过来一个人头压在秦晔肩上，“队长，我交过女朋友，实战经验丰富，我替你去吧。”

“行啊。”陆星江走到球场边站着，回头露出一个恶魔般的笑容，“今天，谁打赢我，谁替我去。正好下个月中选拔赛开始，我看看你们都练得怎么样了。”

“惹不起惹不起。”

“溜了溜了。”

提到下周的团体选拔赛，网球场的气氛一下就沉寂了。

周末经常会有人过来看网球队打球，下午三点多，看台上已经坐无虚席了。秦晔下场喝水的时候，有个长得很眼熟的漂亮学妹招手叫他，好像是新闻学院还是法学院的院花来着。

他下意识往那里走了两步，忽然想起她每次好像都是冲着他们队长来的，当初申请加网球社的时候被陆星江以一票否决权否决了。

原以为依照他们队长对女生的那种脾气，距离孤独终老也就差个几十年的距离，没想到还能半路杀出个救苦救难救单身的观世音。秦晔不由叹了一口气，对漂亮妹子说了一声抱歉，朝隔壁球场正和教练商量什么的陆星江走去。

陆星江有所察觉，侧过脸瞥了一眼走过来的秦晔："练好了？上次那个发球的问题……"

"我马上就去，马上就去。"秦晔心惊胆战，悄悄递了个"借一步说话"的眼神过去，等陆星江跟他过来，才压低声音问，"队长，我忽然想到，小学妹是不是就是你之前让老二查的那个主播？"

那还是"十一"刚过，秦晔拉着行李箱回寝室，就听见陆星江破天荒地用手机在听一档英文节目。队里通病，他英文也不太好，认真听了半分钟才敢确认主播确实在念英文。

虽然听不太懂，但是主播的声音是真的好听。他刚要问是什么节目，准备拿来每晚睡前催眠，就听见陆星江让简振查主播的信息。

他们队长什么时候成"声控"的？秦晔暗中思考。

再后来就是运动会时，从广播里响起熟悉的声音开始，陆星江突然变得反常。秦晔脑子不算多聪明，可好歹言情剧看得不少，这些线索串联在一起，真相似乎也就浮出水面了。

陆星江手腕一扭，球拍在掌下高速转了起来。他抿了抿嘴唇，没有否认："是她。"

"我就猜是她。"秦晔得意扬扬，"队长你这临时起意的方式还挺特别，别人看脸，你听声音。"

自以为寻找到真相的秦晔将毛巾往座位上一扔，不敢让魔王再催，小跑着回去和于海洋继续练双打发球了。

陆星江站在原地，紧紧握住球拍，自言自语："我找了她三年，这算临时起意吗？”

六点多钟的时候，网球队队员们匆匆吃了晚饭，加训到快十点教练才终于松了口放人。一行人累成狗一样三三两两拖着步子往外走。陆星江留下来和教练最终确定了选拔赛的战术，才去更衣室换了衣服。

临近十一月，虽然白天还有点干燥，夜风却已经沾了深秋的凉意，一阵接一阵地吹来，训练带来的疲乏也被一扫而空。

今夜无月，星星零星地亮了几颗，F 大老校区这边设施陈旧，连路灯都是世纪初的款式，方方正正的四角状，底下缀着一颗明珠似的灯泡，勤勤恳恳地散发着最后的光亮。

陆星江走过第三盏路灯时，抬头看见了不远处长椅上坐着的人。

书翦是扔骰子输了被室友赶下来买水的。

中午回寝室后，她避无可避地面临了一番以魏醒醒为主审、林芝为副审、晓春作公证人的“严刑拷问”。她觉得非常冤枉，但是教陆星江学英语的事，怎么看怎么让人无法相信。幸好收拾东西的时候有一张陆星江上课涂鸦的草稿纸掉进了她的背包里，才最终证明了她的清白。

晓春转移了立场：“是哦，我们书书得过全国英语竞赛 A 组金奖的，大字报在宣传栏贴了一个星期，说不定陆星江就看过呢。”

林芝也跟着点了点头。

就只剩魏醒醒还保持怀疑：如果单纯学英语的话，少爷那么有钱，为什么不去和某厨师学校同名的新 × 方呢？

下去买水时，书翦才想到下午收到教授的通知，过两天要去当一次助教，正好又和她跟陆星江约定的时间冲突了。书翦一个唯物主义论者，头一次开始相信造化弄人这么一说。

她非常不好意思地发消息过去，那边却一直没有回音。

她索性出了门，抱着试试看的心态走到网球场，果然看到他在里面。书翦一贯不喜欢打扰别人，就坐在门口的长椅上一边用手机看新闻，一边等他出来。

看见来人，她站起身，嘴角一弯，微微一笑："学长！"

陆星江几步走到她身边，隔着两拳的距离，身高差愈发显著，书翦半仰着头看他，也窥不见他的神情，只能小声又有点沮丧地说："学长你看到我发的微信了吗？真的很抱歉，下次一定、一定不会再这样了。"

说完，她又在心里默默补充一句，不可抗力的因素除外。

听她这么一说，陆星江终于想起把揣在口袋里半天的手机拿出来。书翦被他设置了消息置顶，消息会显示在最上方，一眼就能看见。

书翦低下头，等着他的宣判，却冷不丁听见头顶传来低沉的嗓音："在这里等很久了？晚上很冷。"

"没有啊。"她下意识答完，才感觉手指已经冻麻木了。本以为只是买桶水，速战速决，所以她穿得有点儿单薄。

书翦没反应过来，陆星江已经把外套解了搭在她肩上。穿非亲属的异性的衣服，是书翦十几年都没有过的经历，她挣扎了一下："不用啦……"

"书老师。"因为俯下身的缘故，他的气息几乎倾洒在她耳侧，又加上他这么称呼，书翦的耳郭霍地红了起来，"我这个人特别尊师重道。"

书翦不明白他怎么突然把话题绕到了这里，"啊"了一声。

"所以我不能自己穿外套，看着老师挨冻。"他直起身，看着她，眼神在夜色里显得分外柔和，"至于上课时间，当然也是老师说了算。"

书翦垂着眼睑，不自觉抓紧袖口，想了一下，竟然被他的歪理说服了，愧疚感慢慢褪去，只是脸还热着："那，那我们就下周六见。"

女孩子大约刚洗完澡出门，哪怕披着他的衣服，也盖不住她身上淡淡的沐浴露的味道。

分辨不出究竟是哪一种花香，芬芳馥郁，让人心旷神怡。

陆星江勾了勾嘴角，说："好啊。"

你说什么都好。

只要，别再从我的世界里消失了。

第二章

谨小慎微、步步为营

（一）

立冬后，A 市一连下了三天的大暴雨，十一月的寒意来势汹汹，梧桐树上的叶子被雨水冲刷得干干净净，直到第四天雨势才小了下来，云层逐渐褪去了浓墨般的颜色。

下午两三点，雨滴淅淅沥沥打在伞面上，又沿着伞骨滑落到小水坑里，溅起一朵朵水花。

学校里的路修得不够平整，越往东走，地势越低，积水越深。

书翡出门前特地换了一双防水的鞋子，还是走得提心吊胆。隔着伞沿，她眺望了一眼学校东门旁咖啡店的招牌，想起了昨晚无意间听到室友看的电视剧里的台词——

××，只要你向我走一步，剩下的九十九步我都可以自己走完。

她幽幽地叹了一口气："小咖，我已经向你走了九十九步了，剩下的路你自己来行不行？"

咖啡店的霓虹招牌在雨中一动不动，根本不理会她的请求。

这家名叫"Secret"的咖啡厅，从外面看上去平平无奇，其实里面的东西贵得令人咂舌，是方圆十里出了名的"黑店"，专骗人傻钱多的冤大头，不过内景布置倒是挺好看的，非常适合拍照发朋友圈。

这里也是书翡和陆星江约定好上课的地方。

地点自然是陆星江定的，说是网球社最近有活动，不方便再借用综合楼的活动室。书翡表示完全配合，只是没想到他会定在这里。

虽然知道他肯定不差这点儿钱，但勤俭持家毕竟是中国人的优良传统，书翡拐弯抹角地跟他提了一句："我室友说，这儿好像生意很好，挺难有空位的。"

陆星江闻言，从钱夹里随意掏出了 Secret 的 VIP 金卡："我在这里订了两个月的包间。"

被贫穷限制了想象力的书翡瞬间闭紧了嘴。

连着在这里给陆星江上了两周的课，她这次来，刚收了伞推开门，坐在柜台前给咖啡拉花的老板就跟她打起了招呼：“真巧，你男朋友前脚刚进去。”

不知道是不是全天下的中年人都喜欢乱点鸳鸯谱。

书翦第一次跟陆星江过来时，就被老板误会了，她解释对方也只当害羞，久而久之便习惯了，耳朵自动屏蔽。

她应了一声，朝老板那望了一眼，乖巧地指着杯子道：“叔叔，你刚刚跟我讲话的时候，给这只兔子拉了三只耳朵。”

老板：“……”

书翦隐晦地表达完“做事不要一心二用”的意思后，也没管对方有没有理解，径直朝里面走去。咖啡店的面积很大，走廊两旁挂着星球主题的小吊灯，壁纸也是深蓝色闪着荧光的浩瀚宇宙，透露出一股昂贵的烧钱气质。

陆星江订的包间在最里面，书翦推门进去的时候，他正在背单词，大概路上淋了雨，额前有几撮打湿的碎发贴着额头，像是突然加了一道刘海儿，削弱了他身上凌厉的锋芒，莫名显得有点儿平易近人，还有点儿可爱。

她看了一会儿，慢吞吞地挪过去坐下。

早已察觉到她视线的陆星江，依旧保持正襟危坐的姿势。他余光瞥见她欲言又止的神情，嘴角向上翘，又压了一下声音，波澜不惊地问：“怎么了？”

“学长，你单词书拿错了。我们今天学第二册，这本是第八册的，可能比较……难。”

你大概一个都不认识。

她声音越来越低，最后一个字像是压在舌尖下，模糊不清。

陆星江手指僵了僵，又若无其事地把书合上，镇定自若道：“我先预习一下。”

善解人意的书翦，当然不会问为什么要提前六本书预习这种问题，从包里掏出教材，直接开门见山，切入正题：“我上次留了三十个单词，学长，我们先开始听写吧？”

陆星江没有拒绝，只是屋内的气压似乎降了那么一点。

书翦拢了拢针织外衫，清清嗓子，开始念第一个单词的中文释义：“黄色，金色……”

陆星江好歹上了几节课，她的辅导水平也是经过几十个学生家长检验的，他没有再像第一次上课那样一问三不知，落在四线格上的字母也越发圆润端正。

看得人很有成就感。

陆星江抬头喝口咖啡的空当儿，就看见书翦一脸“我家有儿初长成”的慈母表情。

“……”

怎么忽然就差辈儿了？

最后讲完课文，书翦为了检验今天的教学成果，让陆星江用刚学的“favorite”造了一个句。他一笔一画地在纸上写下：“My favorite thing is reading books.（我最喜欢的事是读书。）”

不应该是“playing tennis（打网球）”吗。

书翦想了一下，觉得可能是tennis这个单词还没教过，便释然了。

她走神的几秒工夫，陆星江从口袋里掏出了一张长条票据状的东西放到了她面前。书翦接过一看，是从下周二开始在市中心体育馆举办的全国网球团体赛省选拔赛的门票。

“这是通票，你哪天有时间来看比赛都行。”陆星江说完，停顿两秒，又接着道，“我的比赛应该在周二和周五。”

书翦最多只在看奥运会的时候，无意间跟着父母看过一两局网球比赛，对赛制都不是很清楚。认识陆星江后，她抽空恶补了相关知识，可还是对一些专业术语一知半解，但这不妨碍她想亲眼见识一下，自己面前的这个人，在网球赛场上有多厉害。

况且，这场比赛，还是使她要来给陆星江上英语课、抚慰他内心创伤的半个罪魁祸首。

“学长。”她杏眼弯着，“熟人去看你比赛，你会紧张吗？”

陆星江眉微扬：“是你的话，不会。”

书翦怎么感觉这句话怪怪的，咬了咬腮边的软肉，没有在意：“那我回去定做个 LED 灯板吧。就写‘F 大必胜，陆星江必赢’怎么样？不行不行，好像在‘立 flag’一样，那要写什么呀？”

“不用。”他把回温回得差不多的菠萝牛奶布丁推到她面前，“有一份礼就够了。”

书翦眨眨眼睛：“什么礼？”

“你来，就是最大的礼。”

书翦走后没多久，陆星江就接到了秦晔的报喜电话。

“队长，我已经跟小学妹的室友说过了，咱们需要多点观众，她们保证会把室友都拉来看比赛。”

在今天上课之前，陆星江怕会被书翦拒绝，就给秦晔布置过这么一个任务。

未雨绸缪、老谋深算，说的就是我们陆少爷了。

他动了动嘴角：“奖励你今天下午不用去队训了。”

“好呀好呀……不对！今天下午不是本来就放假的吗？！”秦晔悲愤欲绝，吸了一口气才平静下来，又在“死亡”的边缘上试探，“队长，今天书老师课上得怎么样？你们每次上课不会真的就只上课吧？”

“砰”——是胸口中了一枪的声音。

陆星江翻脸无情，冷冷道：“教练之前说想找你单独聊聊，正好下午有空，我看……”

“拜拜了队长，祝你和小学妹日久生情、永结同心、早生贵子、百年好合！我有事先走一步，江湖有缘再见！”

周二那天刚巧雨霁天青，湛蓝的天空一丝云也没有，虽然太阳没什么温度，但这么灿烂的阳光，让人觉得心情大好——如果不是这种被人左右夹着，架着胳膊往市体育馆里拖的架势的话，书翦觉得自己心情还会更好一点。

魏醒醒和林芝，一个身高168cm，一个超过170cm，宛如两个黑衣保镖，把她挤在中间，晓春走在最前面为她们开道。

书翦深深地吸了一口气：“大哥，不是，姐姐们，我们一定要这么走路吗？”

“路上堵车耽误太多时间了，这样走得快。”魏大女王回答得言简意赅、不容反驳。

好吧！腿短即原罪。

书翦弱小可怜又无助地塌下了肩膀，任由她们拉扯。

紧赶慢赶，等她们四个在观众席前排坐下，男子单打的比赛已经快进入到第二组了。书翦凭借5.2的视力在场上搜寻一圈，也没有看见陆星江的身影，刚准备扯扯身旁人的衣袖问一下赛程安排，就见到一个身材高挑的娃娃脸男生在她面前站定。

他嘴边漾起两个小酒窝，对她笑得很甜。

“我们队长去后面准备了，大概再过十分钟这场结束，就到他上了。”他像有读心术，说完又把一大包零食放在她面前，“别客气，这儿有好多吃的随便拿。”

书翦对这个男生有些印象，毕竟见过两次面，一次是食堂门口，一次是第一次给陆星江上课的时候。她仔细思索了一下，跟他道谢：“谢谢你，秦、秦学长？”

娃娃脸男生的神情陡然变得又惊又喜还有几分羞赧："学妹你竟然记得我！不客气不客气，这是我……"

"应该做的"四个字还没说完，他就被人粗暴地挤到了边上。

"学妹，我叫于海洋，是这个傻子的搭档，也是网球队的。"

"学妹学妹，还有我，我是队长的贴心小助手，我叫胡承。"

"你们这些没良心的给我腾个位置啊！学妹，我是邵阳，和队长并称网球队两大门面！"

……

书翦目瞪口呆地看着面前或胖或瘦、或黑或白的一群人向她自报家门，机械地和他们挨个打了招呼，脑袋还没转过弯，就听秦晔吼了一嗓子："快撤快撤！队长马上出来了！"

他一声令下，一群人呈鸟兽状飞速散去。

书翦咽了咽口水，才回过神来，戳了戳旁边的魏醒醒："醒醒，你们社团的人好热情啊。"

热情得她都快招架不住了。

"宝贝。"魏醒醒眼睛里充满了莫名的怜爱，"你从我眼里看出我在想什么了吗？"

"什么？"书翦茫然地摇头。

"我在想，你可能是个傻子。"

为什么突然对她人身攻击了？书翦疑惑不解。

魏醒醒本来就觉得少爷和她们家书翦关系不一般，见此阵仗，心中越发确定，只是她到底是个局外人，也不好多说什么。

她悻悻地捏了一把书翦的脸颊，叹息："算了，傻人有傻福。"

正前方球场上，坐在球网一侧高架上的裁判扬起手臂，响亮的口哨响起，成功转移了满头雾水的书翦的注意力。她双目灼灼地注视着从候场区走过来的熟悉身影。

这样的陆星江，和平时她见到的都不同，和第一次见面，那个懒懒散散的模样更是大相径庭。他上身的红色T恤衫印着F大的全名，左手握着球拍，步履不疾不徐，整个人看上去既紧张又放松。

紧张是指他周身萦绕着一股神挡杀神、佛挡杀佛、方圆百里寸草不生的气场，放松是他的嘴角比平时的弧度还要大那么一点儿，看上去丝毫不担心比赛结果。

他背过身面对球网之前，往观众席上扫了一眼，桃花眼微眯。书翦不确定他是不是在看自己，本想喊一声他的名字给他加油，“陆”字刚发出气音，就被四周的巨大音浪盖了过去。

又一次以耳朵快失聪为代价，见识了这个人的人气究竟有多高。

比赛开始。

陆星江先发球。他惯用握拍手是左手，此时右手拿球，右手不轻不重地向地上颠了两下球，对手在网那边的左发球区严阵以待。

有凌厉的风声响起，接着是球被球拍击中的沉闷声响，一眨眼的工夫，球就飞过了网。

书翦不由自主握紧拳，目不转睛地看着一道绿色的线在网两边来回移动，拉得越来越长，角度愈发刁钻，直到——

网对面那个男生的球拍与球擦边而过。

哨声再度响起。

陆星江拿下了开局的第一球。

书翦沉沉地呼出一口气，才发现不过半分钟的时间，自己的掌心就冒出了汗——一定是场馆里空调温度调得太高了。

扭头一看，周围的人好像都很镇定。

魏醒醒察觉到她的视线，“哼”了一声，嘲笑道：“让你跟我一起看少爷的比赛视频吧，这种规模的比赛在少爷的履历表上都不值一提了，轻轻松松拿下。”

话虽如此，在半个多小时后，对方一分未得，陆星江以6 ：0的成绩结束第一盘比赛时，书翦的手还是被她抓红了。

“热泪盈眶，第一次亲眼见证少爷的love game！”说完，魏醒醒站起身，“啦啦队那边叫人了，我跟芝姐要过去忙了，书宝你们俩先在这坐着。”

书翦一句“love game是什么”硬生生憋在了嗓子眼。

求人不如求己，她掏出手机，在卫生间来回的路上用搜索引擎搜到了答案——

如果赢得一局比赛，而对手一分未得，就是一局love game，是很难取得的成绩。

这个名字，看上去好像有点儿浪漫。

书翦正低着头看手机屏幕，余光感受到有一颗网球在向自己飞来，近在咫尺，躲闪已然来不及，她本能地闭上了眼睛，却感觉有人猛地冲到她身侧，再睁开眼时，那颗网球已经被她左手边的人挡开了。

“走路当心，不要看手机，很危险。”来人声音微冷，像是不太高兴，“就算是重要的消息，也待会儿再回。”

做错了事还要别人来救场，书翦心虚地低声跟他道了歉又道谢，脑海中却想到网上曾经有一个叫作“职业运动员究竟有多恐怖”的盘点。

里面贴了九宫格的动态图片，每一张上面的运动员都施展了令人发指的、远超普通人的反应速度和身体灵敏度。

书翦觉得，如果有人拍下刚刚那一幕，陆星江肯定也能上榜。

忽然发现还没恭喜他赢了第一盘，她仰起头，眼神真挚：“学长，我刚刚看了你的比赛，你真的超级厉害！在古代，就是那种一副球拍就击退千军万马的将军。”

“古人”云：千穿万穿马屁不穿。

虽然不知道是打哪里来的古人，但书翦敢举起三根手指发誓，自己说的确实是心里话。

面前的男生偏了一下脑袋，侧着脸看她，瞳仁里闪着锃亮的光，皱着的眉似乎舒展开了一点儿，语速缓慢地，一字一句说：

“刚刚的比赛，是送给你的。”

（二）

书蘼做了一个梦。

梦里，她兴高采烈地拿着五百万的兑奖券去彩票中心，工作人员却满脸遗憾地跟她说，今天是愚人节，中奖是骗人的。

最可怕的是，这个工作人员，长得和陆星江一模一样。

她从梦里惊醒，一旁的魏醒醒正托腮趴在床头，看着她语重心长道：“书书，赚钱是很重要，但是连梦里都在赚钱，还冒出来梦话，你也太拼了。”

哪里是梦里都在赚钱，这明明是梦里都在丢钱。

追根溯源，都怪那天陆星江的话让她受到了惊吓。

当时她大脑一片空白，不自觉地攥紧手心后退一步，茫然地睁着眼睛，不知所措地看着他。

而陆星江就站在那里，一动不动定定地看了她好一会儿。良久，他嘴唇微动，扯出了一个笑，说：“提前送给你，作为明年的教师节礼物。”

他好像是在笑，可垂着的眼睛里，分明一点儿笑意都没有。

好歹有了台阶下，书蘼没有再顾及其他，了然地点头，低声道：“学长，我室友还在等我，我先走啦。”

准备离开时，她想起最重要的一句话还没说，又回过身看他：“下盘比赛要开始了，学长加油！”然后就握紧手机，小步而急促地回到座位上去了。

后来的第二盘比赛，陆星江还是毫无悬念地赢了，却莫名出现了几个失误，喂了对手好几球，观众席上一度骚动。

书翦听见周围有人窃窃私语。

“少爷刚刚那个球是不是故意让的啊？那种角度他闭着眼睛都能接到吧。”

“上局也是啊，那个擦网球根本就不是他平时的打法，是不是不想让对手输太惨……”

那盘比赛最终以 6：2 结局。网球赛制是三盘两胜制，他成功晋级了周五的决赛。

比赛结束后，魏醒醒和林芝跟着网球队的人一起走了。晓春挽着她的胳膊，两个人单独打车回学校，路上似乎听见有人叫她的名字，书翦回头，却没看见一个人影。

后面几天的网球赛，因为课程太紧，书翦都没有去，答应过陆星江要去看他周五决赛的，也没法履行承诺了。

上周学校期中考，她没时间每天都去电台录节目，于是和负责节目的编辑姐姐约定好，一口气录完了好几期的。虽然存货可以支撑完这周，但有两期节目中间出了些问题，电台那边知道她的课表，叫她周五一早就过去补录。

想到当初自己在陆星江面前夸下过海口，说自己信用评级五颗星，书翦就觉得一阵脸疼。

果然，不要乱“立 flag”，命中注定会有被推翻的一天。

书翦抬手看了下表，六点过一刻钟，距离约定的时间只剩不到一个小时。

她赶紧爬起床洗漱收拾东西，一手提起包就要推门而出，忽然听见魏醒醒说：“书书，你真的不能赶过来看决赛了吗？感觉少爷很想让你去……捧个场。”

清点东西有没有带齐的书翦没注意到她话里明显的转折，脚步一顿：“我会在心里给他加油的。”

反正，书翦抿了抿嘴唇，他肯定会赢的。

正是上班上学的高峰点，公交车上到处都是穿着校服的学生。书翦座位前排坐着两个初中生模样的小朋友，男生一直捉弄女生，把她的衣领拉过来拽过去，女生不堪其扰，怒气冲冲地问他到底想做什么，男生却笑嘻嘻地把系好的蝴蝶结给她看：“开个玩笑嘛，看你今天不开心，想要逗你开心，别生气啦。”

少男少女的打闹引起一圈善意的笑声，钻进书翦的耳朵里，她像是一瞬间恍然大悟。

其实早从初遇那晚，陆星江对她说要“杀人灭口”开始，她就应该知道他是个喜欢逗人玩儿的人。吓唬人也好，捉弄也罢，玩笑而已，他身边都是男孩子，平时说话肯定不会那么字斟句酌，说什么教师节礼物，大概只是逗她玩一下。

她当然早就知道陆星江不是什么坏人了，反而大多情况下，他对她还很好，那她就不要那么矫情，不要再对那点小事耿耿于怀，大大方方地和他做朋友吧。

还没到七点钟，电台上下已然忙碌起来，书翦的节目编辑萧船早早在底下大厅等她，一见到人就立马拉着她往电梯口跑：“十万火急，来不及先跟你解释了，播完再说。”

书翦应声说好，连忙加快步伐跟上她，两人一阵风似的冲进了三楼演播室。距离七点开播还有五分钟，书翦仰头灌下一大杯白开水，把临时更换的演播稿捏在手上高高地举着，一边喝，一边浏览。

看着看着，她的目光定住，不再移动，半晌她看向萧船：“小船姐，这个……”

萧船和她隔了一道玻璃，安抚地看了她一眼，没有言语。

书翦不久前曾播报了一则有关国外某运动员食用兴奋剂被组委会取消比赛资格的新闻，那名运动员坚决不承认自己有违规行为，事情一度闹得很大，连国内也议论纷纷。

可是就在昨晚，事情发生了反转，该运动员拿到了国际权威的医疗研究中心开出的报告，里面澄清说他尿检产生异样的原因是他之前服用的某两种感冒药在体内发生了化学反应。

消息刚传回国内，知道的人还寥寥无几，电台拿到了第一手资料，自然要尽快解除误会，不能让那篇新闻继续误导大众。

说不清为什么，书翦心中像是忽然沉下去一块，她弯曲了一下手指，呼出一口气，重新打起精神，开始直播今天的节目。

A 市体育馆内。

陆星江独自一人坐在候场区，戴着耳机在听什么，手指有意无意地按一下屏幕，“惨无人道”地让它一直没办法黑屏，停留在主播的大菠萝头像上。

一门之隔，邵阳透过门缝观察里面的情况，拿胳膊肘捅了捅秦晔：“咱队长听啥呢，这么认真，比赛前也要抽空听。”

差不多知道真相的秦晔“哼”了一声：“想知道？”

邵阳眼睛一亮，头默默地凑过去，就听见秦晔对着他的耳朵，分外温柔道：

“上周借我那两百块钱什么时候还？”

邵阳：“算你狠！”

关于陆星江的秘密，除了他自己愿意说出来的那些，其他的秦晔都没敢向外透露。包括周二那天，秦晔看见陆星江盯着书翦离开的背影，本想替他叫住书翦，却被他制止了。

他们队长啊，看着无所畏惧，其实是个谋定而后动的人。

越喜欢的越珍重，越要谨小慎微、步步为营，越不敢走错一步。

大概是心理压力太大，八点半直播结束时，书翦第一次体会到鱼离开水一般的滋味，口干舌燥得不行，喝了好几口水才缓过来。

直播任务结束后的录播修改工作相对轻松很多。萧船一边给她讲解工作，一边提起了那个新闻的事儿，语气唏嘘："其实做我们这行的，真真假假也好，反转也好，见的都不少，但是为了节目的声誉着想，这种新闻都不会在采纳的考虑范围。本来以为那条新闻是板上钉钉的事，没想到真相是这样……"

书翾垂眸，心里一直在想，就算事情发生了反转，之前辱骂过那个运动员的人，也并不都会为自己的误判而道歉，更不会为自己一时冲动的口诛笔伐而感到后悔。

他们举起一块键盘，就有了攻讦他人的武器，图一时发泄和所谓的"正义"，就可以无底线地伤害别人。

最可怕的是，连她自己，也成为了一个推波助澜的帮凶。

对于被误解的人来说，哪怕得到了平反，受到的那些侮辱、嘲讽和骂名，也并不会因此便不复存在，造成的伤害是永远也无法磨灭的。

萧船见她心情低落，又安慰了几句，然后说："现在的人大多都是吃饱了撑着，拿放大镜对着那些公众人物身上看，就想找到人家的毛病，什么明星、网红，现在连运动员都不放过了。"

书翾小声说："我认识的运动员，都很好。"

"嗯？"萧船没听清，却奇迹般地和她脑回路重叠在了一起，"对了，今天市体育中心好像有网球赛，还是决赛来着，本来还打算请一天假去看看你们F大的男神。"

书翾倏然抬眸。

萧船笑了一下："就是陆星江啊，虽然姐姐们年纪不小了，也有一颗爱美之心嘛。你们男神长得那么好看，肯定不能被私藏，要上交给国家。"

有一丝淡淡的没来由的与有荣焉，和一分隐秘的喜悦悄然在书翾胸腔内滋生，盖过了先前的负面情绪。两颗小虎牙磨了磨唇，她目光终于亮起来："嗯，现在那边他的比赛应该结束了。"

难得见醉心学习的书翦关注起这样的八卦，萧船兴致高涨，见缝插针地讲两句。她人脉广，各路的消息都很灵通，很快就得知陆星江大获全胜的事儿，等书翦补完上一条录播，就告诉了她。

至此，书翦心底最后一丝忐忑也彻底烟消云散了，她默默地掏出手机，点开"啊菠萝"的对话框，发了一个小狗撒花的表情过去。

由于工作要一直忙到下午才能结束，中午萧船请她去楼下的茶餐厅吃了午饭。

她和萧船桌上说说笑笑，邻桌坐着的两个人却显得剑拔弩张、气氛紧张。

萧船抬头往那边看了一眼，悄悄和书翦咬耳朵："看到那个女生了吗，台里新挖来的游戏解说，叫'QuietZ'，你这种不打游戏的乖小孩肯定不知道了。她人气很高，就是脾气比较冷硬，一言不合就骂人，网上这样就算了，在咱们台里也不怎么收敛，每次都把她的编辑气个半死。"

书翦望过去，就看见一个一袭烟灰连衣裙妆容精致的大美人。

这个大美人怎么看都像是下一秒就要去参加音乐会的，哪里和游戏主播沾得上边。

正想着，就看见她对面的编辑拍案而起："周静宁，你真的要把我气死是不是！"

大美人闻言，一脸了然地从包里翻出一个药瓶状的东西。

"这是什么？"

"给你准备的速效救心丸。"她一本正经答道。

书翦被她逗笑了，虽然尽力克制，但还是发出了声响，大美人的视线探过来，书翦偷窥被抓包，瞬间面红耳赤。大美人眉目淡淡，眼中却似乎含了一抹难以察觉的狡黠。

一路红着脸回到演播室，等书翦的工作完全结束已经是下午四五点钟了。深秋昼短夜长，天空一角已经燃起了一团缠绵的火烧云，远远望去，像是一串鲜亮的冰糖葫芦。

书翦和萧船打了一个招呼，坐上了回学校的公交车。

这班车的起始站是高铁站，所以车上时不时会有拖着行李箱的人。书翦忙了大半天，中午也没来得及午睡，找了个角落的位置坐下，把背包抱在怀里，半合上眼睛休息，直到有人在她边上落座，她才睁开了眼睛。

睡眼蒙眬间，她像是看到了一张熟悉的脸，眨了眨再看："晋梧？"

拉着银灰色拉杆箱的男生面容清冷，开玩笑的嗓音都显得冷冰冰："半年没见，不认识我了？"

晋梧是书翦的高中同学，两人高中时没什么太多交情，还是上了同一所大学后才有了来往。半年前，晋梧去台湾交流学习，没想到会在这个时候回来。

因为晋梧性子太冷，书翦也不是喜欢主动凑到别人面前的性格，所以除了开始寒暄了两句，两人全程都没再怎么说话。书翦眼皮直打架，没忍住头靠着窗户又睡着了，迷糊中，感觉有道目光一直在注视她，又似乎只是错觉。

二十分钟的车程后，书翦和晋梧在车站要"分道扬镳"。

她有些尴尬地笑了一下，对他说了一声"再见"。晋梧好像有什么话要和她说，只是还没开口，就被不远处的一道男声打断："学妹！"

东南方向走来一行人，最前面的男生披着深蓝色的运动外套，袖子往上卷了一些，露出一截肌肉线条流畅的浅麦色小臂和左手手腕上熟悉的宝蓝色护腕。

黄昏的风微冷，吹得树枝簌簌作响，书翦脖子稍稍向卫衣里缩了一下，看向迈着长腿走来的陆星江，一瞬间产生了过去把他的袖子捋下来的冲动。

十一二度的天气穿成这样，他都一点儿也不觉得冷吗？

他身后的一群人还在打打闹闹，刚刚叫她"学妹"的秦晔咧着嘴，朝她招手，笑得傻兮兮的。

晋梧站在她旁边，书翦不好直接过去和他们打招呼，犹豫的间隙，瘦高挺拔的身影已经走到了她面前，脚下碾碎了两片枯黄的叶子，被风轻轻吹走了。

陆星江微低着头，正对着她的黑眸里雾气氤氲，弥漫着一团说不清的情绪。

准确说来，从刚在校门口下车，他就注意到了车站站牌下的人影，穿着姜黄色的卫衣，外面搭了一件米白的毛绒外套，小小一只，整个人看着雪团儿似的，对身边的人笑得很甜。

而她身边那个人，他的直觉告诉他会有危机。

一种不爽的情绪在胸腔里不断蔓延，且横冲直撞。

可偏偏，他还没有正当的发泄理由。

“学长？”书翦小心地试探性地叫了他一声。

陆星江“嗯”了一声，锁紧的眉微松，脸上神情恢复自然：“秦晔他们双打拿了亚军，队里正打算去庆功宴，他刚刚看见你，说要谢谢你前两天给他加油，想请你也来。”

他在这儿说得一本正经，话里两个当事人都莫名其妙地睁大了眼睛。

书翦觉得自己只不过是第一天去看比赛的时候给大家都说了加油，根本不值得他们挂在心上。

秦晔则是两分钟前刚被某陆姓队长恶魔般教育一顿为什么没拿第一，甚至要被罚今晚上桌吃饭要最后一个动筷子，结果一转眼，自己竟然就摇身一变成为了庆功宴上的功臣了。

他们队长，真的是魔鬼吧？

秦晔心里这么想着，在陆星江视线轻飘飘扫过来的一刻，迅速开始打助攻，努力打消书翦拒绝的念头：“对啊对啊，学妹，你不来我今晚绝对吃不香喝不下睡不着，对镜贴花黄斯人独憔悴！”

这、这么夸张吗？

书翦环顾一圈，结果被她目光扫到的人都像被按动了开关一样。

“是啊，学妹，你看我们叶子就是这么一个重感情的纯情少年，你行行好给他个面子吧。”

“你两个室友去逛街了，没跟我们一起回来，要不然肯定也会叫上她们的。”

“学妹你别担心，还有别的妹子一起去，我们绝对不做违法乱纪的事！”

他们你一言我一语，仿佛有读心术，解决了她的所有顾虑。话都说到这个份上了，书翦找不到拒绝的理由，只能点点头。

等她再一转身，晋梧人早已不见了。

（三）

网球队的庆功宴定在了一家看招牌和门面就知道价格不菲的海鲜日料店。

书翦迷迷糊糊跟着大部队进到包厢的时候，里面果然坐着一个栗色鬈发的漂亮女生，正笑眯眯地捧着脸看他们，看见她的时候，目光格外灼热，像一团火焰燃烧着的火焰。

网球队里的人似乎跟她很熟，热情地和她打招呼：“依依姐，点菜了没有啊，我饿死了！”

“点了点了，都是你们喜欢吃的。”她站起身安排人落座，“怎么一个个都累成这样了，我家小江江又欺负你们了？”

小、江、江？

书翦霍地扭过头，就见身侧的人垂着眼睑，面带威胁，语气低沉地说：“顾明依。”

“嘁！”鬈发女生被叫到名字，敛了笑，一脸扫兴的模样，“你还配不上这么可爱的昵称呢。”

书翦凭对陆星江为数不多的了解，也大概知道他很少和女生来往过。能和他这样肆无忌惮地开玩笑，这个叫顾明依的女生，和他关系肯定非常要好。

书翦怀着好奇心看过去，正好和她视线相遇。顾明依眉一挑，书翦忽然觉得，她长得其实有点眼熟。

她还没说话，对方就先开口了：“我还没问呢，这么可爱的小妹妹，你们哪里拐到的？”

她的语气带着笑意和调侃，书翦耳朵一热，立刻自报家门：“你、你好，我叫书翦，F大英文系大二的学生。不好意思，冒昧跟学长他们过来，打扰啦……”

“噗——”顾明依没忍住笑了出来，非常自来熟地捏了一下她的脸，“怎么这么乖啊。”

“你好，小学妹，我是网球社经理，也是陆星江的表姐，我叫顾明依。”

书翦抬起头，目光在她和陆星江之间打量一圈，虽然顾姓表姐化了淡妆，还是能看出他们眉宇之间的相似之处，怪不得会觉得她眼熟。

可能是顾明依身上亲和力太强，没有丝毫危险气息，书翦对她捏自己脸颊的行为并不是十分抵触。

倒是她放下手，就开始笑，边笑，还边埋怨：“哎哎哎，陆星江，好歹姐弟一场，你干吗一直这么看着我，搞得像我偷了你老婆一样。”

陆星江冷哼一声，没理会顾明依的自导自演，帮书翦拉开椅子，让她坐下，手搭在椅背上，弯下腰对她说：“你不用理她，她学编导的，平时动不动就戏瘾发作戏精上身。”

顾明依听着不服，揭他的短：“你又好到哪里去了？演起戏来不去评奥斯卡影帝，都是人类电影史的巨大损失。”

“小姨说要把你那些模型手办都扔了。”陆星江顺势坐在书翦旁边，示意服务生可以上菜了，转过头继续说，“你不要想藏在我这里了。”

“你好卑鄙！”顾明依愤愤不平，索性破罐子破摔，在书翦另一边坐下，对着她道，“学妹，我告诉你，你别看有些人表面光鲜亮丽，其实背地里跟个女孩子似的，可喜欢吃甜食了，尤其喜欢吃糖……”

他俩在这儿“互呛”，跟讲相声一样，桌上其他人还时不时帮两句腔，书翦听得兴致勃勃，服务生已经陆陆续续过来上菜，她还在认真听，听到精彩之处甚至想鼓个掌。

直到陆星江将剥好的一只螃蟹肉蘸了海鲜汁，放进了书翦面前的碟子里。

书翦从小生活在内陆地区，吃过最多的水产品就是每年夏天路边大排档里成堆的小龙虾，哪怕来了A市这种海滨城市，因为常年混迹于食堂，也很少接触到正宗的海鲜。

桌上横七竖八摆了一二十盘菜，她能吃的其实并不多，一直专注地夹海木耳，没想到会有人发现她的异样，还是在跟顾明依过招的陆星江。

“尝尝。”他下巴微抬，“味道应该还好。”

书翦家教严格，小学以后就没再享受过有人服务用餐的待遇，还是这种五星级超奢华级服务。她咬下一口饱满多汁、肥而不腻的蟹肉，味蕾瞬间炸裂开来，感动地不假思索道：“好好吃啊，学长，好想给你打钱！”

为什么又没对上她的脑回路？陆星江擦了一下手，用公筷给她夹了几筷子其他好入口的菜，简明扼要地一一介绍一遍，对上她认真听讲的神情，嘴角微扬：“带你过来，总要对你负责。”

一旁的顾明依“啧”了一声，忍住对他翻白眼的冲动。

她本以为按她这个臭屁弟弟的直男属性，肯定是一辈子打光棍的命，没想到啊，她还能活着看到铁树开花的这一天。

老天你可开眼了。

酒过三巡，饭桌上有人蠢蠢欲动想搞事情了。

在场除了专心致志捧着鲜榨果汁的书翦，或多或少都喝了酒。就连陆星江，书翦都眼睁睁看他被别人敬了好几杯酒，他却脸不红气不喘，面色一如平常。

书爸爸的酒量相当不好，两杯倒，书翦往日见过了她爸沾点酒就红透一张脸颠三倒四讲话的模样，再看陆星江这样就大为惊讶："学长，你喝酒不会脸红吗？"

顾明依在边上笑："他脸皮厚，看脸看不出来，你听他讲话试试。"

陆星江没理她，定定地看着书翦，眼神有点儿执拗地说："我没事儿。"

儿化音都出来了还说没事。

书翦心里担忧，拎起茶壶倒了一杯茉莉花茶，端到陆星江面前，想让他喝两口茶醒醒酒，他目光却一直落在她身上，一动不动。书翦没办法，把杯子举高了一点，低声叫他："学长？"

他终于抬起手，却不是从她手里接过杯子，而是力道轻柔地握住了她的手腕，就着她的手，一口一口，慢慢地喝完。

在这期间他还保持着抬头看她的姿势，桃花眼里缀着星星点点的亮光，视线仿佛带着火种，降临在她脸上的时候，燃成一片缱绻的火海。

有一瞬间，书翦都怀疑他是装醉的。可陆星江喝完茶后，就很快松开了手，还对她露出一个格外纯良的笑，看上去非常真诚。

虽然防人之心不可无，但书翦觉得自己好像没什么可被骗的，轻轻吁出一口气，鼓起脸颊，把微凉的手背贴上去降温，心里默念两遍"色即是空，空即是色"。

九点钟方向坐着的秦晔看见刚刚的一幕，手攀上于海洋的肩膀，问他："老于，吃饱了吗？"

"嗯？三文鱼不是还没……"

"问你狗粮吃饱了没，就知道三文鱼！"秦晔没好气地道。

于海洋：怪我咯？

秦·恋爱大师·晔，在队里一群不开窍的人中一枝独秀，独孤求败地惆怅了一会儿，装模作样清清嗓子，说：“光吃饭多无聊啊，我们玩点别的吧。”

“玩什么啊叶子，我们可都是正经人。”

“就是，叶子一天到晚都不知道在想啥呢，啧啧。”

“滚！”秦晔吼回去，“有女生在，少说胡话。”

一群人讲来讲去，定下来玩的游戏是数7，玩法简单，可以多人一起，最重要的是，非常文明，适合跟队长家的小学妹一起玩。

游戏开始前制订的奖惩规则还是仿造真心话大冒险，留到最后的一个人可以问最先淘汰的人一个问题，或者要求他做一件事。

也是开始游戏时，书翦才彻底确认陆星江是真的喝醉了。

——在他撑着下巴，眸中水光潋滟，薄薄的嘴唇轻启，说出“14”，被第一个罚出局的时候。

“学长。”书翦压低声音，用只有他们两个人能听见的音量说，“你知道游戏规则吧？逢7或者7的倍数不能说出来，要敲一下杯子。”

陆星江点头。

“那……你会背九九乘法表吗？”

“会。”他说完，像是证明一样，背给她听，一字一顿，格外认真，“一七得七，二七十八，三七四十六。”

“学长你是不是喝了假酒哟！”书翦在心中吐槽。

她又给他倒了一杯茶，这次吃一堑长一智，早早收回了手，恰好桌上转了一圈，又轮回她，她正襟危坐地报数：“39。”

一桌二十来个人，最后数到三百多游戏才结束，书翦和作为全队智力担当的胡承留到最后，他输在308，书翦懵懵懂懂成为赢家，迟疑地问：“你们是不是在让我啊？”

同样早早淘汰的秦晔一脸悲伤地对她说：“学妹，你是对自己有误解，还是对我们有误解？”

胡承刚灌了半杯水止渴，接着扯开话题：“好了好了，游戏结束，学妹你有什么问题就问队长吧，或者大冒险，让队长给你捏个猪鼻子。”

“哈喽，承哥，你是上世纪穿越来的吗？还捏猪鼻子，我两岁的小侄女都不玩这个了。”

“学妹，你要是不知道问什么，我帮你出主意。”

一堆人抢着要出谋划策，企图趁陆星江醉酒之际对他平时的暴君行径进行打击报复。

而陆大魔王本人耳朵自带屏蔽机制，将他们忽视得彻彻底底，看着身旁独自纠结的小姑娘，一脸“任君采撷”的表情。

处于风暴中心的书翦，微低着头，咬着下唇，还在回忆自己究竟是怎么赢到最后的。等她终于跟上其他人的节奏，突然听见旁边传来的手机铃声。

是陆星江手机的来电。

书翦的视线无意中瞥过屏幕，只匆匆看见来电人名字的第一个字，“陆”。她猜想大概是陆星江的亲戚或家人，不料他在看到来电的第一时间，脸色骤然就变了。

他似乎在一瞬间酒就醒了，目光变得清澈澄净，却裹挟着一股冷意，眉宇之间也像含着一股杀气。他没有接通，也没有挂断，任手机铃声响着，落在桌上的一只手捏成拳，指节泛着青白色。

还在吵吵嚷嚷的几个人也陆陆续续察觉到什么，安静了下来。

铃声响到第二遍，陆星江陡然起身，一把抄起手机，一言不发地推门向外走去。

他走后，桌上维持了五秒钟的死寂，其他人该假笑的假笑，该继续打嘴仗的打嘴仗，一片僵硬地粉饰太平的意味。

书翦望着他离开的背影，良久没回过神。服务生过来上小点心，身后不知道谁叫了她一声，她慢慢回过头来，眼睑垂着，下一刻，一只涂着南瓜色指甲油的手在她眼前晃了晃。

“回魂啦！小学妹。”顾明依道，“要不要陪我去一下卫生间？”

这家日料店建得很精致，古色古香，每个包间独立开来，中间连着长长的红木围栏走廊，顶上还悬挂着几盏灯笼，在夜风中微微摇晃。

卫生间在靠近大堂的位置，书翦站在门口等顾明依，隔着落地窗，能看见夜幕里星河闪烁，街边霓虹灯次第亮起，车来车往、人影憧憧，以及路边正和人通电话的身影。

虽然距离太远看不清他的脸，可书翦无端就是觉得他周身笼罩着一层寂寥的气息。

违和感好重。

大概从她第一次见陆星江起，就认定他应该是意气风发、睥睨众人、立在金字塔尖儿的那种人，不该是这样，像被人磨去了一身傲气，强行折弯他的脊梁，让他弯下腰。

口袋里揣着的手机振动两下，不久前刚和她交换了联系方式的顾明依发了微信过来。

【小学妹，我可能还要一会儿，你等急了就先回去吧。】

几秒后，那边又接着发来一条。

【顺便帮我看看陆星江回来没有，别醉酒躺大马路上，F大网球队的门面不能就这么丢了。】

隔着屏幕，书翦都能感觉到她的嫌弃脸，心头却不自觉一松，好像忽然就有了名正言顺出去找人的理由。

推门出去的时候，刚好有一阵西北风从路的另一头刮过来，带来一阵特殊的甜香的味道，书翦望了一眼还在打电话的人，脚步一顿，转过身迎着风往前走。

陆星江已经记不清多久没和家里打过这么长的电话了。

听筒那边的每一句话，都像利刃一般，刺进他耳膜深处，把神经生拉硬扯出来再搅碎，反反复复，无休无止。

早就该习惯了。

等对面扔出最后一句威胁的话，他面无表情地挂断电话，揉了揉眉心。半真半假地醉了一场，冷风袭来，倒是吹得他又清醒了几分，结果一回头，就看见了几米开外，站在玻璃窗旁的书翦。

她正仰着头看他，站得直挺挺的，双手背在身后，在他看过来的一霎，杏眼悄悄地弯起来，叫他："学长，回去吗？"

这一刻，陆星江忽然就觉得，刚刚发生的一切、电话里说的所有事情，都不再重要。

因为他已经有了更重要的人。

三年前，他在最痛苦挣扎的那段时间遇见她，每晚听着她的声音入眠。她念的是普普通通的"鸡汤"，是小孩子都懂的道理，可每一个字都穿透灵台，一寸一寸温柔地治愈他。

他寻寻觅觅三年，那时没想过，会有这样一天，这样的夜晚——

一转身就能看见她。

陆星江抬步朝她走过来。

"学长，刚刚游戏我赢了。"书翦慢吞吞地说，"还没有问你问题。"

他脚步停下来，和她隔着两步的距离："什么问题？"

她像变戏法一样，霍地一下，将背在身后的手拿了出来，手心握着一根做成花瓣形的棉花糖，递到他面前，眨眨眼睛，笑意盎然："你是不是真的很喜欢吃糖？"

刚才去买棉花糖的时候，书翦特地要摆摊的伯伯做了一个特大号的，这会儿面上撑着，心里却有点儿后悔，怕他不喜欢，又怕他假装喜欢。

在她纠结的几秒钟里，陆星江已经从她手里接过了棉花糖。

"喜欢。"他说完，又加重语气重复一遍，"特别喜欢。"

书翦见他不像是装的，这才放下心来，小声嘀咕："顾学姐果然没说错。”

她微低着头，露出一截白皙的脖颈儿，陆星江用空着的手把她的围巾拉紧一些，她还没反应过来，乖乖地站着任他摆弄。

明明是深秋，却仿佛有一缕春风漾在他心底，绿过江南岸，明月照他还。

自制力快要告罄，陆星江手微微抬起，又揉了揉她的头发。

书翦立刻警觉，嘴巴不自觉撇了一下，睁大眼睛像在瞪他，可杏眼迷蒙，含着一汪水，让他只想再欺负她一下。

“学长……摸别人脑袋真的很舒服吗？”

“嗯，而且会让人放松心情。”他忍着笑，遗憾地说，“如果我再矮三十厘米，就可以让你试试了。”

“把我的棉花糖还回来！”书翦在心里大喊。

（四）

比赛结束的第三天，陆星江收到了一个不知来源的快递短信。

上午一二节课是学校金融班的大课，课后有队训，等找到机会去取快递已经是中午十二点了。天上飘了一点儿小雨，秦晔和胡承两个大男生装柔弱，说不能被雨淋，硬是挤在他的伞下，跟着他去了快递点。

一把伞空间有限，队长大人被夹在中间，身上环着四只无处安放的手。

陆星江：“手松开。”

秦晔可怜巴巴：“队长，我冷。”

陆少爷人美心善，提出合理建议：“下午热身多跑十圈，跑到不冷为止。”

“叶子，怎么回事，年纪轻轻这么怕冷，肾虚？”胡承不怀好意笑道。

没等秦晔反击，陆星江就出来替他主持公道：“你们一起跑。”

“……”

中午的快递点人满为患，女生尤其多，秦晔感受到来自四面八方灼热的视线投射在他们队长身上，他状似随意地拨弄两下头发，以免她们偷拍队长连带把他也拍进去的时候，被拍出什么奇葩的表情包。

在这里做兼职的工作人员是陆星江的小迷弟，帮他找快递的速度格外快，把包裹递过来的神情紧张又肃穆，宛如去烈士陵园在先烈墓前献花的小学生。

呸呸呸，什么烂比喻。

秦晔掐了自己一把，转过头，看见陆星江刚把包裹拆了，里面装着一个胸口系着蓝色领结的大头北极熊。卖家把卡片塞在领结旁，上面写着一行字：超治愈摸摸熊，随时随地，想摸就摸。

大头熊外面是超软的水晶毛绒面料，里面塞满了泡沫粒子，看上去手感就很好。

陆星江拆完本想随手扔掉，福至心灵间，眼角瞥到快递单上，买家的 ID“书中自有菠萝饭”，和某人的微信昵称一样。

突然就明白这只熊是哪来的了。

那晚他说摸头会放松心情，于是她就不声不响送来这样一份礼物。

他摸了摸大头熊圆圆的脑袋，对她九曲十八弯莫名其妙的脑回路感到叹为观止，却又忍不住笑了。

秦晔目瞪口呆地看着陆星江嘴角的弧度逐渐扩大，对这只平平无奇的熊好奇心剧增，伸出手也想摸一下。只见他们泰山崩于前也不变色的队长猛然后退一步，毅然决然地避开了他的手。

秦晔不确定地问胡承：“承哥，刚刚队长看我的眼神，是不是像我给他戴了绿帽子？”

胡承摇头，纠正他：“像你在他头顶植了一片呼伦贝尔大草原。”

绝情的陆少爷嘴上说要罚他们多跑十圈，下午队训的时候，却和他们一起跑圈了。

“队长，你是不是元旦后就去澳洲了，参加澳网 U24 邀请赛？”胡承边跑边问。

陆星江跑完最后一圈，擦了一把汗，气息稳下来，“嗯”了一声。

秦晔体力最差，被甩开七八米，隐隐约约听见对话，中午被嫌弃的委屈一扫而空：“队长果然最爱我，要去澳洲比赛忙着训练还帮我去上公选课！”

F 大奉行素质教育，大一到大三的学生每学期都要修一到两门公选课。公选课的内容包罗万象，从美术音乐文学这种陶冶情操的，到瑜伽桥牌电竞这种休闲娱乐的，还有各类小语种和专业性很强的公开课。

为了保证至少能选上一个，大家的抢课攻略一般是将课全选提交申请，然后凭运气看能选上什么。

秦晔活了二十一年，没见过比自己运气更差的人。

抽卡游戏氪金（指支付费用）也抽不到 SSR，《绝地求生》落地就被人送上下一趟飞机，《王者荣耀》匹配队友三个小学生还有一个幼儿园大班，这学期又选中了死亡课程之一的素描技法课。

学校代代相传，这门课威力巨大，学出来人人都成维纳斯。

秦晔起初不明白，还问过人：“这不是说明老师教得好吗？”

对方呵呵冷笑：“学到双臂齐断？”

OK。他懂了。

本来他做好了一门心思赴死的准备，没想到陆星江会从天而降，用最好混学分的音乐鉴赏课和他交换。

虽然陆星江没有正面回应，可秦晔认定他是体恤队员，只不过一贯嘴硬心软，不愿意说罢了。

他一通脑补，把自己感动得眼泪汪汪，在周四晚上素描课开课时，还护送着陆少爷去了教室，直到看见第二排靠窗位置捧着保温杯的书翦。

陆星江走到教室门口，转过身，目光凌厉地瞥了他一眼，其中的意思不言而喻。

秦晔自觉后退，夹起尾巴溜了。

老校区的教室几乎都没有空调，纵使窗户紧闭，在这样秋末冬初的晚上，坐在冰冷的椅子上还是能感受到彻骨的寒气。书翦手里抱着杯子，身上揣了一个热水袋，还贴了两个暖宝宝，装备齐全得仿佛身处驶往南极的巨轮上。

公选课发了配套的教材和画具，收到陆少爷也要来上课的圣旨后，她就帮他也拿了一套。教授来得早，站在讲台上写了一些注意事项，书翦给自己抄完后，又顺带给陆星江的书也画上重点。

抄完后，书翦担心分辨不出哪本是谁的，又翻到扉页，先给自己的书写上了名字，在帮陆星江写名字时，不远处有脚步声传来，随之而来的是身后女生抑制不住加大音量的窃窃私语声和没关静音的拍照声。

椅子和后面的桌子连在一起，猛地被人踢到，书翦吓了一跳，脑子还没转过弯，在纸上又一笔一画写了自己的名字。

等她反应过来抬起头，引起骚动的罪魁祸首正站定在她旁边，目光从她的脸向下滑落到书上。

书翦心虚地不打自招："对不起学长，我给你带了一套书，刚想帮你写名字，结果写成自己的了……"

"你字写得很好，不用改。"他说着，随手捡起她丢在桌上的笔，坦然地在她的"书翦"旁，龙飞凤舞地写下了一个"陆星江"。

两个名字并列在一起，看上去有些微妙。

尤其是中间的空隙不知道什么时候被点了两笔上去，左一点右一撇，瞧着像一个爱心。

书翦鼓起脸颊，陆星江已经不动声色地在她身旁落了座。

他打完球刚冲过澡，浑身散发着柠檬沐浴露的味道，清清淡淡地缭绕在书翦鼻端，刚才那件尴尬的事还充斥在脑海，她耳朵尖陡然红了起来，身上冒了一点儿汗。

教室里每排座位间隔很小，旁边坐着人就没办法再伸展胳膊，书翦心里有鬼，不敢靠那么近，小心翼翼地和陆星江保持距离。

书翦心不在焉好一会儿，直到左前方的窗户被人打开透气，冷风不偏不倚地正对着她刮过来，这才回过神，发现陆星江还是只穿了T恤衫加薄薄一件外衫。

他用左手拿画笔，可能是冷的，一直在发抖，胳膊时不时蹭到她的手。

书翦从小的家庭教育就是要温度不要风度，冬天恨不得披棉被出门的那种，此刻看到她和陆星江之间显著的“贫富差距”，不由蹙了蹙眉，从怀里把暖水袋抽出来，戳了戳他的胳膊，作势要递给他。

“学长。”顾及他的面子，她轻声说，“你悄悄放在衣服里，把拉链拉上，没人能看到的。”

“我给你打掩护。”她又补充了一句。

书翦准备周全，如果陆星江拒绝，她就把什么“少女冬天爱露脚踝，冻得下肢半身不遂”的新闻念给他听，他到底是体育生嘛，肯定对这方面很在意。

陆星江转过头来看她，书翦对上他的眼睛，眨了眨，用目光催促他接过热水袋，可他好像会错了意，伸过手来，一把握住了她的手腕，问她：“感觉到了吗？”

“啊？”书翦垂眸盯着他的手。

“我不冷。”陆星江嗓音带着一丝诱哄，“我比热水袋暖。”

陆少爷一句话说得转弯抹角，言下之意不过是“你不如来找我取暖”，他万万没想到自己会有和热水袋争宠的一天。

他没指望书翦能听懂，也不想操之过急，说完就松开了手，重新拿起笔，表现得相当正人君子，和刚刚画画时假装手抖一样的正直。

“学长，我知道了。”书翦想了半晌，倏然开口。

“嗯？”

她咬着一边嘴角，语气羡慕：“你是‘热水袋精’。”

“……”

没过多久，书翦就没空再想陆星江究竟是“热水袋精”还是“暖宝宝精”了。

“死亡素描课”的名号果然名不虚传，教授看面相是个像弥勒佛的小老头，然而没有一点出家人慈悲为怀的自觉，他手速超快，“唰唰”几笔就画好一幅，还不知民间疾苦，让学生跟上自己的速度，底下哀鸿遍野。

书翦一节课手都没停下来过，连去接杯水都不敢，生怕出去几分钟就再也赶不上进度了。

她口干舌燥，不停舔嘴唇，耳郭和面颊都闷出了红晕，旁边倏然一阵窸窣的响动，然后一杯菠萝味的酸奶被放在了她面前。

“来的路上买的，之前太凉了，现在的温度应该正好。”

见她没有动作，陆星江思考了两秒，把酸奶拿过来插上吸管，递到她面前，桃花眼凝视她：“现在可以喝了，要不要我给你试个毒？”

试毒当然是不要的，书翦伸手接过，道了谢，而后抬起头对上他的眼睛：“学长，我觉得你好像一个动漫人物。”

“什么？”陆少爷脑海里一时间闪过几个帅破苍穹的人物，但是不用想，按书翦的想法肯定不会这么简单，他改变了思考方向，随便猜了一个，“哆啦A梦？”

第一节课的主题是自画像，书翦指着陆星江的画纸说：“小猪佩奇。”

打小美术课成绩就是老师酌情给的及格，陆星江看着自己的画，无力反驳，一口气郁结在胸口。下一刻，书翦朝他的位置挪了一下，抽了一张空白的纸，趴在桌子上三两下画了一个握着网球拍的Q版小人，放在他的“佩奇”旁边，歪了歪脑袋说：“不过这个更像你。”

她画完就回了原位，一缕发丝从他的画纸上扫过，又擦过他的手背，陆星江望着她缩成小仓鼠一样的身形，又看了看面前的两幅画，无声地弯了一下眼睛。

这样的“消极怠工”被小书老师抓到，又催他：“学长，别看啦，快画呀！马上赶不上进度了。”

他谨遵老师教诲，握住了笔，说：“好。”

书翡满意了，对他露起一个“孺子可教”的表情，她脸嫩，作出这种老气横秋的模样，只能起到反效果，可爱得不行。

时时处在人性煎熬中的陆少爷默默别开了视线。

下课是晚上九点，陆星江要继续队训，书翡打算留在教室顺一下第二天节目的稿子。

教室里零零散散留了几个学生做作业或者商讨事情，书翡从包里掏出两张 A4 纸，没留意身后有道目光牢牢地锁定着她。

坐在她身后的女生见她毫无反应，只能弯着腰跑到她旁边坐下。现下书翡另一边半排位置都是空的，她见有人来，自动往里挪了一位，想了想可能不够伸展，又继续挪了一位。

女生眼睁睁看着她越离越远，忍不住叫她：“同学……”

书翡终于意识到她可能是来找自己的，茫然地“啊”了一声。

“你好啊，同学。”女生期期艾艾地说，“能不能给我看一下你上课喝的是什么酸奶，我也想买……”

“少爷同款”这四个字还没说完，就被书翡打断：“这个牌子的酸奶好像有点儿太酸了，我给你推荐另一个牌子吧！”

“……”

书翡回到寝室，一推开门，三个叼着吸管喝酸奶的室友齐刷刷地转头看向她。

怎么又是酸奶？

不久前刚和那个女生鸡同鸭讲了半天才弄清对方的目的，书翡此刻对“酸奶”这个词格外敏感，偏偏魏醒醒还凑上来问了她相同的问题：“少爷给你喝的是什么酸奶？”

身为校园风云人物，陆星江的一举一动自然都备受关注，学校的八卦微博早在他踏进素描教室的第一时间就发了微博，他给某女生递酸奶的那一幕也被人拍了下来。

虽然博主很有良心地给该女生的脸打了马赛克，但是对书翦熟悉如魏醒醒，怎么可能认不出来那是谁。

然而书翦本人还毫无差点儿成名的自觉，一心满是之前安利失败的沮丧，恹恹地给她们报了牌子，并在心里决定下次上课要礼尚往来，给陆星江带另一个牌子的酸奶尝尝。

她洗漱完回来，魏醒醒还坐在她的座位上若有所思。

书翦弯下腰搂着她：“魏大哲学家，还在思考什么人生哲理？”

“书宝。”魏醒醒欲言又止，“你有没有觉得，你和少爷遇上的频率好像有点儿太高了？”

“唔，大概就是比较有缘。”书翦擦擦头发没在意。

魏醒醒气沉丹田，开始疯狂暗示：“有没有一种可能，就是……少爷是因为你才过去的。”

书翦的手顿住了。湿漉漉的头发贴着脸颊很不舒服，可她没有再顾及，极缓极慢地眨动两下眼睛。

魏醒醒期待地看着她。

片刻后。

“醒醒，我错了。”书翦垂着头，满心懊悔道，“我怎么没想到呢，学长频频出现，还给我送酸奶，明显是想让我多给他上两节课，我竟然之前一点儿都没发觉。”

“我真的错了。”

“少爷，对不起，我是真的尽力了。”魏醒醒在心中默默说道。

（五）

从魏醒醒那里受到启发，书翦给陆星江每周多加了一节英语课，就在素描课后。

陆少爷不清楚事情是怎样曲折离奇地发展到这一步的，但是能多合情合理地和书翦待一会儿，他肯定不会拒绝，顺势修改了队训的时间。

秦晔感叹：“古有周幽王烽火戏诸侯，今有陆星江追爱改队训。”

于海洋忙着拽他去双打：“再唠叨小心被队长听到把你训练量加倍。”

“等等……我还没说横批呢！”

心情愉悦的陆星江没有顾及那边的小打小闹，一边做热身，一边默念着晚上书翦要抽查的单词。

一到十二月，A 市气温骤然下降到零下，今年尤其冷，过了中旬，零碎地下了几场冰雹，到上素描课的这天还难得地落了一回大雪，纷纷扬扬，铺天盖地。

整个校园银装素裹，旧式教学楼的飞檐上挂满了冰晶，在夜灯下闪着剔透的光。

书翦上衣加到了第四件，浑身鼓鼓的，像个打满气的氢气球，连坐在椅子上都费了半天工夫，好不容易安置下来，陆星江姗姗来迟。

外面还在下雪，他眉睫上沾着几颗雪粒子，被室内暖意一催，顷刻间融化成水珠沿着脸颊滑落，带着一种落拓不羁的英俊。

书翦盯着他看了半天，才“哇”了一声，慢半拍地想起要递纸巾给他擦脸。

陆星江挑了挑眉，随意地擦了两下，问她：“‘哇’什么？”

她声音无限感慨：“有生之年，竟然看见学长穿了大衣。”

他穿的是 B 家经典款的灰色大衣，书翦在杂志上看到过模特照片，可陆星江身材更挺拔，肌肉线条优美流畅，上身效果绝对比模特还要好，四周窸窸窣窣响起有人拿手机打字的声音。

眼前美色迷人，书翾心里却在想，“热水袋精”原来也有回归人间的一天。

有点儿欣慰。

不动声色摆好了个造型的陆星江没想到等来的是这种答案，又莫名觉得在情理之中。他嘴角勾起一个浅笑，一只手探上领口，要解开大衣的扣子：“既然你这么感兴趣，给你穿试试？”

书翾下巴磕在书上，用素描本挡住下半张脸，只露出来两只圆溜溜的眼睛，摇摇头，惨兮兮地说：“学长，你的衣服给我穿，估计就要拖地了。”

三十厘米身高差，在书翾心里犹如天堑。

“没有这么夸张。”她身边的“巨型人种”陆少爷悠悠道，“最多也就到你脚踝。”

书翾敢怒不敢言地瞪了他一眼，默默地趴了下来，吹了吹刘海，泄了一口气，愤愤地开始准备上课。

调戏了人的结果就是，陆星江听旁边小姑娘哼了半天书翾独创版《千年等一回》。

“千年等一回，等你穿大衣……”

别说，还挺洗脑的。他这就已经忘了原版歌词是什么了。

趁着课间休息十分钟的工夫，陆少爷低声下气地求原谅，书翾感觉自己如果再哼下去，会被四周的陆星江粉丝用目光“杀死”。

她停下来，惆怅道：“其实我唱歌挺好听的，小学的时候还被学校派去电视台表演过呢。”

陆星江抚着额角，忍住笑意，又实实在在被她萌到了，换了正经的语气说：“所以我不想让这么多人白白听到你唱歌。”

“是吧！”她振作起来，“那我回去微信单独录一遍给你！”

陆少爷抿着嘴唇，神情肃穆地点头。

“等我去了澳洲也可以每天听。”

书翾的注意力一下被拉了过来，想起很久前陆星江说过寒假要去澳洲比赛的事，一晃竟然过去快两个月了。时间过得真快啊。

少爷也下凡，降临在她身边那么久了。

她又想到什么，皱了皱鼻子，问：“学长，你什么时候走呀？”

“元旦第二天的飞机。”他侧过脸，眸里带着笑，“怎么，你要送我吗？”

“好啊！总要去给未来为国争光的大功臣加油助威！”她话里倒是对他信心满满，迅速将个人恩怨抛到了一边。

窗外的雪断断续续下着，最后一节素描课，老师难得大发慈悲，布置了一份结课作业就坐在讲台上悠闲地喝茶看书了。

作业不难，有早早完成的同学猫着腰跑过来，鼓起勇气和陆星江搭讪。

书翦目不转睛地看着面前这个身材短小却精悍的学弟，被陆星江盯得浑身发抖，还止不住兴奋，结结巴巴地说：“陆、陆学长！我们运动会比赛分、分在一个组来着，你、你还记得我吗？我叫岳铭，跑、跑第二，就在你后面……”

“男神就是男神，魅力大到男女通吃。”书翦心中暗叹，觉得这个学弟特别有勇气。

学弟本人还在眼巴巴地瞅着陆学长，陆星江略一皱眉，片刻后，在他的满脸期待的神情中，了然地说：“放心，明年运动会我就不参加了，不会和你抢第一。”

学弟：“……”

书翦：“……”

您搞清楚重点了吗！

岳铭小学弟咬住下唇，哀怨地瞪了一眼负心汉，掩面而退，周围一圈暗中观察准备跟在他后面伺机而动的人，也被陆星江这一波不解风情的冷酷操作逼退了。

周围一下清净了不少，陆星江满意地继续提笔糟蹋素描纸。

书翦余光斜斜地瞟过去，发现他的嘴角弧度上扬了那么一点儿，不禁怀疑他其实是故意的。

在她的印象里，陆星江好像确实是个对陌生人挺冷淡的人，表面上不会表现出来，可实际行动都在拒人千里，只是，她却不包含在被拒绝的范围内。

书翦用笔杆戳了戳下巴，不由自主想起某晚陆星江说过的话。

他果然是真的很尊师重道。

顾及陆少爷很快就要飞越半个太平洋，素描课结束后，书翦专门挑了些采访可能会遇到的问题教他练口语，突击恶补。

他学网球请的是美国教练，虽然平时旁边会有翻译跟随，普通的听力也不成问题，可一到要开口，发音就怎么都不准。

大冷的天，硬生生给书翦额角都急出了汗："学长你嘴巴扁一点儿呀，发这个'a'的音。"说着，她实在忍不住了，伸出两根手指，触到陆星江嘴角，轻轻地往上扯。

"就是这样，'a'。"

她没有觉得自己的动作有点暧昧，陆星江直勾勾看了她半天，忽而笑了。

"书老师，你轻薄我。"用的还是肯定句，呼出的热气轻轻地扫着她的掌心。

"轻薄的英文是 flirt with……"书翦条件反射地说完，忽然顿住，像摸到火苗一样飞快收回手，"我没有，我、我这是正常的教学活动。"

"是吗？"他侧过身，手搭在她身后椅背上，悄无声息把她困在胸前，"那你紧张什么？"

书翦皱着眉，试探地说："怕影响你为国争光。"

“……”

不知道是谁比较不解风情。

两个小时后，教室的人走得差不多了，书翦刚讲完课，还在叮嘱陆星江：“学长，你实在不会说就用我给你下的那个APP，输入中文直接有人工智能转换成英文朗读，比百度谷歌都好用。”

“有个更好用的。”陆星江看她半天系不好毛线帽的扣子，站在她身后，伸手绾起她的长发，修长的手指轻轻一拨就帮她扣好了。

书翦倏然转过身，充满求知欲地问他：“什么呀？”

“把你捏成小人塞进我的口袋，一起带去澳洲。”他随口说着，单手拎起背包，跟她一起出了门。

书翦一瞬间警觉起来，一本正经道：“学长，买卖人口也是犯法的。”

不能怪她如此警惕，陆星江可是有面不改色就要“杀人灭口”的前科呢。

如果脑海里的弹幕可以具象化，此时此刻，就可以看见陆少爷脑海中满屏的“搬起石头砸自己的脚”。

深夜十一点，风夹着丝丝雪花吹来，书翦被吹得哆嗦了一下，又觉得大家都这么熟了，她说这样的话未免有些太伤人了，急忙补救道：“我们合法一点，线上交流，文明冲浪。”

脚下积雪厚重，书翦脚腕纤细，深一脚浅一脚地踩在雪里，要走得很小心才能保持平衡。一不注意被台阶下的石子绊了一下，险些摔倒，她措手不及地抓住身旁他的衣摆，结果被他直接带进怀里。

她的脸颊触上他柔软的衣料，依稀还能听到一下一下强劲有力的心跳。

这人看着身体健健康康的，怎么心跳得这么快，都快传染给她了。

书翦乱七八糟地想着，稳住身子后，稍稍挣扎两下，陆星江就顺势放开了她，只是视线还胶着在她脸上，一寸不离。

“我知道了，小书老师。”他手按在膝上，俯下身和她面对面，一弯眼睛，回答她刚刚的话，“等我回来。”

新年第一天，网球队几个核心成员都没回家过元旦，留在学校要通宵给陆星江办欢送会。胡承的哥哥在大学城附近开了家酒吧，人气一贯爆棚，还特地给他们在这种人满为患的节假日留了间最大的包厢。

甫一进门，一帮人就开始狂点酒，秦晔跟于海洋凑在一起看一份菜单。小秦同学时刻心系他们队长，抬头望向对面沙发上随意坐着的人：“队长，你要喝点啥，今天老胡给钱，我们好好宰他一顿！”

陆星江眉头都没有皱一下：“两杯牛奶。”

外边儿大厅里一片群魔乱舞的嘈杂声仿佛被突然隔断，包厢里出现了几秒短暂的空白的沉默。秦晔揉了一把脸，勉强恢复面部表情，咽了一口口水：“不是吧队长，这么养生啊。”

“队长喝旺仔还是特仑苏，我投特仑苏一票！”

“我娃哈哈 AD 钙奶不配有姓名吗？”

胡承打断他们，笑得有点儿欠揍：“你们这就不懂了吧，队长这是给我省钱呢，哪像你们一个个的痛宰我。”

这么说着，他又转头跟陆星江说：“老大，今天其实是我哥买单，不用给他省。”

莫名就被冠上了“勤俭持家”名号的陆少爷，轻飘飘地抬了一下眼，言简意赅道：“宿醉以后脸色不好看。”

在场其他人：“？”

您老人家还想怎么好看。

——直到第二天，双眼赤红、打着呵欠去机场送陆星江的秦晔，看见英俊得仿佛自带光源、不分年龄性别地吸引了方圆几十米内无数目光的队长，慢条斯理地帮面前的小姑娘整理好围巾，他才终于明白那句话是什么意思。

并且再一次对自己的定位有了清晰的认识——呵，一个无人关注、独自在角落默默燃烧自己、死也死得悄无声息的电灯泡罢了。

第三章

进一步得偿所愿

（一）

元旦刚过不到一个礼拜，F 大就进入了紧张刺激的期末考试周。因为考完试就直接放寒假了，故而整个校园里充斥着一种名为“痛并快乐着”的氛围。

书翦她们寝室是传说中的“学霸三拖一”，除了魏醒醒，其他三人成绩都非常好，完全不用为考试担心。

时刻笼罩在挂科阴影下的魏醒醒同学，每天早晨都睡眼惺忪地挂在书翦身上，让她把自己拖去图书馆：“呜呜呜……书宝，我下学期开始一定每节课都认真听，再也不临时抱佛脚了……”

哪怕矮了对方快一个脑袋的高度，大力士书翦一边拖着她，还能一边腾出手拿书：“你上学期、上上学期都是这么说的。”

“住口！杜甫大大曾经说过，弃我去者昨日之日不可留。”魏醒醒义愤填膺。

“嗯，这话是没错，但这是李白大大说的。”

“啊啊啊，你怎么可以这样伤害一个美少女脆弱的心！”

书翦从书里抽出一张写满了笔记的纸，顺手塞到魏醒醒背包的夹层里，微微翘了翘嘴角：“那美少女需要重点笔记吗？”

一路都软了骨头似的魏醒醒一瞬间双眸放光，立正站好，伸出双手按着书翦的双肩严肃道：“我发誓，从今天以后，我魏某人的这条命是你的了，不要不行的那种。”

书翦闻言眉微蹙，咬了咬嘴边的软肉，慢吞吞地说：“这位同学，请你不要恩将仇报。”

“……”

所幸教授们考虑到大家都想过个好年，手下留情，并没有出什么丧心病狂的难题，考试结束得还算顺利。

书翦交了最后一科卷子，踏出考场，就听见身旁的魏姓诗人开始吟诵现代诗：

“啊——天空是那么蓝——草儿是那么绿——魏醒醒是那么自由——”

周围一圈人“唰唰”地把视线投过来，书翦哭笑不得，叹了一口气，刚想给她捧场鼓鼓掌，身后却已经响起了掌声。

“好诗！好诗！”

是个男生的声音，而且意外地很耳熟。书翦扭头，看见一道高大壮硕的身影逐渐走近，黝黑的肤色在冬天也没能有所改善，脸上笑嘻嘻的，倒显得一排牙齿格外洁白。

“学长？”书翦有点儿诧异，“你也刚考完试吗？”

来人是跟她有两个多月没见过面的体育部部长，周临。

“对啊，可算是结束了，再不结束，我的魂儿都要升天了。”周临伸了一个懒腰。

他和魏醒醒都是不怕生自来熟的性子，书翦简单介绍两句，他俩就凑到一块儿了。难得遇到有人这么欣赏自己的诗，魏醒醒朝他一拱手：“壮士，有眼光！”

他谦虚回礼：“女侠，过奖！”

两人随即你一言我一句就“诗词在近现代的演绎与发展”这一高深话题聊得起劲。

书翦走在他们后面，目光瞥到了隔着一张铁丝网的一行人影，排头的那个高个儿娃娃脸，正手舞足蹈地跟身旁人说着什么，拎在手里的网球拍随主人一晃一晃。

这场景一下子就勾起了书翦对某个人的记忆。

考试的这几天，这一季的直播节目也结束了，为了专注学习，她很少用手机，更没刷过什么新闻资讯，不知道他的比赛怎么样了。这点儿紧张担忧之前都埋在心里的某个角落，被无意地掩盖过去了，此刻挑起了一角，便很快就蔓延而出，充斥着整个胸腔。

书翦脱下毛绒手套，从书包里掏出手机，在搜索框里一个字一个字地输入：陆、星、江。

傍晚是用网高峰点，手机网速缓慢，搜索界面弹出来前，前面两个一直喋喋不休的活宝突然像是跟她脑回路保持了同步。

魏醒醒骄傲地说：“体育部有什么了不起，我们书书可是给陆少爷上过课的人。”

周临脚步一顿，右手握拳锤了一下左手掌心，恍然大悟：“我知道了！我说怎么有好几次好像看到学妹跟陆神在一起，看上去关系还挺好的。”

你知道什么？

那是挺好吗？

那明明是醉翁之意不在酒。

站在了智商制高点的魏醒醒冷漠地想。

周临却自以为掌握真相，猛一转身，对着身后的书翦语重心长道：“学妹！你一定要好好教，等哪天陆神成了世界巨星，就在他的百度百科里写‘师承书翦’，给我们辣都长脸噻！”

他一时激动，最后半句话还飙了方言出来。

书翦呆呆地应声：“好的，我尽力。”

魏醒醒在心里吐槽：“你们辣都人民的脑回路是都这样天生比别人缺根弦吗？”

考试结束的第二天，书翦赶一大早的高铁回了C市。

书父书母为了迎接自家贴心小棉袄回归，做了一桌子丰盛的菜肴，从剁椒鱼头到水煮牛肉，再到毛血旺，把菜里的辣椒籽串一串，差不多可以绕地球个几分之一周了。

客厅里的电视正停在体育频道，是书父之前看的，书翦刚一回到家，代表家中最高权力的遥控器就被书父乐呵呵地交到了她手里：“爸爸看了预告，今儿个英文频道放你最喜欢的电影，叫《钢琴师》还是《钢琴曲》

的……”

书母哧地笑一声，毫不留情地嘲讽道：“人家叫《钢琴家》，我说书呈誉，你也该补补脑了，赶明儿给你买一箱六个核桃回来。”

“是是是，哪能都像我们林老师聪明绝顶。”书父倒也不恼，笑眯眯地四两拨千斤。

“长本事了书呈誉，你是不是在暗示我头发少？”

书翦不知道别人家父母是怎么相处的，反正她家里这两个向来是小孩儿一样，天天拌嘴，而且是越拌感情越好的那种。她觉着自己吐槽的功力大概算是耳濡目染、家学渊源。

不过此刻，她整个人的注意力都放在了电视屏幕上。

CCTV-5 正回播澳网比赛。

上一场比赛刚结束，屏幕左上角预告了下一场的对战名单：Lu Xingjiang VS Kris Johnson。

电视上的对决还没开始，餐桌另一边的一轮对决已经宣告暂停。

书父难得看到自家闺女对什么体育节目感兴趣，颇为意外，跟书母咬耳朵：“咱们宝贝是不是受了啥刺激，怎么看起网球比赛了？”

书母扫了一眼电视，眼睛蓦地一亮：“别说，这小伙儿是中国的吧？还挺帅，跟电影明星似的，越瞧越精神，个儿高腿也长。”

“咳咳咳。”书父试图拉回妻子的注意力，小声道，“问你正事儿呢。”

“哎呀！你别整天担心这个担心那个，说不定习习就是想学个运动，强身健体也没坏处，万一还能再长高点儿呢，谁让女儿随你。”习习是书翦的小名，来源就是“翦”字底下的两个“习”。

书母说着，双眼还目不转睛地盯着电视。

“不随我能长这么高吗？”书父小声嘟囔，却不小心被低头扒了一口米饭的书翦听得清清楚楚。

父女俩尴尬而不失礼貌地对视了一眼。

书翦同学无端被当成斗嘴的靶子，心上还被亲生父母扎了几道飞镖，痛心之下很快吃完了饭，主动请缨洗了碗后，钻进卧室，捧着笔记本电脑继续看刚才的比赛。

手机放在书桌上，被她调了静音，为了安安心心地看陆星江和那个 Kris 的对战。

他这次穿了一件草绿色的运动衫搭黑色短裤，澳洲正值夏天，网球场设在室外，黄澄澄的阳光倾泻下来，像浸在蜂糖里过了一圈儿，照在他浅麦色的皮肤上，竟然仿佛白了一个色号。

书翦有时候想，上天真的是非常、特别不公平。陆星江明明平时训练经常要在太阳下暴晒，结果肤色和天生有种族优势的欧美人比起来，也不显得差多少。

镜头给了他一个侧面特写。

画面中的青年半低着头，长长的睫毛向下扫，下颌弧度微翘，嘴角微微扬起，笑意并不十分明显，却散发着一种分外迷人的气质，他衣领没有扣完，露出了一小截线条清晰的锁骨。他沉沉地吸了一口气，右手将球上抛，球击拍而响，瞬间在半空中画出一条计算精准的曲线。

“每次看少爷打球就觉得，有的男生连呼吸声都可以很迷人。”

书翦脑海中忽然冒出这么一句曾经在网上搜索“陆星江”时看到的话，她的耳根一热，不自觉用手指捏了捏。

这场比赛是四分之一半决赛，对手比起省选拔赛那会儿，水平高出不知道几个档次。陆星江在国内同龄人圈子里鲜有敌手，那时几乎是压制着对方吊打，场面非常残酷。此时对手水平拔高了，比赛的观赏性也大大增加。

胶着半个多小时后，比赛进入最关键的抢七决胜局。

Kris 长期盘踞在底线，使用的都是大角度的抽球，一拍接着一拍，球带着剧烈的上旋冲力越过球网直奔而来。陆星江却并不畏惧，他一向反应快、动作更快，观众还在提心吊胆的时候，他已然将球再次回击过去。

在这么严肃的场面里，书翦也是很佩服自己，竟然还能想到他们第一次见面时，她还没反应过来，他就已经到她面前抓住她的事儿。

他们体育生的速度是真的很快。

她分了一秒钟神，又赶快恢复了注意力，结果偏巧在这种关键时刻，调了静音的手机振动起来。

书翦很少给人留号码，平时大家交流大多靠微信，一个月里除搞推销、诈骗的经常来嘘寒问暖之外，平均能接到的正经电话数量不超过五通，她也很遗憾没能为中国电信的事业贡献自己的力量。

她心中困惑，匆匆将手机拿过来，瞥了一眼，来电号码不光很陌生，甚至来源地区都不是国内。

诈骗团伙都开始发展跨境业务了吗？这也太努力了吧。

心中十分“感动”的书翦当即点了挂断。

还没等她放下手机，这个诈骗团伙就再度打来了电话，书翦有点儿生气了，耐着性子再度挂断后，正打算把这个号码拖入黑名单时，收到了这人发来的短信。

“陆星江。”

书翦：“……”

学长，您什么时候从手机里钻出来啦！

被当作诈骗团伙的号码第三次打来电话时，书翦乖乖地按了接听键，并先发制人地道歉：“学长对不起，我可以解释，事情是这样的……”

她说了一圈，最后再度郑重道歉：“真的对不起！”

书翦心里充满了忧愁：陆姓学长的小心脏那么脆弱，他的比赛好像还没结束，万一这下又被她伤害了，不能好好比赛了怎么办。

陆星江没能领会到她深切的担忧：“没事儿。”

他能说什么呢，怪自己看上去不像好人吧。

书翦接电话时忘了把电脑上的比赛按暂停，在他俩说话的间隙，不知道发生了什么，一直都还保持着平和冷静理智画风的讲解员突然激动得像发了疯一样，疯狂咆哮，震耳欲聋：“陆星江！好球！”

声音穿透力之大，可以跨越几千公里两个时区，直直抵达陆星江的听筒。

对面闻声顿了顿，书翦顿时面色一僵。分明没有做什么，为什么现在会有一种宛如被抓包了一样的羞耻感。

她轻轻地咬住下唇，听见陆星江几不可闻地笑了一声，气息拂在话筒上，撩拨着她的耳郭，痒痒的，像是把她心跳的速率也往上拨了一拨，她的耳根处又开始发烫。

他说："这场比赛我赢了。"

书翦："？？？"

这算什么？官方剧透吗？您是怎么通过一声"好球"就听出是哪场比赛的？还是每场比赛都赢了？

向来最痛恨剧透的书翦这次是真的想把电话挂断了，官方剧透也不行。

她抿住嘴唇，克制住汹涌的怒火："学长，最近微博有个热搜话题，你在国外可能没看到过。说一个寝室发生了凶杀案，因为上铺在和下铺一起看电影的时候给他剧透了谁是凶手，所以下铺一怒之下就拿刀捅死了他。"

书翦刚说完就后悔了，这样暗示是不是有点儿太明显，也太血腥暴力了！

"嗯？"陆星江跟她根本不在一个频道，似乎在忙着看什么，随口问，"什么电影？"

"没什么。"书翦气鼓鼓地把这口气咽了回去，用手指拨弄了一下桌上盆栽里的小多肉泄愤，"学长，你还在澳洲吧？最近训练是不是特别忙，找我是有什么事儿要帮忙吗？"

"训练？还好……今天休息，我现在在商场，找你是想问你有没有什么想要的东西，当纪念品。"

他似乎料到她会想拒绝，接着道："网球社的人都有，他们眼光不好，我就不问他们的意见了，你帮我参考一下？”

话说到这个份儿上，把她的退路堵得严严实实，书翦只好答应下来。

书翦挂了电话，打开微信，才发现在此之前陆星江已经给她发了好几条消息，只不过她刚才都没发现。他又拍了几张商场的照片发了过来，书翦仔仔细细地开始帮他挑选。

或许是真的很信赖她的审美，无论书翦说什么，陆星江的回答都是“好”。

乖得像等待老师发糖果的幼儿园小朋友。

书翦把跑偏的思绪扯回来，认认真真地打字：“这个花瓣形状的绵羊皂也挺好看的，小姑娘应该都喜欢，学长你可以给社里的女生带。”

这次对面迟了一会儿才回复，书翦看着屏幕顶端那行“对方正在输入……”显示了大约一分钟。

新消息传来。

是一条语音消息。

几分钟前才刚打过电话，书翦不知道为什么要听到他的声音还是有点儿紧张。

她点开语音，他懒洋洋的声音从听筒传来，有笑意一寸一寸地弥散出来，说的是请求的话，语气却好像是勾引着人必须要答应似的。

轻微的吐息声扫过她心尖，酥酥麻麻，带着一点儿痒，像春日里满城翻飞的柳絮。

“所以……小姑娘，可以给我你家地址了吗？”

（二）

陆星江一定是个不正经的人。

否则怎么会连普普通通的“小姑娘”三个字，都会被他说得这么暧昧不清。

书翦用手背贴了下脸颊，温度烫得她一激灵，霍地站起身来，把密闭的窗户推开了一点儿——肯定是因为室内空气不流通才会让她的脸这么热。

她家住在小高层，几十米的高空冷空气强烈，一秒就让她恢复了理智。

书翦把地址发过去时，已经自我调整好心态了，再度还原回了“普通学妹加半吊子老师加应该算是朋友”的正直立场：“学长，再过两周就过年了，你还回国过年吗？”

“下周总决赛，如果顺利的话，会回去的。”他略一停顿，“如果不顺利……”

书翦一颗心像是随着他的语调被提了起来：“那、那会怎么样？”

“不顺利也会回去的。”话虽这么说，书翦却觉得他的语气里没有丝毫对比赛结果的怀疑，明明自信满满，还要逗她，“到时候小书老师要记得安慰我呀！”

比赛在下周二，还有五天时间。

书翦头一次为比赛这种事感到焦虑。虽然她上学上得早，但是很好地继承了父母的优良基因，连高考都是签了半保送合约的，从小到大基本没为自己的事儿发愁过。

可陆星江不一样。

这次是陆星江网球生涯中参加的第二次U24邀请赛。

书翦看过新闻，知道他第一次参加这个比赛是在三年前，那时他刚满十八岁，恰好到参赛的最低年龄。那次比赛中，如今世界网坛赫赫有名的大满贯得主Richard Aaron捧得了金杯，陆星江位居第三。

以他当时的年纪来看，已经是一个国人前所未有的成绩了，哪怕放眼世界，这样的网球天才也屈指可数。Richard大他五岁，是最后一次参加U24了，直言很期待他的成长，希望未来有机会能在其他比赛中再次和他交手。

可是在赛后的回国采访中，陆星江并没有表现出一丝喜悦，甚至在接下来的很长一段时间内都没有再度参加国际比赛。

没有人知道原因，网上的猜测不少，可是并没有一个得到证实。

直到时隔三年，陆星江再度出现在澳洲的比赛场上。

决赛体育频道并没有比赛的实时直播，微博上零星有身处比赛现场的人发了一些相关信息，底下充满了粉丝的“啊啊啊啊啊”的尖叫。

书翦也想“啊啊啊”了。像小时候追电视剧追到大结局，却被妈妈赶去睡觉，第二天只能跟同样错过大结局的小伙伴苦兮兮地听别人讨论。

寝室微信群里，魏醒醒和林芝还在疯狂刷“我快撑不下去了”的表情包。

手机屏幕的光线刺得她有些眼花，她抬手揉揉额角，困倦得只想打呵欠，强大的生物钟催她去补了个午觉。

再睁开眼睛时，窗帘外几乎已经没什么光线了，室内一片暗沉。冬天本来就是昼短夜长，有时下午四五点钟天就差不多黑下来了，书翦一时无法分清究竟是什么时间，心往下一沉，刚摸过枕边的手机想看下时间，屏幕最上方那条消息就映入眼帘。

【啊菠萝：小书老师，我赢了。要不要给我什么奖励？】

时间 18：03。推算一下时间，大约是他那边比赛刚结束下场，就给她发了消息。

下面紧跟着相隔五分钟的微博热搜信息：陆星江夺冠。

书翦盯了屏幕半天，后知后觉地摸了摸脸颊，不知道什么时候嘴角就翘了起来。

好啦。小书老师大度地想：好像也可以原谅他的剧透了。

三天后的早晨，书翦刚起床没多久，就收到了一个快递电话。

快递小哥好像感冒了，压着声音，瓮声瓮气，书翦勉强分辨清楚他在说什么，随手从衣架上拿了条围巾系上，又戴了个毛茸茸的帽子下楼和他会晤去了。

小区里绿化很好，植被覆盖率高达90%，隔几步路就是一个小花园，哪怕是到了冬天最冷的时候，也有几簇小花儿生命力顽强，开得旺旺盛盛、如火如荼。单元楼下门边上还栽了几株蜡梅，香味儿淡淡的，却让人闻了浑身舒畅。

最近几天风大，把几根蜡梅枝都刮秃了，书翦带了个小包，准备拿完快递拾点儿掉在地上的花瓣回去晾成干花当书签用。

楼道里透着一股湿冷的气息，书翦搓了搓手，推开楼下的防盗门，三两步跨下台阶，左右张望了一下，就看见站在蜡梅树旁的男生。

早上八九点，太阳还没露出头来，天光泛着一点儿淡淡的薄荷色，清冷得不近人情。快递小哥背对着她站着，隔着错杂的枝叶望过去，身高目测高她一、二、三十多厘米。

这一定是个假的辣都人！

书翦愤愤地想着，再仔细地看了看，忽然发觉有哪里不太对劲。

你们快递小哥现在都穿得这么好吗？

身材也这么好？

气质也这么风度翩翩？

书翦放慢了脚步，几乎一步一挪地走过去。在和他相距大约一米的时候，他耳朵灵，听见动静转过身来，如墨染就的眉毛微挑，一双桃花眼亮得不可思议。

久违一个月、刚拿了冠军、最近在微博像轰炸了一样被无数少女一口一个“男朋友”叫着、让热门微博下面的评论被“教练我也想学网球”淹没的人，就这样毫无防备地，出现在她的面前。

书翦眼睛眨啊眨，有那么一瞬间，她以为自己在梦游，曲了曲手指，有点儿想伸手摸一摸，是不是幻影。

她微仰着头看前方的人，粉嫩的双唇微启，整个人看上去懵懵懂懂的。她头上戴着一个兔耳帽，此时两只粉白的长耳朵耷拉下来，和主人一样，又呆又萌。

气氛好像凝滞了三秒钟，对方再也忍耐不下去了，长腿一迈，迅速拉近了他们之间的距离，低头看她。

鼻腔里缭绕着若有似无的雪松香，书翦张着嘴，短短几秒钟里，思路从“你怎么会在这里”一路跑偏到“你怎么喜欢这个味道的香水”，最后脱口而出的是：“学长，你怎么兼职做快递上门服务了？”

陆星江是赛后采访结束，直接订了机票从澳洲飞过来的。

从拿到她地址的那一刻起，他就已经计划好了要来C市见她一面。一个月没见，哪怕能在他找各种理由的情况下听她说说话，对他而言，也太难熬了。

一颗在决赛时都没有惊慌到急剧加速跳动的心脏，在楼下等她下来的时间里，跳得越来越快，淹没了耳畔的一切声音，直到她向他走来。

转过身看见歪着脑袋向他这里探来视线的小姑娘时，陆星江听见一个声音叹息着说：

幸好你来了。

“嗯。”他嘴角勾了勾，收敛起心底所有波澜起伏的情绪，桃花眼直直盯着她，“为你量身定制的服务。”

这话尾音勾得缠绵，可书翦照惯例跑偏了重点：“学长，你的声音……没出什么问题吧……”她忽然想到什么，飞快地从口袋里掏出手机看了一眼刚刚的来电记录，迷惑道，“你换号码了吗？”

“刚回国，手机卡没来得及换回国内的，还不能用。电话是找路人借了手机打给你的。”他这么解释。

至于声音呢，大概也是想“诈”她一下，给她一个惊喜。书翦看见他左脸写着“惊不惊喜”，右脸写着“意不意外”，如是想。

说话的空当儿，陆星江把手上拎着的包装精致的米黄色礼品袋递给了她，书翦道了一声谢接过，又想到了一个很重要的问题：“你这么来，万一我今天不在家怎么办？”

他双手抄在口袋，脸上的表情闲适中带着一抹云淡风轻：“我问过人了。”

问过人了？

书翡怔了两秒，快速反应过来。

——前天晚上魏醒醒特地问过她今天是不是在家，说要给她送个东西，那时她打探了很久，一向嘴巴像漏斗一样的魏醒醒竟然头一回守口如瓶，硬是没给她透露一点儿消息。

原来是在这等着她。

真是下了好大的一盘棋啊。

“今天来这儿除了给你送礼物，其实还有一件事。”他缓缓道。

书翡了然地点点头，她从一开始压根儿就没想过陆星江是专门来看她的，心里也一直默认他只是顺道过来给她送个东西，至于什么“量身定制的服务”，她也早已习惯了她这个陆学长的不正经与满嘴跑火车。

于是她不假思索道：“那学长你要去什么地方，我可以给你指路。你以前来过C市吗？这里可绕了，特别容易迷路，高架桥每年都在修，七拐八绕的……”

她声音又轻又软，呵出来的白雾散在风里，被她用手轻轻拢住。

“想去你家坐坐。”陆少爷把这话咽进了嗓子眼里，脱口而出的是：“倒是确实需要你来指路。”

书翡睁大眼睛，一副随时待命的模样。

“另一件事，就是来问你要比赛赢了的奖励。”他状似无意道，“我第一次来C市，不知道该去哪里逛逛比较好，想要一个当地的向导。”

“我觉得小书老师，就很适合当这个向导。”

“啊？”书翡呆了呆，还在状况外。

他嘴角扬起一点儿弧度，笑起来，垂着眼睛看她：“快递小哥今天想罢工出去玩了，还想拉着这位顾客一起，行不行？”

陆少爷千里迢迢坐了十几个小时的飞机过来的时候，完全没想到在自己提出一个如此合情合理的请求后，会被人撂在原地整整三分钟，不，他低头看了一眼手机屏幕，四分钟了。

书翦在弄清楚他的来意后，瞬间做出反应——转身、推开单元门、回家。

——虽然临走前还丢下了一句“等我一下”。

可这已经足够陆少爷给自己加一场“雪花飘飘，北风萧萧”的戏了。

拿了两个口罩背着包的书翦，跑下楼看见的就是这么落寞又凄美的一幕。

怎么她不知不觉就成了一个渣女了。

她晃晃脑袋，甩掉了这个可怕的想法，把咖啡色的那个口罩塞到陆星江手里：“学长，你现在是公众人物，出去玩还是遮一下脸吧。这个口罩我买来还没有用过。”

其实网球在国内并不是一种特别大众的运动，而且运动员本身也不像明星那样，三天两头在公众面前晃荡，再怎么好看的一张脸于路人而言，也就是多看两眼多些回头率罢了，能一眼认出他是谁的还是少数。

陆星江一直是这么认为的。

他回国坐飞机走的是VIP通道，行程隐瞒下来没告诉任何人，又有专门的司机开车把他送到这里，一路上没碰见几个人。刚刚借电话的是个大爷，也不认识他，故而他根本不知道自己已经再次在微博掀起了一轮腥风血雨。

他知道小姑娘的好意，却偏偏要曲解一下她的意思：“不想让别人看到我的脸？”

这话听上去怪怪的，却好像也无法反驳，书翦只能点点头。

陆星江弯了弯眼睛：“不会被认出来的。”

话音刚落，一个看上去像是刚晨跑回来的大哥就噌地一下蹿到他们面前，神色激动：“你是不是、是不是那个陆星江！我这两天一直在看你的比赛，能不能给我签个名啊！”

这大概是，史上最快的一次打脸了。

嫌戴口罩有损他英姿的陆少爷，在憋着一口气给那个大哥签了名后，还是不得不戴上了。

书翦在旁边低着头笑得肩膀一抽一抽，为了不伤害陆星江脆弱的心灵，她非常配合地和他一起戴了口罩，努力让自己显得很诚恳：“学长，你戴这个口罩真的特别好看。”

陆星江瞥了她一眼。

作为一个钢铁直男，陆少爷辨认不出这些萌萌的卡通小动物大名叫什么，只看见书翦的口罩上是只小白兔，他的是小灰熊。

看着还挺登对。

行吧。陆少爷勉为其难地接受了。

冬天天冷，戴口罩出行的人不在少数，他们混在中间倒也并不显得怎么特立独行。

C 市是个以美食闻名的旅游城市，哪怕临近春节，游客数量还是只增不减。几个热门的景点几近摩肩接踵的状态，陆学长好不容易来一次，总不能让他去那种人挤人的地方。

书翦想了想，先带陆星江去了一个只有资深的 C 市人才知道的小祠堂，在附近吃了早饭和中饭，下午又去逛了一串儿胡同，坐在茶馆里喝喝茶，看了一会儿正宗的变脸表演。

陆星江全程景不醉人人自醉，无论身处何地，哪怕坐在路边的石凳上等书翦买冰糖葫芦，脸上都挂着让春风自愧不如的微笑。

用秦晔的话来说，就是——我们队长那无处不在的魅力，是区区口罩就能遮得住的吗？

书翦举着两根比她小臂还长的糖葫芦回来，还不忘自吹自擂继续劝说陆星江拍照：“学长，我拍照技术真的不错，现在正是傍晚光线最好的时候，这儿风景也好，我给你照张照片吧？”

陆星江把两根糖葫芦都接了过来，拿纸巾把木棍底下包好，眼睛观测了一下，把看上去更饱满新鲜的那根递了回去：“我不会摆姿势。”

“长成您这样根本不需要摆什么姿势！”书翦在心中吐槽。

她鼓起腮帮子，用空着的手拿起手机打开相机，对他说：“学长，你举着糖葫芦就好啦，半靠着后面的墙……”

她往后退了两步，想拉开一点儿距离好拍照，还没来得及把相机调成后置摄像头，头顶蓦地横过来一只手，来人微俯下身来，在她反应过来前，手很快地按了拍摄键，屏幕上画面瞬间静止。

定格的画面里，小姑娘摘下了口罩，脸颊不知道是不是被风吹的，微微泛红，她身旁高挑的男孩子头低着，和她靠得很近，虽然只露出上半张脸，眼神却又温柔又缱绻。

温柔？缱绻？

书翦狠狠地眨了一下眼睛，不由感叹风真大，都让她产生这种错觉了。

耳边那个“又温柔又缱绻”的人嗓音低沉，带着笑，像是要把那份温柔进一步加深，刻进她的骨子里。

“我觉得这张就很好，晚上回去发给我吧。”

（三）

晚上七点，落日余晖消散得干干净净，天空泛着纯粹的黛蓝色，晚风晃悠悠地卷过几颗星星，从天边吹过来。市区灯火通明，整整一条街上开了大大小小无数家餐馆，香味扑鼻，四处人来人往、川流不息。

书翦想起了他们辣都的一句宣传语——

众生皆苦，而我们是火锅味的。

原先顾及陆星江是舟车劳顿了一天过来的，所以书翦一开始并不想带他吃火锅串串这一类的食物。虽然这算是C市的标志之一，但到底还是以他的身体为重。

还是后来陆星江自己提出想尝一尝地方特色，书翦这才带他穿过一片高楼大厦，拐了好几个巷子，最终驻足在一座挂着红灯笼的四合院前。

看四周人烟逐渐变得稀少，陆星江挑了挑眉："小书老师，你是不是想报复我？"

书翦震惊于自己一片好心被误解："怎么报复？"

"比如，趁我人生地不熟，把我带到荒郊野外卖了。"

"学长，我力气没那么大，可能卖、不、动、你。"书翦气冲冲地往院子里踏了一步，"这家店是我从小就吃的，味道比外面那些大火锅店都好吃。"

她别过脸不去看他，虽然竭力压抑着情绪，但还是有几分气鼓鼓的音调泄露出来。

"好啦，是我误会小书老师了，小书老师大人不记小人过，原谅我吧。"陆少爷这番调戏浅尝辄止，不敢过火。他两步赶上去，垂着脑袋弯着腰，一副"我错了"的模样，终于把她逗笑了。

俗话说"大隐隐于市"，书翦觉得这家店就像是武侠小说里的扫地僧一样，不显山露水，但内里自有乾坤。

从外面看着冷冷清清的，走进院子里推开大厅的门，才能看见里面白烟袅袅，坐得满满当当。此时正是用餐高峰点，也是他们来得巧，刚好有角落的一桌被收拾出来。

虽然角落位置稍微显得逼仄了一点儿，但也更不引人注意，方便陆星江取下口罩——至今他仍没有什么走在大街上，就能被随随便便认出来的真实感。

店里服务员不多，老板习惯了凡事亲力亲为，连点菜都是他亲自把菜单送过来。

年逾四十的老板长着一张憨厚可亲的脸，把菜单递到桌上的时候目光扫过书翦，惊喜道：“小书放假回来了呀？”

书翦冲他乖巧一笑：“陈叔！”

两人简单寒暄了几句。陆少爷手肘搁在桌上，撑着下巴听他们说话。老板地方口音很重，哪怕是尽量在说普通话了，还是难以分清“l”和“n”的音。这好像是南方人的通病，但从他第一次听书翦讲话时，就发现她的普通话发音标准，不知是先天的优势，还是后天的训练。

“这位是你朋友吧？”陈叔偷偷觑了一眼，总觉得这个相貌过分出众的年轻人身上带着一股凌厉的气势，可看面相又不像那种嚣张跋扈的纨绔子弟。

“嗯，他是外地来的，第一次来，所以带他来您这尝尝正宗的辣都火锅。”

陆星江收敛了心神，跟着书翦叫人：“陈叔。”

陈叔一愣，颇有点儿受宠若惊，连连点头：“你们先点菜，我去给你们上锅底。”

等人走远，书翦才边搓木筷边给陆星江介绍：“陈叔跟我爸妈是朋友，算是看着我长大的。”

陆少爷应了一声，心想这四舍五入也等于见家长了。

“我们小书老师在哪儿都讨人喜欢。”他悠悠感叹。

话没说多久，锅底刚端上桌，真家长的电话就打来了，书翦接起电话才想到出来招待陆星江的事儿还没跟家里说。

“喂，妈妈，今天有一朋友来C市，我陪他在外面吃啦，你和爸爸快吃晚饭吧，不用等我……”

又是朋友啊。陆星江心有不甘地吹了一口气。

什么时候能在这个词前面，加上那个表示性别的字。

“是……是个男生，但是是我们学校的学长。”后半句她快速压低了音量，可陆星江还是听清了，“真的不是坏人，你们不用过来了。”

陆少爷：“……”

在实现终极目标之前还是先摆脱“坏人”的标签吧。

打完电话后，书翦整个人处于有些心虚的状态，具体表现在给陆星江烫菜夹菜的动作十分勤快。她想得其实很简单，当初吃海鲜的时候，学长对她关怀备至，现在到她的地盘了，当然要投桃报李。

另一边的陆少爷，吃到了迄今为止，人生中最满意的一顿火锅。

——至于具体都吃了什么，陆少爷温馨提示，结果不重要，凡事重在参与。

被遗忘的肥牛、黄喉、毛肚：你最好就不要想起我。

从澳洲出发前，陆星江也一并订好了住的地方，当时没想太多，直接就订了书翦家附近的一家五星酒店。在刚刚书翦问到他住哪里，要送他过去时，他才后知后觉，这样是不是显得目的性太强了？

书翦踏出门，重新戴好了帽子，夜风冷飕飕的，她把口罩往上扯了扯，显得弯弯的眉毛下一双杏眼更大更明亮了，径直地望着他，因为没等到回答，又“唔”了一声。

各种计划在脑海里过了一遍，陆星江最后说：“还是我送你回去吧。”

“为什么？”

“为了向小书老师证明我真的是个好人。”他半真半假地说，“我打车去住的酒店就好了。”

书翦皱皱眉，还想说什么，陆星江心一横，道：“顺便看看还能不能遇到我的粉丝，再练一练签名。”

“……”

书翦由震惊到难以置信再到原来如此的眼神，让陆星江觉得自己一下梦回半年前，这半年里他辛辛苦苦树立的人设好像再度崩塌了。

陆少爷觉得自己牺牲巨大。

将书翦送回家的一路上，都没有再横空冲出一个人来大喊一声“陆星江”，他心底默默松了一口气。

今夜月明星稀，月亮是半圆形状，低低地挂在屋檐上，月华如练，铺在地上是一片霜白，陆星江背对着光，一半脸匿在黑暗中，正思考要说点儿什么，身前的小姑娘忽然发出一阵窸窣的声响，从包里掏出一个记事本，又抽出一支笔，递到他面前，眨巴眨巴眼睛看他。

陆星江疑惑不解地看着她。

忧心忡忡的小姑娘深吸了一口气，声音里是满满的安抚："没事儿的学长，还有我在，你给我签名吧。"

谢谢你的捧场啊。

书翦为他着想，陆星江自然不会表示反对，接过了笔。只是这儿光线实在太暗，他落笔都小心翼翼。大概是上天听到了他的诉求，楼道里有人出来，脚步声嗒嗒嗒，惊起了一串感应灯照明。

陆星江不经意地瞥过去一眼，莫名觉得冲过来的这个中年男子有几分眼熟。

下一刻，他就听见身边的小姑娘有点儿惊讶的声音响起："爸爸，你怎么下来了？"

真是不把这一天过完，都不知道还有多少惊喜在等着他。

北京时间，晚上九点半。几百公里外，A 市某个名叫【除了陆星江我是本群最帅的】的微信群里，十几名寂寞又无聊的男大学生正在无聊又寂寞地玩着掷骰子的游戏，输的人要发红包。

某个姓秦名晔的同学，虽然早已对自己的烂运气心知肚明，可他不屈不挠，屡战屡败、屡败屡战……在一连发了十二个红包后，他终于向命运低下了高贵的头颅。

"都停一停，别玩了别玩了，我说你们就不能关心一下咱们队长今天战况如何吗？"秦晔十分正义且饱含队友情地说。

"我们怎么没关心了？这不是已经在努力给队长凑份子钱了吗？"

"就是，虽然凑到最后都是叶子出钱。"

秦晔："秦小爷我宽宏大量，不跟你们一般见识。"

斗了半天嘴，群里才进入讨论的正题。

原本按陆星江的各项条件指标来看，谁能相信这样的F大男神还需要辛辛苦苦地追女孩子。但这么魔幻的事情就是确确实实发生了，而且他追得比谁都艰辛。

艰辛到这么久过去了，对方压根儿还不知道他在追她。

"我说队长这个迂回路线也太迂回了，我看着都想给他点一首《山路十八弯》，直接挑明不就好了？"

"肤浅！你这样的活该要母胎单身到老。没听过那句话吗，'表白不是重逢的号角，而是胜利的凯歌'。"

群里险些又掐一轮，这时，万众瞩目的陆少爷连上了酒店的无线网，发了个句号，表示存在感，瞬间引发一连串八卦。

"队长！怎么样！"

"队长这波千里送礼物，是不是把小学妹感动得眼泪汪汪要以身相许！"

以身相许？他揉了揉额角，靠坐在电视柜旁，敲了几个字："刚去见完家长回来。"

群里沉默了大概一分钟，才重新有人说话。

胡承理直气壮地发言："那个，队长，咱俩这个交情，你们办婚礼，怎么也得找我当伴郎吧。"

"陆哥陆哥，伴郎选我，我超帅，不会给你丢脸的！"

"队长！"秦晔声嘶力竭，"你可不能忘了我！"

这群人大概是真的寒假在家待得无聊，一个比一个表演欲旺盛。

陆星江拿起浴巾，随手擦了擦刚洗完的湿发，扯了扯嘴角，回他们："开学再说吧。"

"是我的错觉吗，总感觉队长这句话笑里藏刀，暗示着我们开学可能会被队训折磨死。"

“是你的错觉，队长这句话根本就没有在笑。”

“……”

左上角提示有两条新信息，陆星江切出去看，是书翦发来的。

第一条是跟他说，事情已经和她爸爸说清楚了。

陆星江想起不久前书父那一脸护女如命、把他视作豺狼虎豹的表情，忍不住叹息。

——道阻且长。

第二条是书翦如约发来了他们的那张合照。

陆少爷手一顿，目光停留在小姑娘带着几分惊诧和茫然的眼睛上，半天移不开视线。

他抓了一把头发，像是彻底认栽了。

以后不能生女儿。

不然长成这样，以后到了交男朋友的年纪，他只会比书父更可怕。

书翦微信上说得轻描淡写，实际上她也是第一次发现自己家里原来可以有这么严肃的氛围。

书父板着张脸坐在沙发上，一言不发，浑身散发着“我很生气”的气息。书翦觉得她爸一把年纪还有傲娇这种时髦的气质，十分不容易。

她小步挪过去，软着声音解释：“爸爸，人家真的是来C市旅游的，还给你和妈妈带了茶叶和燕窝。”她晚上回来打开那个礼品袋，才发现里面装了那么多东西。

“呵！”书父鼻子出气，“哼”了一声，“无事献殷勤，非奸即盗。”

“书呈誉你怎么回事？不阴阳怪气不舒服是吧，女儿年纪这么大了，有男生朋友不是很正常吗？”书母朝他翻一个白眼，转脸面对女儿，脸上浮起笑容，“来，跟妈妈说说那个男生怎么样，个儿高吗？帅吗？家里是做什么的？今年多大？你们怎么认识的？”

书翦：“……”

陆星江是次日下午的飞机走。

他没说自己住哪儿，于是第二天上午还是他来书翦家楼下等她。前车之鉴还血淋淋地摆在那里，书翦跟他约在靠近小区体育场的隔壁单元楼下见面。

书父在阳台上侦查一圈，没看到可疑敌情，悻悻地被书母拽着衣领拖回客厅。

一大早体育场上晨练的人不少，网球场上有个子一点点儿高的小豆丁拿着儿童网球拍在练垫球。网球看着小，分量于他而言却不轻，他要用两只小胖手才能握得住球拍，一本正经地给自己数着数。

陆少爷还戴着昨天的口罩，双手环胸，气定神闲地倚靠在铁丝网上看着小朋友练球。

在小朋友眼里，就是有个奇奇怪怪的高个儿哥哥一直盯着他。人之初性本善，小朋友考虑一下，磨磨蹭蹭地走过去，奶声奶气地问："哥哥，你是不是也想玩？我可以把球拍借给你。"

陆星江平时并不是个喜欢和小孩子玩的人，到了书翦家这里，莫名就转了性，大概是看谁都自带一种亲切的光环。他弯下腰来，摸摸小朋友的脑袋，笑了笑，丝毫不觉得羞耻地说："我不会。"

"我教你！"小朋友自告奋勇。

书翦过来的时候，就见驰骋澳网赛场所向披靡的陆星江，在她家楼下的简易网球场上，跟一个身高还没到他腰那么高的小孩儿，一起打球。

他还是保持不怕冷的"热水袋精"精神，穿得不多，因为运动的缘故，眼角泛着一丝红晕，额头微微冒了汗，发丝被风轻轻扬起，有强烈的荷尔蒙因子散落在空气里。

这个年纪明明算不得什么少年了，却偏偏有股少年气在他身上显现得淋漓尽致，口罩被他扯下来了，连嘴角勾着的那抹笑都是少年独有的洒脱不羁。

书翦仿佛头一次意识到，这个人长得这么好看。

心中像是易拉罐被人拉着拉环打开，里面的汽水轻轻摇晃，有细小的气泡跳跃起来，久久都无法平息。

其实这点儿运动量对陆少爷来说不算什么，只是要装不会打网球，还要不动声色地纠正这个小朋友的一些错误姿势比较费力。

听到脚步声，抬头看见穿着藕粉色棉衣的小姑娘往这边走来，他伸手揉揉小朋友的头发，对他说："谢谢这位小老师，我该走了。"

小朋友"啊"了一声，顺着他视线望见了书翦，突然兴奋："哥哥，是不是你的女朋友来了，你们要出去约会？"

陆星江眼睛一弯，脸上笑意更盛，没有否认。

"有女朋友可真好呀。"小朋友的语气充满了羡慕，"你的女朋友真可爱。"

"现在的小孩子是不是有点儿太早熟了？"陆星江嘴角歪了歪。

他俩说话的声音不大，书翦只隐隐听到了陆星江叫"小老师"的那一句，不禁陷入深思。等他拎起背包走到他旁边时，她慢吞吞地说："学长，我发现了。"

"嗯？"

"别人是'海内存知己'，你是'四海皆老师'。"

陆少爷气得磨了磨后槽牙："但是有个老师是特别的。"

书翦仰着头："什么？"

他眉微扬，理直气壮道："书是人类最好的老师。"

有这句名言吗？她怎么好像只听过"狗是人类最好的朋友"。

中午吃完饭后，书翦把陆星江送去了机场。

算起来这是她第二次和他在机场告别了，书翦心中的感慨油然而生。不是特别伤感，只是觉得人生的际遇很奇妙。她垂着脑袋，后脑勺松松垮垮地扎了个马尾，发尾被围巾裹着翘了起来，两只白嫩纤细的手握在围巾上取暖。

看上去显得挺失落。

恨不得在C市过了年算了的陆少爷也很失落，不过看见这一幕，嘴角还是不自觉地翘了起来，叫了她一声："小书老师。"

书翦其实在打量不远处VIP通道旁站着的男人：西装革履，领带打得板板正正，戴金丝边框眼镜，模样看上去三十多岁，是那种瞧一眼就知道是社会精英的人。

而他此刻双手垂在身前，面朝着他们所在的方向，虽然刻意收敛视线，但书翦能感觉得到，他一直注意着这边的情况。

听见陆星江的声音，书翦转过头来，踮起脚尖，凑近他的耳朵，很小心地说："学长，你认不认识那边的人？"

陆星江扭头扫了一眼，语气平淡地道："是我的经纪人。"

书翦一下子睁大了眼睛，关于眼前这个人不是什么普通人的认知再次占据了脑海。

而这样一个人，不管出于什么原因，能在前脚取得冠军奖杯后，后脚就飞来C市给她送一份礼物，都太不容易了。

哪怕是"尊师重道"，也似乎太过了一些。可具体是什么，她脑子里一片混沌，想不清楚。

书翦捏了捏耳垂，轻声说："谢谢你来送我礼物呀学长，这次没带你逛遍C市，你下次来，我再带你好好逛逛。"

"好啊。"他一双眼睛弯了弯，放着光，"那……小书老师不对我说'新年快乐'吗？"

她右边脸颊那个小小的酒窝被挤了出来，面带微笑道："学长，新年快乐。"

"新年快乐！"陆星江回道，在心里又默默地加了一句，"我的，小姑娘。"

（四）

网球队大多都是土生土长的A市人，过完年，距离开学还有一个星期的时候，一群人就在家待不住了，收拾收拾东西准备搬回学校。

胡承到得最早，把秦晔、于海洋、邵阳那几个人一并找过来商量大事儿。

“是这样，现在我们队长是拿过国际金杯的人了，排场肯定不能按照过去那样来了。”他说，“我计划搞个欢迎仪式，庆祝队长凯旋，你们有什么建议？”

“挂个横幅，”秦晔手里晃着可乐瓶，“就‘热烈庆祝U24冠军陆星江“位临指导”’。”

“是‘莅临指导’，‘力量’的‘力’那个读音。叶子文盲人设诚不我欺。再说了，这词儿也不是这么用的。”于海洋冷笑道。

秦晔放下瓶子撸起袖子，差点儿找他真人PK，被胡承拦了下来：“好了好了，我觉得横幅可以有，别的呢？彩带气球什么的？”

“承哥，你这是不是有点像在搞婚礼啊。”

“还是那种乡村大锅饭式的婚礼。”

胡承一边拿笔唰唰写着，一边笑道：“提前让队长熟悉一下婚礼的感觉也行。”

“……”

几个大男生对怎么布置活动室这种事自然没什么经验，讨论半天也没弄出个章程来，最后还是被导师抓回学校做实验的顾明依过来，解了他们的燃眉之急。

她跷着二郎腿坐在桌上：“你们搞这种浮夸形式，被你们队长看到，按他那个个性，多半只会觉得你们闲得无聊，然后罚你们一人跑十圈。”

有理有据，让人无法反驳。

秦晔殷勤地倒了一杯温水献上去：“求依依姐给我们指点迷津。”

顾明依挑眉，懒懒散散地笑了笑：“开学第二周我生日。虽然我这个弟弟呢，平时对我非常不尊敬，还动辄威胁我，但我人好嘛，向来以德报怨，他可能不送我礼物，我还是要送他礼物的。”

胡承充满求知欲地发问：“依依姐要送什么给队长？”

“你们队长现在最缺什么？”她不答反问。

“缺……缺女朋友？”秦晔声音中带着一点儿不确定。

顾明依笑得愈发高深莫测：“没错，我要给他送个女朋友。”

完全没察觉到暗中潜伏着危险的书翦同学，在开学第一天，拖着两个行李箱回到学校。她是一大早回来的，把东西在寝室放好后，又紧接着坐车去了电台。

寒假的时候，萧船和她谈了新一年的合作合同。电台的 APP 做了很大调整，原先的早直播为了方便，改成由她自己后台登录账号在线上直播，不用每天都去电台来回折腾。除此之外，每周六午休时间加播一档娱乐节目，这档节目需要和台里其他主持人合作主持，所以一周难免还是要过去一次。

不过这对于一向知足常乐的书翦而言，已经足够她幸福地做两套专四模拟卷了。

电台很厚道，开出的薪资比她预期的还要高一点儿，合同里也没有什么故意挖坑的地方，书翦很快看完签字，拿着一笔预付金直奔商场。

昨天顾明依特地过来问她下周有没有时间参加生日 party。书翦原先有几分犹豫，怕她一个陌生人贸然加入她们朋友的聚会不太好，但听顾明依说都是她见过的那些网球队的人后，才点头答应下来。

虽然她和顾明依认识的时间不久，却意外有种一见如故的感觉。女生的友谊建立起来其实也很容易，性格相投的话，多聊两次天就顺其自然地熟络起来了。

来商场除了给顾明依挑生日礼物，书翦还想给陆星江买一件回礼。

他来 C 市给她带的那件纪念品，并不是她以为的绵羊皂，而是一串粉水晶锁骨链。在粉水晶中间，还坠着一枚用碎钻拼成的小菠萝，精致小巧到几乎可以让每个女孩子一见钟情。

更何况一向把菠萝当作本命的书翦。

网上那些女粉丝们对陆星江的戏称都是“钢铁直男”，谁能想到，这样一个钢铁直男眼光竟然出乎意料地好。

只是这条项链瞧着就价格不菲，书翦对奢侈品不太了解，在搜索栏里打下了吊牌下的牌子名后，被弹出来的价格结结实实地吓了一跳。

良好的家教让她无法心安理得地接受一份如此昂贵的礼物，可退回去又太对不起对方的一片心意，而且这在陆星江看来，可能的确不算什么。书翦想了想，决定回送他一份礼物。

先在二楼女装区给顾明依挑了一条丝巾后，她揣着钱包在商场游荡了许久，都没有找到合适的目标。

在顶层男士专区又逛了一圈，垂头丧气准备乘电梯下楼时，书翦眼角余光蓦地瞥见了一家被挤在角落的店，橱窗里放着的一件东西吸引了她的目光。

旁边放着的说明牌上写着还可以专门手工定制，正好符合她的需求，书翦果断地付了钱，定了时间下周来拿。

中国银行随即给她发来温馨提示：您尾号 0375 的银行卡交易后余额 2.28 元。

真好，还够她坐一次公交车回学校。

书翦举起手里的包装袋抵着额头，闭了闭眼，开始默诵她改编的《短歌行》：

慨当以慷，忧思难忘。何以解忧，唯有暴富。

仗着这儿处在商场角落，非节假日人也不多，应该没人会看见，书翦才敢做出这种动作。结果放下手睁开眼睛，就对上了一张表情复杂的脸。

“晋梧？”她语气有点儿不确定，既因为碰见他的地点太巧，又因为从没见过他的冰块儿脸上出现过这么明显的情绪，“你来买衣服吗？”

“嗯。”他很快恢复了正常，“来买辩论队队服。”

书翦早已习惯他的惜字如金，点点头，“哦”了一声：“那我先走了。”她只是打声招呼，没想过晋梧会有什么反应，不料刚转过头，听见身后响起他带着几分疑惑的声音：“你来这层……”

“啊？”书翦蹙了蹙眉。

“没什么。”

书翦完全不懂晋梧的言外之意，想到之前听说他这学期已经升官当了学校辩论社社长，大致明白了，大概做领导的就是喜欢这种说一半留一半的说话方式吧。

至于陆星江陆大队长，书翦觉得这种技巧对他来说，可能有点儿难。

开学第一周，要忙的事情很多。去教务处报到、给校园卡充值，最后还要去学校北门的书市买新一年的教科书。书翦寝室四个人集体出动，每人负责买一科教材。

队伍排得长长的，像看不到尽头一样。旁边那一列有几个男生像小学生一样拿着矿泉水瓶打架，中间有个男生看热闹不嫌事儿大，把手里的书卷成喇叭形状：“邵阳冲啊！加油打倒裴路你就是我们队里最帅的！”

书翦的耳朵被“邵阳”“裴路”这两个关键词吸引，抬眼望了过去，发现这几个人看着都挺眼熟，好像都是网球队的人。有个寸头男生从后面穿过人流挤了过来，手里拿着一堆面包给他们分了：“排队都这么不老实，幸亏队长去B市打友谊赛顺便接受采访去了，不然又要被你们连累受罚了。”

“就是队长不在才敢这样嘛。”

“你们怎么这么怂，现在又不是队训时间，就算队长在又怎么样？”

“哦，也不知道每次一见到队长乖得像个兔子一样的人是谁。”

“……”

这么可怕啊。书翦神色一凛，脑海里不自觉地开始想，凶巴巴的陆星江会是什么样。因为从没见过，一时半会儿也没想出个结果。

几个人讲着话，像是突然察觉到有人在看他们，齐刷刷地转过头来。书翦耳根一红，虽然不是她主动的，但到底偷听了别人讲话，她心底有一丝羞愧，赶忙低头眼观鼻鼻观心。

可还是被发现了。

“小萝……”领头那人刚发出两个音，就被旁边的人拍了手背，立马改口，“书翦学妹！”

书翦身子一抖，自知逃不掉了，微微抬起手朝他们挥了挥：“学长们好。”

虽然她一向大大咧咧，但被这么多双眼睛注视着，她还是觉得压力巨大。还好魏醒醒那边快排到了，把她叫了过去，对话最后以他们饱含叮嘱的一句“学妹下周六记得一定要去依依姐的生日聚会”作为结束。

书翦：“……”

这是生日聚会吗，怎么就硬生生地被他们演出了“鸿门宴”的感觉了呢？

七天后，“鸿门宴”迈着它轻快的步伐来临了。

聚会的地点定在市中心的一个高级会馆。书翦去得不算太晚，可人已经到得七七八八了。作为主角的顾明依正给人安排座位，见她过来，脸上浮起笑容，扶着她的肩膀把她按在一个空座位上坐下：“感谢小学妹大驾光临。”

她一笑再配上这个语气，不由就让书翦想到了陆星江。果然不愧是一家人，一脉相承的不正经。

书翦把包装精致的礼盒递给她，嘴边抿出一个笑：“学姐生日快乐！”

包间里的人那么多，还不停有人进来，书翦不敢耽搁她太久，表示自己一个人坐着就行了，让她先去忙。说是一个人坐着，其实周围环绕着不少虎视眈眈的目光。

书翡觉得不太对劲，一抬头，却只见一片平静。她观察了一圈，有个没来得及转过脑袋的人跟她对上视线，又急忙惊慌地拿手遮住脸。

她长得也没有很凶吧。

刚不确定地想揉揉脸颊，面前就落下一只手和一杯果汁："学妹，豁果汁好伐（喝果汁吗）！"

秦晔笑眯眯地看着她。

书翡对这个白嫩娃娃脸的学长记忆深刻，印象也不错，接过杯子道了一声谢。他像是看出了她的困惑，为她答疑道："你别管那些人，除了依依姐，他们八百年见不到一次女生，抽风呢。"

她迟疑地点头，心里想：明明上一次吃饭时还很正常，怎么一个寒假过去就这个样子了？

六点半，人差不多到齐的时候，书翡才后知后觉，一直没有看见陆星江。

距离春节前他来C市那次已经过去了快一个月，他们都没有见过面。那天买书时听网球队的那些人说他在外地，估计是回不来了。如果他来的话，肯定少不了又要跟顾明依来一场唇枪舌战。书翡抿了一口果汁，不觉翘起了嘴角。

她心中意念太过强大，几乎是同时，右手方向乍然响起一道低沉磁性的声音："果汁这么好喝？"

书翡霍地抬头，脸上还带着显而易见的难以置信，杏眼瞪得大大的，像是忘记了怎么眨眼。

陆少爷一路风尘仆仆而来，头发被风吹出了几根呆毛。发型乱了，那股英俊逼人的气势却半分不减。书翡还没回过神，他已经在她身旁坐下。

"你、你坐这儿……"书翡尚处于惊吓状态，话都说不利索了。

他撑着下巴，侧过脑袋，和她四目相对，眼底藏着一点儿笑意："小书老师，只有这儿有空位了，你不让我坐的话，我只能站着吃饭了。好在我体力还不错，哪怕今天刚打完比赛，再站一晚上也没什么。"

"我没有，"她小声辩解道，"我是以为你今天没法回来了。"

她话音刚落，坐在她另一侧的顾明依就拖长了声调说："陆星江，我是不是要为你大老远从 B 市赶回来给我过生日这份可歌可泣的姐弟情哭一场？"

"不用。"他泰然处之，"我没给你准备礼物，是来蹭饭的。"

"你……"顾明依做了一个深呼吸，告诉自己大好的日子不要见血，忍下杀意。

人这下彻底到齐了，开始吃饭前大家先集体举杯祝寿星生日快乐。

除了书翦喝果汁，其他人杯子里都是或白或酒红的液体。经历了上一次的饭局，她对喝醉后能说出"二七十八，三七四十六"的陆星江心有余悸，忍不住频频朝他看去。每次他举起杯子，她就要提心吊胆一下。

这么明显的动作，当然被陆少爷尽收眼底。

"小书老师。"他不知道是不是已经有点儿醉意了，说出来的话醺醺然，"又想管我不要喝酒了？"

书翦心想我哪里管过你呀。

下一刻，他就真的放下了酒杯，换成了和她一样的鲜榨橙汁："行啊，我都听你的。"

场面安静了几秒钟，陆星江眼光往四周一扫，僵住的众人又重新恢复交谈。

但是如果仔细听：

"今天阳光不错啊。"

"哟，外面还有彩虹呢。"

都是些胡言乱语。

饭吃得差不多后，重头戏要开始了。顾明依觉得自己真的是很有先见之明，一早就猜到了陆星江这种人根本不会给她准备什么礼物，所以顺理成章地要求他玩一次真心话大冒险给大家助兴，以作补偿。

众目睽睽之下，保有两分良心的陆少爷倒是也没有拒绝。

他手臂懒散地搭在椅背上，说："玩什么。"

秦晔很快双手奉上一个纸巾盒做成的抽签盒，示意他抽一个。陆星江眉梢挑起："准备得还挺充分。"

他好似浑然不在意未知的命运会是什么，手伸进去随便捞了一张，展开念道："对身边距离最近的异性说出一句放在心底很久的话。"

刹那间，包厢里传来了此起彼伏的抽气声，书翦愣愣地扭头看着陆星江，心中忽然冒出一种直觉，好像关于这场生日聚会的所有反常都和现在这件事脱不了干系。

陆星江抬眸，长长的眼睫敛着光，一双眼睛似笑非笑，让人看不出情绪。

在刚看见纸上内容的一瞬间，他就明白顾明依他们的打算了。如果他没猜错，那一个抽签盒里都是一模一样的纸条。

万事俱备，只欠一缕东风。

于是他顺从他们的期望，缓缓低下头，对着书翦启唇。

那句话在舌尖打转了一圈，陆星江笑了笑，说："我是真的会背乘法口诀表。"

书翦："……"

众人："……"

顾明依：陆星江你敢不敢直接一点！对得起我一片苦心吗！

陆星江瞥见书翦右手捂着胸口，微不可察地松了一口气的神情，勾了勾嘴角。

刚刚那一秒钟里，他也想干脆就放任那股快要压抑不住的冲动，说出口算了，可发现那抹连她自己都没察觉到的慌乱后，还是不忍心。

不忍心让她为难。

他在心底叹了一口气，想给自己颁发一面锦旗。

书书。

——我等不了多久了。

这个包间是餐桌和KTV一体式的，眼瞅着没戏看了，一群大龄单身男青年开始扑过去抢话筒，从《青藏高原》唱到《黄土高坡》。

曲目十分怀旧，让人一夜梦回上世纪。

趁着这儿没什么人了，书翡把刚去商场取来的礼盒交到陆星江手里。

“不过生日也可以拿礼物吗？”他话里仿佛很不好意思，手却很老实地接过，“顾明依知道估计要来找我麻烦了。”

书翡瞪他一眼：“不要这么说学姐。”

“小书老师，你好偏心，怎么只帮她说话？”他一心二用，嘴上跟她说委屈，手上拆礼物的动作有条不紊。

礼盒盖子被掀开，里面柔软的天鹅绒上放着一条做工细致的紫色护腕，最上面用暗金色的线缝着一个“L”，看上去格调很高，又带着一股和他气质相符的张扬。

在旁边暗中观察的秦晔没忍住“哇”了一声，在陆少爷的目光压迫下，灰溜溜地夹着尾巴投奔正在跟人battle（对决）《月亮之上》的于海洋去了。

书翡目露期待地看着陆星江把护腕戴上：“你之前那个蓝色的就很好看了，但我觉得这个颜色也很适合你。”

他小臂很长，肌肉结实流畅，手腕看着也很有力气，一看就是从小到大扳手腕没输过的人，此时戴着她送的护腕，显得秀气一点儿，却没有减少威风凛凛的气势。

书翡沉浸在自己眼光真好的感叹中，美滋滋地弯着眼睛。

“特地找人定做送我的？”陆星江突然发问。

“啊，这是回礼，给你的新年礼物……”她努力想解释得清白一点儿。

他拿戴着护腕那只手把她落在面前的两根碎发拨开，桃花眼微翘，直勾勾地看她：“别怕，小书老师，我没有怀疑你对我图谋不轨。”

“……”

不远处，秦晔低着脑袋，跟嗑瓜子的顾明依说：“总觉得今天队长格外的……骚？”

顾明依摇摇头，一副没辙的表情：“都这样了还非要憋着，看吧，人是很容易被憋成变态的。”

（五）

书翦怀疑自己中了什么诅咒。

那天生日聚会结束后，一连好几晚她都没睡好觉，最可怕的一次是凌晨四点，她从梦里惊醒，耳边仿佛还残存着梦中陆星江漫不经心的声音。

他说：“这么喜欢管我啊，那就管一辈子吧。”

书翦爬下床，咕咚咕咚猛灌了一保温杯的热水，才回过神来。

——这是多么赤裸裸的碰瓷啊！

她扯着两边热热的耳垂想。

这个学期不用再给陆星江上英语课后，他们见面没有那么频繁了，像是一下子空出了大把的时间，换作往日，她大概要沉迷学习无法自拔。可习惯一旦形成之后，要花很长一段时间才能改掉。

比如晚饭后，去图书馆的路上，她不自觉地改了个方向，往室内体育馆走去，在脚步即将迈进去，网球场的球网已经若隐若现时，倏然收回了脚。

一定是这学期的课太少了，才让她生出这些莫名其妙的想法。

第二天，书翦就去辅导员那里申请了修第二学位。

在申请单专业那一栏上填下“金融”两个字后，书翦手一抖，辅导员已经把纸收了起来，对她和蔼微笑："金融好啊，以后出去找工作就业面也比英文要广。"

她不好意思再提出更改专业，自欺欺人一般告诉自己：她就是因为这个理由才选的金融。

反正，以后可能也不会有什么机会再和他有联系了吧。

心中揣着一点儿要失去一个朋友的惆怅，书翦慢吞吞地走回寝室准备午休，结果刚推开门，就看见三个和她一样惆怅的人，不止惆怅，还很义愤填膺。

"书宝！"魏醒醒气冲冲地把她拉过去，"我们少爷被人玷污了！"

"少爷……玷污……"巨大的信息量涌入她的脑海，书翦茫然地低头看着递到她面前的手机屏幕，页面上是某个营销号微博发出的视频剪辑，标题上用了血红色的惊叹号：惊！美女主持宋雯佳新恋情公开！对象竟然是最近声名鹊起的他！

标题如此欲盖弥彰地吸引大众眼球，微博标签却老老实实地打着 #宋雯佳 陆星江 #。

书翦很少关注娱乐八卦，却对宋雯佳这个名字也有所耳闻，只因为她在微博热搜上出现得太过频繁了，三五天就要跟某个新晋流量小生一起并排出现在大众视野，不是闹绯闻就是闹分手。有人吐槽她是不是买了什么微博热搜包年服务。

这样低劣的捆绑炒作手段自然为人所不齿，宋雯佳无论业内业外风评都不太好，可是也实打实地因此而迅速走红，每次有点儿什么消息都会引得众人围观——看看这次又是谁这么倒霉被她粘上了。

营销号放出的那个视频，就是陆星江上周去 B 市参加的那个采访。

听声音分明有一男一女两个主持人在，可摄像师不知道为什么只把陆星江和宋雯佳拍摄入镜，两人之间开始保持着一步之遥的礼貌距离，可没过多久，宋雯佳就有意无意地往陆星江的方位挪了过去。

凭借着这段时间对陆星江的了解，书翦明显感觉到他脸色冷了下来，眉峰蹙起，不动声色地后退，可后期竟然配字是“大佬也被主持小姐姐的美貌惊倒了”。

无耻的操作令人瞠目结舌。

魏醒醒在一旁愤愤地说：“这个女人哪里美貌了，跟我们少爷比起来根本不值一提！”

“确实挺好看的啊。”书翦面不改色，淡定道，“就是人工合成得有点儿明显。”

“哇，书宝，你果然也生气了！”魏醒醒很惊讶地看着她，“好久没见你这么毒舌了，竟然还挺怀念。”

原来自己生气了吗？书翦懵懵懂懂地伸手按在左胸前，一向规律的心跳头一次像被卷入一片波涛中，起伏汹涌都不再自主。她咬了咬下唇，强制心跳恢复正常。

采访里的问题倒是中规中矩，岔子出在最后，宋雯佳故作俏皮地笑了笑，问道：“三年前我们陆队曾经在一次采访中说，喜欢可以陪你一起打网球的女孩子，不知道三年过去了，陆队有没有找到那个女孩子呢？”

陆星江眉眼微动，脸上罕见地露出了一个堪称温柔耐心的笑：“那时候还不懂。”

“只要她愿意在台下看我就好了。”

镜头紧接着切给宋雯佳，她双手握拳摆在下颌旁，画面配字：我永远是你的忠实观众。

视频到此结束。

宋雯佳和陆星江的那个标签此时点进去，不知道是水军还是真的有人被营销号洗脑，已经在刷“文曲星”CP了，连宋雯佳自己都转发了视频，带着三个大笑的表情。

饶是陆星江一副不解风情的模样，浑身写满了“退避三舍”，也能被人曲解为傲娇害羞。

这两个词，和陆星江有半毛钱关系吗。有连“yellow”都不会拼的文曲星吗。

书翦不知不觉地把手里的酸奶盒子戳得稀巴烂，魏醒醒在一旁看得心惊胆战，悄悄给一个不知名人士发消息：秦学长！我家书书现在快要暴走了，我都没见过她这么生气，让少爷自求多福！

暴走学妹书小翦同学觉得自己可能的确是生气了。

她向来护短，身边的朋友被欺负从来不会坐视不理，更何况是她的学长兼学生被人这样诽谤造谣。可面对网络舆论，她的力量太弱小了，好像根本帮不上什么忙。

书翦对着手机发了半天的呆，手机界面停留在微信上，她点开了【啊菠萝】的对话框，却不知道应该说点儿什么。不是当事人，怎么安慰都显得苍白。

她没发出去消息，对面倒心有灵犀般发来一张图片。

——一个巨型大菠萝玩偶，上面嵌着两颗豆豆眼，嘴巴是弯弯的“w”形，一脸又呆萌又傻兮兮的笑。

【啊菠萝：过年回去翻到顾明依之前塞在我这儿的玩偶，我让她拿走，她说让我送给喜欢的小姑娘。】

书翦手指在手背上掐出了红印。

【啊菠萝：我身边好像只有你一个小姑娘。】

【啊菠萝：你不要的话，它就无家可归了。】

好奇怪啊。

怎么他就说了三句话，就让她的心一下子拨开云雾，看见了一半阳光。

可是没开心三秒，书翦心情又低落下来，而且愈发沉重。

看学长这样，现在肯定还不知道自己处在什么样的水深火热之中。

书翦斟酌再三，把她能想到的适合陆星江的最高评价发了过去：“学长，你真的是个好人。”

【啊菠萝：……】

现在没表白也要收好人卡了吗？

陆星江的名字在当天冲上了微博热搜前三。

这是继他一月获奖回来，数不清第几次上热搜了。作为一个正正经经靠成绩说话的运动员，这么频繁地以娱乐形式出现在大众视野并不是什么好事。

书翦烦恼了一个下午，结果晚上再打开微博时，忽然发现和陆星江有关的话题被清理得干干净净了。

魏醒醒感叹道：“这就是资本的力量。幸好少爷家大业大，能把事儿压下去。”

情况看着是好了起来，但书翦心中总隐隐觉得事情好像没有这么容易结束。

周五她新修的金融学位开课，她抱着《政治经济学》的课本进入教室，座位前面是两个正在讨论着什么娱乐八卦的女孩子。书翦原本并未在意，直到“陆星江”这个名字频频在耳边响起。

“你说宋雯佳公众号里说的是不是真的啊？说什么 L 姓富家少爷在追求她，还说是个运动员，那不就是陆星江了吗？”

“我还是不信，我们少爷这么清心寡欲、一心扑在网球上的人，怎么看也不像是会主动追人的人啊，按宋雯佳写的，暗恋她很久又默默追求，这得是什么玛丽苏桥段。”

“可宋雯佳也不敢瞎写吧……”

“她不是一直这样吗，真相又没人知道……”

上课铃骤然响起，教授走进教室，两个女生迅速噤声。

书翦心里的担忧又再次被勾了出来，藤蔓似的缠绕着一颗心，一直到周六去电台录节目，整个人都像顶着一小团乌云在头顶。

萧船从来没见过小太阳一样的女孩子这么没精神的模样，忍不住揉揉她的头顶："怎么啦，遇到什么事了？我能帮忙吗？"

"小船姐。"她眼睛亮了一下，"如果被人造谣，而且传播得很广的话，要怎么辟谣呀？"

"很简单，造一个更大的谣把这个谣言盖过去就行了。"

书翦迷茫地眨了眨眼："什么意思？"

"辟谣是很难做到的，尤其你说谣言已经传播得很广了，那就只能剑走偏锋，'以谣攻谣'了。"

对此似懂非懂的书翦，万万没想到，在她录完当天的节目，就正面遭遇了"以谣攻谣"。

彼时她刚走出演播室，就被萧船一把拉住："小书翦，江湖救急！"

书翦急匆匆地被她拉着一起跑，险些跑岔气："我们要去哪儿？"

"最近陆星江和那个宋雯佳的事儿不是闹得很火吗，他又刚拿了奖，台长说要请他来专访，他经纪人一直不同意，刚刚才松口，不过有三个条件。"

这些天总是挂在心口的名字突然被念出来，书翦心跳不觉乱了一拍："什么条件？"

"第一是，他只有今天下午有时间。第二，采访他的只能是男主播。第三，……"萧船一顿，"他要跟女朋友一起来辟谣，我猜他就是来打那个宋雯佳的脸啦。"

"哦、哦……啊？"书翦手僵住，"他……有女朋友吗？"

"就是没有才需要你帮忙。"萧船长话短说，"你们F大男神说让我们找个人来假装他女朋友。要求年纪十八岁以上，二十岁以下，身高155—160cm，长发、大眼睛的——小姑娘。"

书翦："……"

萧船实在忍不住吐槽："这到底是找人辟谣，还是来相亲啊？"

书翦咽了一口口水，干巴巴地问：“那找到了吗？”

“找到了。”萧船充满唏嘘地看着她，“小朋友，就是你。”

只是短短一周，书翦不明白为什么她和陆星江的关系就发生了翻天覆地的变化。

——从他的老师变成他的冒牌女朋友。

电台一楼大厅。

书翦戴着台里为了帮她保护隐私准备的口罩，不自觉地用手指摩挲着衣角，状似和周围其他人一样紧张而焦急地等待着陆星江的到来，实际上她心里尴尬得想要找一块豆腐把自己撞晕。

她怎么就一时冲动答应了呢。

萧船还在她耳边叮嘱着：“你待会儿不用紧张，你是不用露脸的，跟在陆星江后面就行了，如果有问题问到你，你随便应付两下，‘嗯’一声就好，那边打过招呼了，题目都是定好的。”

书翦心里回答她：我不紧张，我甚至想当众表演个遁地术。

旁边要进行采访的男主播看她一直垂着脑袋，也跟着安慰道：“我以前见过陆星江真人，没有网上说的那么高傲冷淡，其实也还挺平易近人的。”

不知道是不是她的错觉，这个男主播在说到“平易近人”这四个字的时候，声音变弱了一点儿，仿佛自己都不是很相信自己的话。

“而且我听说你也是F大的，校友嘛，说不定以前走在路上还擦肩而过，也不算陌生人了。”男主播绞尽脑汁想着安抚的话。

书翦为了不透露陆星江的隐私，没法说他俩其实真的不算陌生人，此刻只能点点头，弯弯眼睛，表示自己没事儿，结果看在外人眼里，就成了佯装坚强。

萧船和男主播纷纷投来心痛的眼神。

书翦：“？”

五分钟后，一辆银灰色的迈巴赫不偏不倚地停在了电台门口。

虽然一早知道陆星江家境相当优越，但平时看惯了他用两条腿走路，第一次见他坐这种偶像剧男主标配豪车，书翦还是有种如在梦里的感觉。

不知什么时候，大厅里的边边角角都潜伏着过来围观的人。

台长匆匆从电梯赶了下来，和男主播一同迎上前接人。一只修长的手推开后车门，随即从半开的门缝中露出了半张刀削斧凿般英俊的侧脸。

书翦像被钉在了原地，一动不动，脑袋里嗡嗡声一片，看着这个再熟悉不过的人在众人的簇拥下，一步一步地向里面走来。

男主持在他耳边低声说了什么，他头微偏，直直朝她所在方位看了过来，书翦难得有这种想落荒而逃的时刻，下意识低着脑袋，扯了扯口罩的松紧带。

“你们挑的人——”陆星江话说一半，视线落在几步之遥躲闪着他目光的小姑娘身上，嘴角勾起，轻轻一哂，“我很满意。”

第四章

退一步另辟蹊径

（一）

问：灵魂放空是一种什么样的感觉？

答：谢邀，大概就是表面云淡风轻，内心在胸口碎大石，还有点儿想被外星人抓走带出银河系。

书翦脑内的知乎问答小剧场时隔多日，再度开始运转，并保持着灵魂放空的状态经历了整场访谈，恪尽职守地做好了一个花瓶——她低头打量了一下今天随随便便穿的厚棉衣——也可能是一个盆栽。

在这期间，问到她的各种和陆星江的感情问题，要不是被她用“嗯”字诀打发，就是陆星江来替她回答。

“是我追的她。我喜欢她很久了，花了很长时间才追到。

“她一开始并不知道我在追她，我也不想吓到她。

“只喜欢过这么一个女孩子，也只会喜欢她一个人。”

说着这样的假话还可以面不改色，甚至语气还很真挚，书翦觉得她可能对陆星江还是一无所知。

他根本不像她认为的那么傻白甜！

男主播也差点儿维持不了庄重的神情，一脸“我单知道你人长得帅球打得好没想到连瞎话也这么会编”的表情。

不过陆星江这么说，倒是又让书翦想起那天政经课教室里，听到的那两个女生的对话。

“暗恋她很久又默默追求，这得是什么玛丽苏桥段。”

她原来在不知不觉中，就 COS 了一把玛丽苏女主角。

采访到最后，摄像要给他俩拍一张合照作为宣传。书翦除出生 100 天的时候被书父书母抱在怀里拍过一次艺术照外，十几年里没有再拍过什么很正儿八经的照片。

她还不知道要摆个什么姿势的时候，身边就传来了一阵细碎的响动。

陆星江的手一路向下摸索，直到指尖触到了她的手背，书翦整个人触电般僵住，而他的动作还没停，手指一勾，把她一只软软绵绵的小手握在了掌心里。

三月初，春寒料峭，天还冷着，室内空调打得很高，她一张脸都被蒸出了红晕，眼角含着一点儿朦胧的水光，被口罩边夹着的头发蓬蓬松松地支出了几根呆毛。她仰着头，玫瑰花瓣一样的嘴唇在口罩上印出一点痕迹，微微翕动两下，看着他的眼神有些不解，又带着一点儿信赖——是因为对象是他，才有的信赖。

陆星江别开了眼，示意摄影师可以拍照了。

装陌生人真的是一项消耗体力的工程。

书翦鼓了鼓腮帮子，一步一步沿着马路边上的直线慢吞吞地走着。本来这个时候她可以就近在公交站坐车回学校，可是不久前采访刚结束时，陆星江特地嘱咐她待会儿要等他一起。

然而有一种别扭到让她整个人像发烧一样反常的情绪，从心底慢慢发酵出来，炙烤着她每一个细胞。也可能早就存在，只是此刻才被她真正意识到。

总而言之就是——不想等。

她好想赶紧逃得远远的呀。

最好在她忘记今天的事之前都不要再看见他了。

现实大于理想，没等她自欺欺人结束，身后的车就赶了上来，车窗被人摇下，保持着跟她一样的速率。

书翦一扭头才发现他又换了一辆车，黑色保时捷，比刚刚那辆颇为烧包的迈巴赫低调了不少。

“你们家是不是开汽车厂的？”

“小书老师，上车，我们回学校了。”

书翦转过头来，垂着眼睫，假装没有听见。

“小书老师……你，是不是害羞了？”

一听这话，像是为了证明什么似的，书翦当机立断拉开了车门，一言不发地坐了进去。她就坐在驾驶位的正后方，额头轻轻靠在椅背上，让他转头也看不见她的脸。

静谧的车内逸出了一声叹息，随即书翦听到了他低声在笑，仿佛连胸膛震动的频率都随着空气传到她这里来。

书翦咬着下唇，好想表现得无比坦然，可怎么都做不到，而这个罪魁祸首竟然还在笑。她有点儿恼羞成怒："你好好开车呀，已经绿灯了。"

"是是是，小书老师不要生我的气。"声音里分明还有笑意。

书翦像在跟自己赌气，闭上眼睛，双手捂住耳朵，不再去听。

心情大好的陆少爷抬眼，从后视镜里看见小姑娘红到快要滴血一般的耳郭，一双桃花眼更加炯炯有神。

车头在前方十字路口右转，转到了回学校的车道上。

恰在此时，陆星江的手机铃声响起。

他点了免提键，于海洋的声音冒了出来。

"队长！叶子急性肠胃炎突发，现在正在医院挂盐水，你要不要来看看他？"

"哪个医院？"

"就市中心那个咱们学校附属医院，4 楼 28 床。"

陆星江挂断电话后，转头说："我先送你回学校。"

书翦抿抿嘴唇："我也去医院吧。"见陆星江没回答，她补充道，"去……看看秦学长。"

陆星江："好。"

车子平稳地驶到 F 大附属医院旁，书翦先下了车，陆星江要去地下车库停车。

她方向感还不错，没浪费多少时间就找到了秦晔所在的那间病房。病房门半开着，里面有人在讲话，她踌躇了一会儿要不要进去，心中隐隐后悔为了早点摆脱和陆星江单独共处的局面，这么早就下了车一个人过来。

正犹豫不决，背后突然冒出了一个声音：“书翦学妹？”

书翦转身，望见一个寸头方脸、五官很正的男生。

他见真的是她，很惊讶地睁大了眼睛，挠了挠后脑勺：“你和队长一起来的吗？”

书翦辨认不出他是网球队的哪个人，只能点点头说：“学长去停车了。”

她话刚说完，病房里爆出声嘶力竭的一句：“承哥承哥！我听见妹子的声音了！是不是有妹子来看我！”

胡承尴尬地想冲进去把秦晔摁倒在病床上揍一顿，替他们队长肃清网球队的风气。

他站在一旁伸手推开门，让书翦进去。

病房里秦晔的脖子快伸成长颈鹿了，如果不是还打着吊针，他可能要亲自下去迎接。于海洋坐在椅子上嘲笑他：“哪来的妹子，你是不是幻听啊？”

下一刻，门开了，露出了“妹子”的真容。

于海洋：“还真是个妹子！”

秦晔：“怎么是队长家的妹子？”

他反应速度快，前一秒还分外沮丧，后一秒就戏精附身，拉着书翦大吐苦水：“学妹，你来了！”

书翦莫名觉得手臂发毛，她搓搓手臂，问他：“秦学长，你好点儿了吗？”

“呜呜呜，学妹，你不知道，我真的好惨。”秦晔一把鼻涕一把泪，“我在游戏里遇到一个人渣，整天耍我玩就算了，这个人渣还是个游戏主播！把我做成表情包发微博让人嘲笑，虽然只是游戏人物，但学长我一世英明不能容许被这样毁灭！”

书翦对他深表同情，同仇敌忾道：“所以学长你是不是回游戏狠狠地报仇雪恨了？”

秦晔还没回答，于海洋已经悠悠地道出了事情真相：“所以他借奶消愁，一中午喝了三组 AD 钙，一共 12 瓶，他不胃炎谁胃炎？”

书翦露出一个僵硬的笑容，捧场道：“秦学长……真的不容易。”

秦晔：“于海洋！我没有你这样的兄弟！”

胡承：“叶子别怕，爸爸来了！”

病房里热热闹闹，差点儿来一出全武行。

陆星江推门进来的时候，就看见秦晔、于海洋、胡承三人抱作一团宛如表演相扑的场景，而一旁的小姑娘安安静静地站在那儿，被他们逗笑，肩膀一耸一耸地，强忍着没笑出声。

他动作轻，没发出多大声响，大约过了有五秒钟，其他人才发现了他的到来。

之前还一派放松的书翦迅速挺直了脊背，状似无意地又朝角落里挪了挪。

打打闹闹三人组停了下来，嗅觉敏锐地闻到了空气中剑拔弩张又带着点儿粉红色的气息。

“队长！”秦晔深情呼唤，“你能来看我真的是太好了！”

这是什么言情剧台词，胡承忍不住抚额。

陆星江靠在门边儿上：“以后队里禁奶。”

“奶是无辜的，队长你要禁就禁叶子吧，拔除网球队毒瘤！”于海洋为奶抱屈。

“于海洋！我看你就是趁小爷我今天不方便皮痒痒了。”

眼看着又要兴起一轮血雨腥风，书翦咳了两声，对秦晔说：“秦学长，你好好休息，没什么事儿的话，我先走了……”

“学妹别急！”秦晔赶忙打断她，“这都快六点了，让队长带你去附近吃个饭，顺便给我们带点吃的回来吧！医院食堂饭太难吃了，再吃下去我就不是胃炎，而是要胃穿孔推进急诊室了。”

“……”

书翦当即就想拒绝，没料到陆星江先她一步开口，答应了下来：“嗯。”

她终于避无可避地跟他对上了视线，吊灯光线被他纤长的眼睫筛成几束，在眼睑处烙下阴影，他的瞳孔泛着浅浅琥珀的色泽。

他说：“走吧，学妹。”

医院四周都是巨大的落地玻璃窗，傍晚时分，整栋大楼里灯火通明。

正是吃晚饭的时间，电梯忙碌地上上下下，一连几趟里面都挤满了人。大家都行色匆匆，也就没人关注电梯口是不是还有一个最近在微博热搜上露过脸的人。

书翦不想再等，反正也只在四楼，她径直朝楼梯间走去，脑海中还是刚刚陆星江的那一声“学妹”。

记忆里，他好像还从没这么叫过她。

虽然每次听他叫“小书老师”，她都有点儿窘迫，但乍一听到“学妹”，总有种自己降了一级的感觉。

不知谁把楼梯间的窗户打开了，春夜风一点也不温和，窜进鼻腔，书翦忍不住捂着半张脸打了一个喷嚏，压抑在心里一下午的那些杂七杂八的复杂情绪好像也一并找到了出口。

她余光悄悄地瞥了瞥和她错开半步的人，忽然觉得心情没有那么沉重了。

“学长。”她很严肃地叫他。

等了一下午，她终于主动再跟他说话了，陆星江心口的大石缓缓落了下来。

“我在。”

书翦皱着眉看他，认认真真地说：“你不是小孩子了。”

陆星江：“？”

“不能随便拉女生的手。”她想到了他说身边没有其他女孩子的事，想来他应该是从小和男生交流比较多，还没什么这方面的意识，于是很无奈地叹了一口气。

小书老师改了行，不教英语，改教青少年心理健康学，絮絮叨叨地对着他科普知识。

陆星江听着直想笑，被她可爱到想伸手捏捏她粉嫩的脸颊，又怕她紧跟着来一句“也不能随便捏女生的脸”。

可是怎么办，他真的要忍不住了。尤其在今天，已经以公谋私拉过她的手以后。

陆少爷第一次感觉自己的意志力，这么、这么的薄弱。

讲了半天，书翦做了最后的总结陈词：“有很多事应该留到以后真的遇到你喜欢的女生再做。”

“我已经遇到了，一个很喜欢、很喜欢的小姑娘。”

他的目光一瞬不移地看着她，书翦从里面看到了自己的影子，被风吹得轻轻晃动。

“今天采访我回答的那些话都是真的。”他的语气那样轻，每一个字里却都像蕴含着浓重到要一触即发的情绪。

“书翦。”陆星江说，“我是真的——喜欢你！”

（二）

坏人好事，天打雷劈。

胡承是头顶着这八个大字，跟在陆星江身后去小饭馆的。医院这条街看着挺繁华，周边餐厅倒不多，大概是医院想连餐饮这块儿一起垄断，他们拐了几个弯才在一个巷子里看见一家饭馆。

门面不大，店门口还放着两个旋转灯箱，不知道的还以为是一个理发店，好在看上去还算干净。陆星江去点菜的工夫，胡承的大脑正在飞速运转，思考自己要用什么姿势以死谢罪。

他一向自诩队里智商最高的男人，此刻竟然也词穷了，见陆星江已经放下菜单走过来，他舔了舔嘴唇："陆哥，刚刚我……"

"没事。"陆星江似乎看出了他的窘迫，直接道，"跟你没关系。"

怎么没关系！如果不是他突然出现，他们队长的人生初表白说不定已经成功了，现在哪还会跟他待在这个小饭馆点菜，再退一万步也得是到市中心世纪大厦顶层自助餐厅情侣专座吃鲍鱼鱼翅去了。

但这也不能完全算他的错——胡承也觉得自己也挺冤的，秦晔说自己不能吃辣的，想跟队长打电话说一声，可队长大约是撩妹太投入，电话一直无人接听，他只能担当重任，冲下楼去找人。

这一找，就直直地撞上了他们队长的表白现场。

从他们队长说完表白语——到小学妹突然接到一个电话——再到小学妹发现他的存在，把带饭的任务交托给他，道歉说自己有急事要先走一步，全程快得像被人按了加速键。

可直到临走前，小学妹都没有再看他们队长一眼，全程垂着脑袋，眼神躲闪，背影堪称落荒而逃。

他都能看出书翦的逃避，更不用说陆星江本人了。

不同于胡承认为是他的突然出现才导致书翦害羞离开，陆星江从自己说出那句话开始，就清晰地察觉到了书翦表情的变化，有惊愕、有不解、有慌乱，唯独没有一分喜悦。

他小心又珍重地守了那么久，以为自己可以尝试向前一步的时候，只一个冲动就让自己重新退回原点。

甚至可能比原点，离她还要远。

陆星江抬头望了望窗外的星星——连星星都没露出一颗，天空漆黑得像被浓墨刷过。

他嘴角一扯，闭了闭眼睛。

被晋梧一个电话临时召去帮忙做个翻译项目的书翦，完全没想到自己离开不过几个小时，有些人已经在心里上演过一出都市虐恋情感大剧，结局还是个天怒人怨的 Bad Ending（坏结局）。

晋梧学的是地质专业，从台湾交流回来后，加入了院里一个大牛教授的实验室，所在的小组被安排了重量级项目，组里一向负责翻译文献的学姐临时有事退出，事态紧急，只能找她过来救场。

文献难度对书翦来说不算大，又有晋梧在旁解释一些专有名词，一篇长论文翻下来才刚过九点。时间不算太晚，但对于一整天都过得跌宕起伏、惊吓连连的书翦来说，只有一个感觉：又累又饿。

脑力消耗得有点儿大，导致她都分不出心思来好好思考离开医院之前发生的事儿了。

晋梧的人品比起周临还是高出了好几个档次，请她帮完忙连带着包了夜宵。校门口的小吃街正是生意好的时候，他们俩坐在角落的一桌，旁边桌好像是宿舍聚餐来过生日，坐在靠书翦这边的那个女生是寿星，正十指紧扣抵在下巴合上双眼许愿。

书翦无意偷听，只是这姑娘自言自语的声音实在太大了一点儿。

“老天爷，今天是我 20 岁生日，能不能让女娲给我捏个男朋友？在线等，挺急的。”说完，她又意犹未尽地加了一条要求，“长相就照着陆星江捏就行了。”

桌上有女生非常捧场：“室长，今天是你生日，允许你做一天的梦。”

“我，女娲，支付宝打钱，给你捏对象。

“咦？我好像听人说陆少爷有女朋友了啊？

“你说宋雯佳吗？我觉得是假的欸。

“不是她。我听我们社团学姐说的，她大一跟网球队的人一起吃过饭，玩游戏的时候陆星江说自己有喜欢的人了。”

寿星悲愤地打断她们的八卦：“说好让我做一天梦的呢？”

被迫听完全程的书翦和晋梧都保持了沉默，没有开口。

实际上，书翦从“陆星江”这个名字从她们口中蹦出的那一刻开始，就一直处于灵魂出窍状态。

整个人好像都轻飘飘的，陆星江那句“我是真的——喜欢你”像加了3D混响效果一样，360度无死角地萦绕在她耳旁。

今天是三月九日，刚过了妇女节，还没到愚人节，排除恶作剧的可能。

当时周围没有别人，他也没有在打电话，排除是对别人说的可能。

那是不是就没什么别的可能了？

半年以来相处的经历被她从脑海中的每个细小角落扒拉出来，原先隐约让她疑惑的一些细节，以那句话为索引，串成了一条可以绕地球一圈的线。

如果恋爱经验也以百分制来考核，那书翦觉得自己应该只有10分，加给她幼儿园的暗恋，虽然暗恋对象是食堂做菠萝包的叔叔。

情窦初开的时候她在念高中，重点中学校风很严，教导主任一天能绕学校转八圈，男女生走在路上恨不得隔开一座长江大桥的距离，她想谈恋爱也只能找王后雄、曲一线和薛金星。

直到高考结束，她才收到过几次表白。毕竟虽然她个子不高，但生得乖巧可爱，脾气又特别好，自然是很讨人喜欢的。

其中一个男生好像还是她们年级级草，毕业典礼结束后托人把她约到学校花坛边上，酝酿半天，对她声情并茂朗读了一首聂鲁达的情诗，结果还没念完就被几个高二小学妹围追堵截要合照。

拒绝的话还卡在嗓子眼，转眼书翦已经被挤出了人潮。

其他几个人都是她的同班同学，文科班男生写情书好像都有点儿咬文嚼字，还带着几分伤春悲秋的气质。那时高三刚结束，书翦还保持着帮同学改作文的习惯，一不留神在旁边写了一些批注，等回过神一抬头，就对上了对方悲愤欲绝的眼神。

她觉得自己可能天生在这方面缺根筋。

再后来上了大学，她一边忙学业，一边顾着兼职的电台，除了宿舍、教学楼和图书馆，其他地方都去得很少，英文系男生又堪称凤毛麟角，一年半来她经常接触的男生，一只手都数得过来。

正好她们寝室四个人都无心恋爱，按魏醒醒同学的话来说，就是:“谈什么恋爱，是游戏不好玩，还是电视不好看？”

而陆星江就像一个从天而降、横冲直撞地闯进她平静生活的意外。

她以前从来没有和这样的风云人物相处过，大概因为开始得十分意外，回想起来她才发觉，在他这样一直被捧得高高在上的人面前，她似乎也从没觉得拘谨过。

好像他就只是个普普通通在读大学的男孩子。

卸下了所有的光环，连追个女孩子都很接地气，没有什么电视剧里霸道总裁的举措，有点儿笨拙，却很赤诚。

邀请她来看网球赛、送给她的“love game”、网球队其他人对她的过分关注、连上个公选课都碰巧一起、专程到C市来给她送礼物、请她帮忙辟谣……

她之前一门心思把这些事归因于他们是朋友，这样想过以后，再多的暧昧在她眼中都是正常的朋友交际。

可哪有朋友可以做到这个地步的。

尽管有过被表白的经验，书翦却没被人这么正儿八经地追求过，乍一听到他的话，只觉得心跳得很快，浑身的血液一瞬间凝固，脸颊和耳垂都烫得厉害，连舌尖都是麻的，辨不出任何滋味。

她想不出该怎么回答。

第一反应是说“抱歉”，可说完脑海里又充满了茫然。

她肯定是不讨厌陆星江的，否则不会从心底把他当朋友。

那喜欢吗？是和他一样的喜欢吗？

她不知道。

那样短短的几秒间根本想不出答案。

幸好晋梧把她叫走，不然……

不然她也不知道究竟应该怎样面对陆星江。

书翦放下手里的筷子，咬了咬嘴唇，忽然冒出一个想法，陆星江是不是因为在学英语的过程中感受到了英语的乐趣，从而爱屋及乌地对她这个半吊子老师也产生了好感。

好像有点靠谱哦！

晋梧看着她的脸色，察觉出她心里像搁着什么重要的事情，有一点儿心不在焉，不知怎么，就想起上一次在商场的男装区遇见她的事，放在桌下的手收紧一下，状似不经意地问她："书翦，你之前是从外面回学校的？"

"嗯。"书翦盯着碗，没在意，"有个朋友生病住院了，去看看他。"

"很严重吗？电话里听你的声音有点急。"

晋梧一贯性子冷，平时很少管这些跟自己无关的事，书翦有些诧异，微微蹙了一下眉，回他："没什么大事儿，不用担心。"

分出来的一半心神却在想，原来她当时表现得那么明显吗？

她已经想不起在她说完抱歉后，陆星江是什么样的表情了。

无论他是由于什么原因喜欢她，又有多喜欢她，她那样慌忙离开，看在他眼里，大概都……都太伤人了。

那个时候头脑空白不知道怎么收场，现在想来才觉得自己的反应有多不妥。

书翦忽然有点儿坐立不安，跟晋梧在校门口分别后，她犹豫了一下，掏出手机，拨通了陆星江的号码。

开口先道歉好，还是先解释一下自己真的是因为有事才离开的？好像都很尴尬，要不先问他晚上吃没吃饭吧？

等他接听电话的过程中，书翦大脑以光速运转，思考着最优解，等着等着，听筒里的"嘟嘟嘟"加快了频率，最后是机械的女声提示音，告知她拨打的用户忙。

她皱着眉，等了一小会儿，又拨了一个过去，结果还是无人接听的状态。

是遇到什么事儿了吗？

书翦握着手机的手顿住，后知后觉，她会不会是被陆星江拉黑了啊。

设身处地地想一下，如果她跟一个男生表白，对方不但一口拒绝，还二话不说就跑了，她大概也不想再和这个人有任何来往了。

她抿住嘴唇，突然想到还有微信的存在，颤颤巍巍点开和“啊菠萝”的对话框，发了一条消息过去，试探自己是不是真的被拉黑了。

（三）

A 市中心，金樽会所。

水晶吊灯的光太亮，晃得人眼睛疼，陆星江靠在沙发一角，面前圆桌上的酒杯里空空如也，放在一旁的麦卡伦威士忌瓶身映出厅内一片灯红酒绿、杯盏凌乱。

他微微撑着额头，这个时候他竟然还能想到，如果被书翦知道他喝了这么多酒，她是不是又要生气了。

那他也没有办法了，如果她在他面前，陆星江觉得自己还可以把人抱进怀里，好好儿地跟她说一声“我错了”，任打任罚。

但是现在，他的小姑娘跑了。

和胡承回医院没多久，陆星江接到了闵维的电话。

年前从澳洲飞到 C 市，再从 C 市回 A 市的行程，他没有瞒着闵维。他这个经纪人的专业技能自然无可指摘，只除了一点，他是陆启元的人，所以有关他的事情，事无巨细，闵维都会上报给陆启元。

比什么监视器都好用。

陆星江有时觉得真的挺可笑的。如果父子做到陆启元和他这个地步，那基本上也没有什么可说的了。

春节期间，陆启元都在英国谈生意，陆星江被顾明依拉到她们家过年。其实他真的无所谓，只是顾明依好像觉得他一个人在家待着很可怜。

那几天他翻到书翦热热闹闹晒着全家福的朋友圈，有一张小姑娘在包像猫耳朵一样形状的饺子，鼻尖上蹭了点面粉，乌黑清润的杏眼弯着，那条朋友圈还特别骄傲地配着字：“书大厨独家特制，吃过的都说好”。

什么山珍海味都尝过的陆少爷没忍住评论逗她：“我也想吃。”

然后就收到了书翦私戳发来的小视频，视频里她用筷子夹住一只馅料饱满的饺子，蘸了一下调料，往摄像头的位置凑了凑，看上去像是要喂他吃一样。

她的声音有些懊恼：“现在快递停运了，不然我给你寄点儿过去就好了。学长，你下次来C市，我带你去吃一家老字号的红油抄手吧！”

自母亲去世后，陆星江从没过过什么热闹的新年。

春节于他而言也只不过是一年三百六十五天里，一个再普通不过的日子。这是第一次，他感觉出了一些不一样。

窗外落雪纷飞，室内万籁俱寂。他撑着下巴，把那个视频点开看了好几遍，眼睛里都带着笑，把来叫他出来吃年夜饭的顾明依吓了好大一跳。

陆启元是在初七那天回来的。

见到陆星江的第一句话是：“你明年毕业，网球也该玩够了，以前我没有管你，是指望你自己自觉，早点收心来先屿。”

“那不是我的公司。”

陆启元最听不得他说这话，当即就动怒了：“你以为如果我不允许，你还能打成一场比赛？”

陆星江直视着面前的人，嘴角勾出一丝嘲讽：“您不妨像前二十年那样对我不闻不问，我对您会更感激一点。”

“你！”陆启元指着他的手颤抖着，胸口起伏半天，转了话题，“你一月去C市了？你交的那个小女朋友，我前几天找人查过了……”

听他提起书翦，陆星江神色顿时一变，打断他：“你不用想对她做什么，和你没有任何关系。”

“我们陆家的门不是谁都能进的！”

陆星江声音愈冷：“生在这种家庭，是我配不上她。”

眼看着陆启元连最后一丝面上的慈祥都装不出来，是顾明依把她妈叫出来，才勉强劝住。

那一天不欢而散后，陆星江没有再见过陆启元。

直到这次闵维带着陆启元的命令过来：“少爷，陆总让我来接您。”

虽然陆启元和他从来都不能坐下来好好说上两句话，但私下里两人曾心照不宣地达成了某些协议——比如陆启元不会真正在他的网球职业路上设什么绊子，当然也不会在他遇到麻烦时施以援手，保持冷眼旁观的态度；同样作为回报，在某些需要他出场的场合，他也不能拒绝。

原先以为上次谈成那样，他和陆启元之间的协议也同样崩了，没料到陆启元还会叫他。

金樽是先屿旗下的一个高端会所，这次办的是先屿新年第一季度大股东集会。

二月上旬，先屿增发新股，集资面额巨大，老股东里不乏反对者，股价波动了一阵，陆启元为了尽快稳定股价，才举行了这次集会，作为他手中先屿 60% 股份的唯一继承人，陆星江自然也要到场让股东们安心。

陆星江自己没什么好怕的，可他怕陆启元找到书翦。

哪怕没做什么，他也不想用这种方式，狼狈地让书翦知道，他拥有的是这样一个支离破碎的家庭。

陆少爷在外人面前还是有几分高贵冷漠、生人勿近的气质，他不大乐意与人应酬，今天心情尤其不佳，更不想和什么人虚与委蛇。

公司里能来集会的个个都是人精，没什么人敢来触霉头，只转个身去恭维陆启元。

他是自己想把自己灌醉。

天之骄子陆少爷从来不屑借酒消愁，只是忘记在哪听到过一个科普，说高浓度的酒精会杀死脑细胞。

就这一晚也好，先忘记一些烦恼，就当表白被拒绝也不是什么大不了的事。

有谁人生中还没被拒绝过几次。

然而就在这种场合下，他脑海里那个在安慰他的小人，都长着一张书翦的笑脸，右脸颊那个小酒窝，比麦卡伦更让人头晕目眩。

宛如魔障。

酒会结束后，陆星江回了F大。

他酒量的确很好，喝了这么多，也只是头有点儿晕，整个人脑海里还一派清醒，虽然可能只是自以为的清醒。

时间很晚，他喝成这样，也没打算再回宿舍，本来准备直接去他在学校边上的公寓住，心中却忽然涌现一股冲动。

受到这股莫名其妙的冲动的驱使，陆星江走到了校门边上。

南门小吃街有一半铺子打烊，另外一半还在招待着最后一批客人，方圆几里都弥漫着浓浓的烟火气。

他清楚书翦的作息，早上起得特别早，晚上睡得也很早，年纪轻轻的小姑娘像提前在过老年人的生活。现在过了十一点，她大概早已沉浸在梦乡里了。

不知道是不是梦里也想躲着他。

陆星江长长地叹出一口气。

最近几天总有不良小商贩混进学校卖东西，造成的影响很恶劣，门卫受到上头指令，对进出学校的人员看管得越加严格，此时看见一个游离在校门旁边、要进不进的人影，瞬间心生警惕。

等看到了这人的正脸，门卫叔叔心里顿时有些愤慨——年纪轻轻的怎么就想在犯罪边缘徘徊呢？还长这副模样，干什么不行！

陆星江一抬头，就跟举着手电向前走的门卫打了个照面。

他觉得是自己喝醉眼花了，不然为什么会在对方的眼里看见一丝恨铁不成钢。

陆少爷十分沉稳地后退两步，转过身，一眼望见了从马路对面 24 小时药店里出来的人。

早春的晚风含着丝丝缕缕的湿气，陆星江眼前好像都开始模糊，威士忌的后劲慢慢地漫上来，整个世界像倒转了 180 度，彻彻底底地翻天覆地。

脚步声渐近，带着略略的急促，小姑娘微微的喘息声也越来越贴近他的耳朵。

在一双手扶上他的那一刻，陆星江听见了一声轻轻的、难以置信的问询："学长？你、你又喝假酒了？"

陆星江身上自带的书翦雷达，其实在无意中瞥见她背影的那一刻，就侦查到了她的存在。

短短几秒钟，他脑中闪过好几个想法，排在最前面的那个说的是"别过去了，别让她更怕你一点了"。

于是他费尽全身力气，驻足原地。

万万没想到，她会再主动来到他身边。

书翦的确是晚上睡得很早，但是今天这种情况，再怎么强大的生物钟也无法让她轻易睡下。

陆星江的电话没打通，但她试探发过去的微信表情包并没有弹出她已不是对方好友的提醒，她想得有点儿多，又担心他是不是出了什么意外，那她不光要成为 F 大的罪人，自己也会一辈子良心不安。

也幸好她心里乱糟糟的一直睡不着，才能在魏醒醒半夜发烧的第一时间发现她的不对劲，跑出来给她买退烧药，然后，在校门口猝不及防地撞到了那个电话无法接通的人。

陆星江表面上看上去真的特别正常，除了那双桃花眼比平常要更亮一点儿，眼角也沾了点粉色，换个陌生人大概完全看不出他喝了酒。

但他平时因为不太爱笑，偶尔笑起来都是那种春雪融化的感觉，带着微微的清冷，喝醉了就好像，自动变成那种眨眨眼都勾引人的状态。

在今天摊牌之后，这种变化仿佛更加明显了。

人都喝醉了，也不能再跟他聊什么拒不拒绝、接不接受的严肃话题了。

正直的书翦同学忽略自己霍地红透的耳垂，望见他有些虚浮的脚步，怕他跌倒，过去把他扶稳。

殊不知原本没怎么醉的某个少爷，在她过来的一瞬间，快速地醉得一塌糊涂。

陆星江没有回答她的问题，头微仰着，就像天上现在正上演着精彩绝伦的星际大战。

书翦学着他仰头，只能看到一团漆黑。

“学长，天好看吗？”她迟疑地问。

他终于低下头，直勾勾地盯着她，声音带着一点点酒醉后的嘶哑：“不好看。”

书翦好奇地问：“那您在看什么呢？”

明明正和她面对着面，他偏偏又压低声音说：“看天是因为我不敢看你。”

说完，他意犹未尽似的，接着道：“你太可爱了。”

之前被彻底忽略的心跳剧烈加速，书翦蓦地意识到，以他们现在这种尴尬的关系，再距离这么近，实在不太合适。

她啪地松开握在他胳膊上的手，以迅雷不及掩耳之势后退一步，完全没料到这下他是真的站不稳了，踉跄一下，下巴好巧不巧磕在她的颈窝。

隔着两层衣服撞下来，力道被缓冲，书翾感觉不到痛，准确来说，被他挨到的那一块皮肤都像失去了知觉一样。

“小书老师。”

“别怕我好不好。”他这么说，有一点委屈。

书翾动也不敢动，感觉到他在她肩上蹭了一下，气息轻巧地拂过耳梢神经。

“我。”陆少爷顿了顿，似乎在思考措辞，“我不咬人。”

“……”

（四）

“书宝，你是不是被我传染了啊？”魏醒醒一边忍不住咳嗽，一边频频看向坐在床下双手抱着水杯，像雕塑似的一动不动的小姑娘，视线焦点落在她红得过分的脸颊，“要不你也吃点药预防一下？”

书翾正在思考“黑洞假说”的未解之谜，又缅怀了霍金三分钟，为这位伟大科学家的陨落而感到无限可惜。

她从小就有个不知道是好还是坏的习惯，每当遇到什么实在不想去想的事情时，就会天马行空地想点儿离她很远的东西。

小时候有次学校组织体检，查出她身体里长了个肿瘤，书爸书妈被吓得魂飞魄散，立刻带她去首都专治这块儿的医院做详细检查，她自己懵懵懂懂的，从父母的反应知道自己可能是活不了多久了，那几天一直在拿中国和希腊古典神话作比较，试图归纳总结出玉皇大帝和宙斯的异同。

后来去首都重新拍了片子，专家诊断她什么事儿都没有，健健康康的，之前那次是仪器坏了，被误诊了。

书翾有时想想，好像从小到大，她的运气都挺好的，连这种生死大事的劫难，都可以躲过。

现在又加了一条，能被陆星江喜欢。

她想起在网上看到的那些赞美他的“彩虹屁”，具体内容记不清了，千言万语汇成一句话——在大家眼里，他好到连下凡都辛苦了。

这样多的人喜欢他，可他却对自己表白了。

在她还想不明白喜欢一个人究竟是什么感觉的时候。

不久前，书翦被醉后幼稚指数直线飙升的陆星江碰瓷，按他的指引，带着他在学校附近那个贵得令人咂舌的小区里转了两个来回，才把他送回了家。

要不是她急着回来给魏醒醒送药，想办法从他嘴里套出了住址，他们可能在里面转到明天早晨太阳出来。

关门离开前，她还收获了陆少爷让她留下的盛情邀请，被她砰地一声拦在门内。

想象一下，在拒绝告白的当晚就睡在告白对象家里，那她简直可以直接成为“渣女 bot”的微博置顶，接受万人唾弃了。

听到魏醒醒的声音，书翦回过神，用手背贴了贴脸颊，被烫得一激灵，连忙道：“我没事儿，你赶紧睡吧，明天上午我再陪你去医务室看看。”

寝室里另外两个人睡得很沉，书翦不想吵醒她们，又去洗了一把脸物理降温，就轻手轻脚地爬上床了。

折腾了整整一天的身躯在挨到床的时候，终于感受到了满满的疲惫。

还有一个多月才满十九岁的书翦，闭上眼睛前，在心中无可奈何地感叹：“这也许就是成年人的烦恼吧。”

如果世上有种人的特异功能叫“自动控制酒醉与酒醒”，那陆少爷应当是其中翘楚。

书翦送他回公寓的时候，还差半小时到十二点。陆星江用自己存量不多的人性发誓，对书翦说出“这里客房的床还缺个人睡”那会儿，确实是醉得神志不清了。

不然他怎么也要委婉润色一番再把话说出口，况且因为一直没人来住过，客房的床都没铺，要睡还是他那间主卧的床更合适。

书翦临走前还给他烧了热水，陆星江就这么坐在沙发上，看着纸杯里的水一点一点冷却，再冒不出一丝热气。等他醒过神来，落地窗外隔壁楼的最后一盏灯都灭了。

他的手机一向都开着静音，连振动模式都是关的，他一晚上没有碰过手机，这个时候才发觉，原来书翦给他打过电话，因为没打通还发了个表情包过来。

表情包是个五六岁的小姑娘，黑葡萄一样的眼睛一眨一眨，做出的口型在说“对不起”。

陆星江抬手盖住眼睛。

想听书翦对他说什么都好，就是不要跟他道歉了。

说到底，再怎么安慰自己、企图说服自己都没有用，心里还是会不甘心。

他放下手，手指在屏幕上摩挲了两下，打了几个字。

第二天早晨，书翦醒得比闹钟还要早一点。

分明没有睡多久，整个人却像是充满了元气。校园里扰人清梦的晨广播慢悠悠地响起前奏，对面床的魏醒醒不堪其扰，双手扯过被子盖过头顶，一副声音再大点她就能立刻冲去把广播站炸了的架势，看上去烧已经退得七七八八了。

书翦放下心来，从枕头下面摸出手机，准备把闹钟关掉，结果刚开机没两秒，来自“啊菠萝”的消息提醒就占满了手机的通知栏。

陆星江一连发过来十条一模一样的消息：“你为什么不喜欢我？”

时间：凌晨 2 点 28 分。

书翦：“……”

紧跟在最下面的一条写着：“手机卡了。”

书翦觉得陆学长这个手机一定也喝多了。

同样在前一天受病痛折磨的秦晔一早醒来也满血复活了，毕竟是体育生，一向生龙活虎，恢复能力也强。他在医院一天也不想多待，更何况昨晚听闻了他们队长表白受挫的噩耗，要不是护士小姐姐虎视眈眈地守在病房门口，他当时就要冲出去。

“你去干吗？让队长打一顿发泄发泄？”于海洋问他。

“我和队长现在‘同是天涯沦落人’，都是感情受挫了，心有共鸣，你懂不懂？”

于海洋点头：“队长如果愿意换个人喜欢，预备女朋友人选可以从这儿排到还没建成的新校区。你如果愿意换个对象决斗，可以再喝 12 瓶 AD 钙，来个医院二轮游。”

秦晔被愤怒烧红了眼睛，又觉得自己这个狗嘴里吐不出什么象牙的搭档说得好像是这么个道理。但是在听室友说他们队长昨天一晚上都没回去的时候，他还是决定去陆星江的公寓看看，一并过去的还有于姓和胡姓两个热心人士。

上次他们来这边，还是去年一次比赛完，有人起哄要去队长家开派对。

时隔快半年，他们凭着记忆，七拼八凑才勉强找到陆星江住的单元楼。秦晔打头阵，刚好有人从单元楼里出来，他们溜了进去，坐电梯上七楼，正准备选个人过去敲门，就看见想象中应当黯然神伤的队长，神采奕奕地打开了门，手里提着要丢的垃圾，眼神在瞥见他们的一刻，划过一抹愕然。

秦晔脱口而出：“队长，你这么快就找到新欢了？”声音里不自觉还带着一丝指责和难以置信。

然后，他们就目瞪口呆地看着他们队长，重新神色严肃，退回室内，手一推，关上了门。

“队长你去 C 市一趟是顺便学了变脸吗？！”他们不约而同地腹诽。

半分钟后，和于海洋、胡承并排坐在沙发上的秦晔，为自己的口不择言在心中进行第三轮忏悔。

陆星江大概猜到了他们的来由，先问了一下秦晔身体怎么样了，就径直道："我没事。"

不是强颜欢笑，不是苦中作乐，是真的没什么事儿了。

他们队长真的是个天赋异禀的男人，人长得帅，球打得好，连治愈情伤都是光速。

秦晔张张嘴，有点想哭，不禁想为自己赋诗一首：枯藤老树昏鸦，小桥流水人家，说来说去，可怜的只有他。

也是他们来的时机巧了，半个小时前，陆少爷才初步解决完自己的人生大事。

那时书翦刚对他昨晚的"十连问"做出了回应，宿醉得头疼欲裂的陆少爷看见消息时，刹那间像吃了最有效的解酒药，精力充沛到可以打一场八小时不带休息的比赛。

书翦先对他的手机表示了关心，然后说："学长，我没有不喜欢你。"

她发的是文字，可陆星江仿佛能想到她歪着脑袋，一字一顿、非常认真地在跟他讲话的模样。

"但我也不想欺骗你，我对你就是对朋友的那种喜欢。"

陆星江心里想，可以的话，他其实还挺愿意被她欺骗的。

小姑娘像进商场逛了一圈，什么东西都没买，被老板盯着，只好羞愧地对着他吹了好一阵的"彩虹屁"。

她夸人很有章法，既不会夸得太过夸张，又能句句都说得人心花怒放。

最后，书翦总结陈词："学长你真的特别好，肯定有很多人喜欢你。"

"有没有办法？"他回过去。

书翦："啊？"

"把你的喜欢换一换。"他接着打字，"换成对男朋友的那种。"

那边纠结了半天才回复："好像有点儿难。"

"小书老师，我很有耐心的，我可以陪你一起想办法。"

"要是……想不到呢？"

他一开始本正经地提供方案："我觉得'日久生情'这个词还挺有道理的，我们可以从每天约会一次开始培养感情。"

向来讲究逻辑严密的书翦并没有轻易被他带进坑里，提出了反对意见。

"学长，我觉得我们可以分开一段时间不见面，这样我就能好好冷静一下想想了。"

陆星江皱起眉："一段时间是多久？"

"一个……月？"

"小书老师，你好残忍。"陆少爷故意卖惨控诉。

她不得不改口："一个星期？"

他保持沉默，就在书翦咬咬牙，要再缩减一下时间的时候，收到了一条语音消息。

有人仗着自己声音好听就进行违规操作，压着声音，却抑制不了语气里的轻叹。

"小书老师，请千万记得多心疼我一下。"

（五）

定好了一个星期不见面，书翦突然如蒙大赦一样，松了一口气。

她手机里下了一个便笺APP，平时有什么待完成事项列在上面，能今天做完绝不拖到明天。这件事算是为数不多的例外，甚至有点儿想拖到天荒地老。

可是每次想到陆星江的那句请求，她又觉得这样对他太不公平了。

一整节笔译课，书翦有一大半时间都在走神。她课堂作业写得很快，写完就撑着下巴思考人生，从讲台那个角度看上去像是在认真看书，可这种走神的小动作逃不过坐在她边上的魏醒醒的眼睛。

“我书，恋爱了？”她小声问。

书翦马上语重心长地教育她：“我没有！你好好学习，不要整天想这些儿女情长。”

魏醒醒一头雾水：她就是随口问一下开个玩笑。

她回过神，才发觉有些不对劲。以前她说这种话，书翦都会头也不抬回她“我正在和学习约会”，从来不会这样，较真地反驳她。

魏醒醒眯起眼睛，心中有了一个猜测。

下课铃很快响起，他们教室在一楼，门又正好对着楼梯口，经过的人很多。嘈杂人声中，演技派魏女士清了清嗓子，突然道：“陆星江！”

书翦瞬间像被触发了什么开关，绷直了背，眼神游移到向教室门口瞟了瞟——根本没有什么姓陆的人出现。

她再一扭头，就对上了魏醒醒一脸“我已看穿一切”的神情。

魏女士笑眯眯地看着她：“陆星江——后天下午有比赛，书宝你要不要跟我一起去看看？”

书翦：不想。

学校：不想也不行。

VET世界网球巡回赛今年三月份的比赛场地定在了中国A市，为了迎接大批从国外远道而来的运动员，A市各大高校纷纷派出了前去接待的志愿者。

F大派出的志愿者小队里一共有十二个人，其中四个来自外语学院，和书翦同出自英文系的是个大三的学长，叫翟秋暝，名字取自王维的《山居秋暝》，人也非常诗意，坐在大巴车上的时候还和书翦讨论了一下汉服文化，整个人仿佛古代汉语专业“偷渡”过来的。

书翦本来以为他们俩只是闲聊一下，怎么都没想到在下车之前，这个翟学长外套一扯，露出了里面穿的直裾袍。

他身材瘦瘦高高的，又穿着这身衣服，刚一下车就如鹤立鸡群，吸引了无数目光，连带着让站在他身边的书翦也进入了大众视野。

车停在会场门口，安保人员已经在四周就位。书翦听见前面几个女生说，最早一批运动员都进去了，从这个位置望过去，是齐刷刷的一群高个儿长腿，欧洲面孔居多，也不乏黑发黄皮肤的亚洲人。

他们这边动静不小，里面的人也朝外看过来。翟秋暝像个移动的活靶子一样，书翦不敢再离他这么近，计划着往旁边挪一挪，脱离他的辐射范围。

这一挪，就和十几米开外，正跟一个金发碧眼的外国小哥聊天的陆星江撞了个正着。

书翦："……"

陆星江："……"

他嘴角微勾，轻轻笑了起来，桃花眼弯出一个美好的弧度。

书翦硬是从那个简简单单的笑容里，看出了对自己的嘲笑。

——说了一个星期，不还是三天没到就见面了。

书翦觉得，做人是真的不能立 flag。她刚感叹自己运气好没多久，就受到了来自上天的沉重打击。

她悄悄地把挪过去的脚又收回去了。

翟秋暝正找她呢，见到人一把拉过去："学妹，别乱跑，马上点名了。"

书翦乖乖听话，趁机躲在他身后，隔绝了某人的视线。

"Lu，你们国家的女孩子果然真的很可爱。"

和陆星江一起的那个外国小哥名叫文森特，来自挪威，之前国际比赛上跟陆星江遇到过好几次。他酷爱中国文化，打球之余还自学了中文，于是经常主动找陆星江交流。

饶是陆少爷不是什么好接近的主儿，一来二去，也和他有了几分交情。

文森特是循着陆星江的视线看见那个小姑娘的，他性格开朗，向来有什么说什么，没有注意到陆星江陡然转变的脸色。

“非礼勿视。”陆少爷不动声色地向前拦了一下。

“非礼物……什么？”文森特没听清，伸着脖子张望，“我还想问她要个联络方式呢。”

陆星江淡淡地给他解释：“就是说，不要随便乱看，很没有礼貌。”

单纯的文森特以为自己真的冒犯了人家小姑娘，还有一点儿内疚，眼睛一转，看见了穿汉服的翟秋暝，瞬间更加兴奋：“哇，他这身衣服也好看。”

话音落下，陆星江道：“他可以。”

文森特不解：“可以什么？”

“你可以去问他要联系方式。”

文森特腹诽：说好的“非礼勿视”呢？

在书翦的提心吊胆之下，分组名单下来了，她和对外汉语学院的女生一起负责接待一个美国小男孩儿。

说是小男孩儿，是因为他刚过了十八岁生日。

如果从身高来看，书翦觉得自己根本没有资格叫人家小孩。

美国男孩今年是第一次参加 VET 巡回赛，也是头一次来到中国，肉眼就可看出他的紧张。虽然他个儿高，但是长了一张十足的“正太”脸，此时咬咬嘴唇，褐色瞳仁里满是畏惧，让当了快十九年独生子女的书翦内心一时间充满了做姐姐的责任感！

她有些费力地抬高手臂，拍拍小男生的肩膀：“别紧张，平常心比赛就好。”

顶着一头小鬈毛的男孩子点了点头，却仍改不了唉声叹气：“这两天比赛，教练没收了我的电脑，我游戏的连续签到要断了，没法兑换大礼包了。”

书翦腹诽：看不出这还是个网瘾少年。

“噗——”见书翦真的开始为他想办法游戏签到，小鬈毛终于忍不住笑出来，“姐姐，我逗你的，其实我就是在紧张明天的比赛。”

“对了，你比我大吗？我觉得你看上去和我上小学的妹妹差不多大。”

有股愤怒的火苗从书翦胸腔直蹿到天灵盖。

她打小就是那种乖巧听话成绩又好的别人家的孩子，经常被亲戚邻居作为榜样教育自家小孩，所以还挺有和各种熊孩子打交道的经历。

眼前这个装萌卖乖其实心里鬼点子一串、非常擅长捉弄别人的男孩儿显然是段位很高的那种熊孩子。

书翦定了定神，充满好奇地问他：“那你平时也这么跟你妹妹撒娇吗？”

小鬈毛：“……”

学对外汉语的小姐姐去工作人员那里拎了饮料和一些后勤用品回来，就看见一个小学妹跟一个小正太，正面对面大眼瞪小眼，场面有点儿好笑，好笑中又带了几分萌感。

书翦其实说完就不是很气了，听到脚步声，转身小步跑过去接东西。

毕竟怎么说都是个成年人了，让两个女孩子为自己服务还是让小鬈毛觉得不太好意思，他对书翦伸出了手，示意要帮她拎。

书翦愣了一下，他等不及，已经主动拎过了袋子。

小鬈毛揉揉鼻子，很小声地说了一句抱歉。

不知道他是美国哪个州的人，说话卷舌音特别重，声音降低时显得更加明显，又有点儿可爱了。

对外汉语的小姐姐不知道他俩在打什么哑谜，好奇地侧侧脑袋，书翦咳了两声，嘴角忍不住翘了翘，这时才回复他刚刚的问题，伸出右手，食指和大拇指比出一段距离。

“我比你大这么多。”她说，“所以别紧张啦，姐姐会给你加油的。”

书翦放心得太早了，她完全没有想到，小鬈毛的房间和陆星江就在同一层。他们说话时，陆少爷刚从楼梯间旁的电梯里出来。

陆少爷英文是不大好，但一句“cheer for you”还不至于听不懂。

于是书翦在晚上乘大巴车回学校的路上，一边要继续跟翟秋暝讨论唐诗宋词元曲明清小说，一边要应付来自陆少爷的套路。

“小书老师，我也想要加油。”

书翦假装系统回复：“对不起，您和该用户约定的一周时间还没到。”

白天撞见的那一面，小书老师的大脑选择性删除记忆。

半分钟后，“啊菠萝”给她发送了一个微信红包。

书翦：“？”

陆星江：“这是用来贿赂系统的。系统你偷偷点，我不会告诉她。”

书翦当时就觉得：你们有钱人的玩法真的是千奇百怪、花样百出、防不胜防。

她没有领红包，不过话都说到这个份儿上了，她的冷漠脸再也装不下去了。她忽然想到了小鬈毛，鼓了鼓脸颊，问他：“学长，你紧不紧张呀？”

对方连零点零一秒都没思考，秒回：“特别紧张。”

书翦：“……”

那您的控制能力真棒，让人一点儿也看不出来。

善解人意的书翦小朋友考虑到对面这人毕竟还要比赛，默默咽下了吐槽，热心提供帮助：“我有一个办法可以缓解压力。”

“什么？”

“现在，躺在床上，闭上眼睛，做三个深呼吸——”她顿了一下，“这样你就睡着了，什么都不用想了。”

说完那边没再回消息过来，就当书翦以为他真的睡着了的时候，手机突然“叮”一声。

【啊菠萝：这样不行啊，小书老师。】

书翦不自觉拧眉，刚要问怎么了，准备给他上一套完整的催眠大法，后面一条消息就很快蹦了出来。

【啊菠萝：如果睡着之后梦到你，我就彻底不想醒过来了。】

第五章

现在已经很喜欢你

（一）

前十九年书翦见过、听过的情话，都没有这短短几天里见识得多。

陆星江好像被启动了什么特殊装置，整个人切换到第二人格，让学了多年文科，之前觉得自己文学素养还挺好的书翦自愧不如，想给他发个“妙语连珠”徽章。

——前提是，说这些话的对象并不是她。

她倒宁愿他们现在还是当初一言不合，她就要被他“杀人灭口”的关系。

很久以前，书翦在书上看到过对主角害羞时神态的描述，说是整个人从脸颊到脖子，裸露出来的皮肤都红得像被烫熟的小龙虾，当时她以为作者用的是夸张手法，并看得有点儿饿，跑去吃了一顿干锅香辣虾。

直到此刻，从车上下来，无意间瞥过车前镜，看见了自己的模样，她才清楚地认识到：艺术果然来源于生活。

她最后也没有正面回复陆星江，再度假装系统上线：“对不起，您对话的用户已离开，请您自觉上床睡觉。”

害怕陆星江又要来贿赂系统，她干脆又加了一句：“本系统也已下线！！！”

打完最后一个感叹号，书翦将手机息屏，揣进口袋里，旁边翟秋暝的话题已经讲到了《儒林外史》的第四十九回。

书翦智商再怎么高也经受不住一直一心二用，在他这里就尽心尽力当个捧哏的。翟秋暝也不在意，一个人讲得更加起劲，难得遇见有人愿意听他说书，一时激动，下车了还想跟书翦加个微信继续交流。

然而书翦这会儿正恨不得把口袋里的烫手山芋扔了，完全不想掏出来看一眼。

她定住脚步，看向身侧的男生：“翟学长。”

翟秋暝：“嗯？”

书翦：“或许你听过一种病，叫微信中毒综合征？就是每到晚上就不能打开微信，否则会四肢麻痹无力的那种病……”

“或者也可以换个说法：我手机没电了。”

“我看你那么能编，要是生在清代也是个小说鬼才，吴敬梓都得管你叫老师。”翟秋暝在心中嘀咕。

认识陆星江的这半年来，书翦觉得自己的身体素质得到了很大的提高，具体体现在她晚上回去绕着操场夜跑两圈，再回寝室时还脸不红气不喘——直到推开寝室门的那一刻。

三道目光齐刷刷地朝她这边投射过来。

这一幕好像似曾相识。

她连忙往后退了一步，然后抬头看了一下门牌号，没有走错，寝室里的三个室友也都是她再熟悉不过的面孔。

书翦佯装镇定，取下书包在椅子上坐了下来，然后在心中默数了五个数，刚数完，有三道气势汹汹的身影就从三个方向朝她这儿簇拥而来。

魏醒醒先开口：“我们这次真的需要一个解释。”

林芝：“没错！”

晓春：“加一！”

书翦还蒙着：“你们想要哪件事的解释呀？”

不料这句话成功地转移了魏醒醒的注意力，她抓错关键词：“‘哪件事’？书！翦！你究竟有多少事瞒着我们？”

“不是不是，我就、我就随口那么一说……”莫名心虚的书翦同学道，“我什么时候故意瞒着你们了？”

魏醒醒腹诽：你瞒着我们的事可多了。

不过她没有多纠缠，从口袋里掏出手机，先点开八卦新闻界面，再点开置顶那条，把血淋淋的新闻标题送到书翦面前：“S 姓小花打脸！陆星江正牌女友曝光！”

新闻配图是之前书翦跟陆星江在电台的那张合照。

你们的工作效率未免也太高了一点儿吧！

目光焦点不自觉落在图中她被陆星江拉着的那只手上，书翦眼皮像被烫到了一样，迅速闭了一下，转开视线。

她轻咳了两下：“如果我说，我是被电台送去和亲的，你们会信吗？”

回答书翦小朋友的是三记白眼，外加魏醒醒重重的一声“哼”！

当事人书翦现在就是无比后悔，采访的时候没有踩个高跷什么的，不然光身高这一项就可以撇清嫌疑。

现在铁证如山，“真相”说出来又没人相信，书翦只能把当时在电台发生的一切事无巨细地汇报给组织，当然陆星江的“择偶标准”这一条，她自动隐去了。

“我只是帮他压下去跟宋雯佳的那条绯闻，毕竟假装情侣，不牵手的话可信度不是特别高吧。”

“不！陆星江看你的眼神就已经抵过一切证据了。”熟读言情小说三百本的魏醒醒不依不饶道。

林芝发出一声叹息：“当初我也应该去电台实习的。”

“芝姐，看我。”魏醒醒道。

“怎么了？”

“你知道我想对你说什么吗？”

“不知道啊。”

魏醒醒露出微笑：“我的名字叫什么？”

“……”

好的。她这就去醒醒。

被几个室友这么插科打诨闹了一阵，书翦脸上的温度终于彻彻底底地消了下去。

躺在床上，她总算鼓起勇气把手机屏幕摁亮，先回了一些杂七杂八的消息以及通过了翟秋暝的好友申请，最后才点开陆星江的对话框。

【啊菠萝：晚安小书老师。希望你也梦到我。】

为了让陆星江的希望落空，书翦睡前特地戴着耳机看了一部电影博主推荐的五星恐怖电影，一整夜都在跟电锯狂魔搏斗，没法再分出心思为他烦恼。

VET 巡回赛在 A 市的这一站持续一个星期，书翦跟队服务的小鬈毛坚持到第三天，在十六进八的比赛中遗憾地输给自己的美国同胞。

为了安慰他，书翦跟对外汉语的小姐姐一起请他吃了一顿火锅。

小鬈毛不太能吃辣，但是热爱挑战，不顾劝阻从鸳鸯锅里捞了满满一勺红汤底，吃得眼泪一把鼻涕一把，找到机会将比赛失败的难过发泄出来。

他刚哭过，鼻音更重，说话含含糊糊的，但书翦还是能听见他在说："太过分了……陆星江！"

乍一听到这个名字，书翦一脸疑惑："我记得你没跟他比赛啊。"

小鬈毛眼泪扑簌簌地从长睫毛里滚下来，喝了一口牛奶解辣："就是因为我没跟他比上赛！我是为了能跟他交手才报名来中国参加这场比赛的！结果还没轮到跟他对上，我就被淘汰了……呜呜呜……"

书翦心里想：你们网球运动员的爱恨情仇真的难分难解。

对外汉语的小姐姐非常感性，拿起杯子倒满牛奶，跟他碰了碰："没关系，中国欢迎你再来！"

说完，她看着书翦，向小鬈毛方向努了努嘴。

书翦收到示意，也举起杯子，强行替人好客："没错，陆星江也欢迎你来跟他一战！"

这边有人悲伤逆流成四大洋，另一边处于话题中心的人拿下三天连胜，春风得意马蹄疾之余，莫名其妙地打了一个喷嚏。

休息室里的秦晔一边将空调温度又往上调了调，一边碎碎念叨："队长是不是这两天比赛太密集了啊？要注意身体……"

正查看赛事新闻的胡承分了一个眼神过去："叶子你果然适合当奶

妈。放心吧，队长早习惯了这种比赛强度。”

“奶妈个球球，小爷一向打输出的好吧？”

只要他俩在，随时随地都能拉个幕布唱一场大戏。

陆星江刚冲完澡，从胡承手机上瞥了一眼确定不久的八进四比赛名单。

A 市这场比赛的奖金高达 830 万美金，在整个赛程中位居前三，重要性也不容小觑。

这三天的比赛，他的运气不错，碰上的选手实力都不算特别强，重头戏要放在后面几天。

比赛还剩下四天。他和书翦的约定还有两天。

陆少爷慢慢地垂下眼睑，心中窃喜。

虽然很心急，但如果她没准备好的话，那就再让她多想两天吧。

反正他说过的，他很有耐心。

对象是她，他可以一直等下去。

比赛第四天，因为服务对象的出局，书翦提前重获自由。

室友里有两个是网球社的人，所以尽管她不用每天都去市网球中心，还是能获得第一手的比赛资讯。

魏醒醒和林芝都是声情并茂系选手，在寝室用咸鱼淘来的二手网球拍你来我往地重演比赛情景，晓春被她们逗得笑到不行，书翦无奈地看着手上系着紫色丝带假装护腕，正在 COS 陆星江的魏醒醒，眼睛也不自觉地弯了弯。

四分之一半决赛和决赛之间隔了一天。

哪怕书翦不太想承认，可她还是觉得有点儿紧张。

陆星江比赛很忙，只有每天晚上睡前才会在微信上跟“书翦牌系统”聊几分钟的天。

【啊菠萝：［恭喜发财，大吉大利］】

吃一堑长一智，书翡鼓了鼓面颊，回他："系统2.0不接受任何贿赂。"

【啊菠萝：这么严格？那明天决赛，系统会来看比赛吗？】

【书中自有菠萝饭：系统决定看情况。】

【啊菠萝：夜观天象，后天很适合看比赛。】

他在心里又说了一句：更适合来看他。

【书中自有菠萝饭：夜观天象，系统觉得你现在应该睡了！晚安！】

书翡有时候觉得，自己像是被陆星江彻彻底底地骗到了坑里，这一个星期以来，他们说的话分明比过去还要多。

但是她好像……真的忍不住，想要一直纵容他。

书翡用毛巾擦干脸，对旁边一边哼歌一边刷着牙的魏醒醒说："醒醒，我想问一个问题。"

《好运来》的调子停了下来，魏醒醒转头看见她严肃的表情："啊？"

"如果我突然有了一个男朋友……你们会打我吗？"

魏醒醒："……"

（二）

周二，VET巡回赛A市大师赛决赛。

陆星江对战德国名将Alexander Sommer。两人年纪相差两岁，都正值体力与爆发力的黄金时期，比赛进行了将近五个小时，第三次抢七决胜局结束时，陆星江整个人像刚从水里捞出来一样。

裁判扬起手里的旗子，吹哨宣布获胜方。

陆星江和Alexander Sommer握完手后，摘掉额上的吸汗带和护腕下场，准备迎接不久后的赛后采访。

他状似不经意往看台上扫了两眼，呐喊声不绝于耳，再转过头来，对上笑眯眯、一脸喜气洋洋过来接驾的秦晔。秦同学一筐酝酿已久的霹雳无敌"彩虹屁"还没放出来，便听他们队长哑着嗓音说："人呢？"

人——秦晔脑子转得飞快，思考一秒，诚实道："队长，学妹好像没有来。”

陆星江眉头微微皱了起来。他知道书翦一贯心很软，所以他才会一直锲而不舍地卖惨。以往事实也证明，的确很有效果。依据他的判断，今天书翦很大概率会过来。

陆少爷对采访这种事儿向来兴致缺缺，加上此刻心情的确不大好，问题回答得都很简短，能一句话说完的绝不拖到两句。在一边儿守着的秦晔不用猜也知道，不久后的报道出来，对他们队长“高冷骄傲”的描述又要上一层楼了。

这种事，遇到的多了，也就该习惯了吧。

他绝望地别开了眼，看见被他派去打探消息的胡承飞快地跑了过来。

“叶子！完了完了！”他嗓门大，秦晔“嘘”了一声，让他小声点儿，结果还是被刚采访结束的陆星江捕捉得一清二楚。

他垂着眼问：“怎么了？”

“队、队长……”胡承企图缩到秦晔身后，却被后者无情地推了出来，“就是，我听书翦学妹的室友说，她跟人去孜岚县做项目考察去了……”

在陆星江愈渐凝重的目光中，他眼一闭心一横：“孜岚县，就是今天上午刚报道发生泥石流的地方……”

孜岚县。

暴雨初歇，空气中溢满了潮湿的水分子。这里平房居多，木板门抗风能力不强，更何况刚经历过一场自然灾害，处处都透露着一股摇摇欲坠的脆弱。

书翦身上披着厚厚的外套，缩在屋子一角，手里握着刚拭干水的手机，再次尝试开机——再次失败。她失望地呼出一口气，把手机收进了包里。

其实这样的天气，这样偏僻的山区，哪怕手机还可以正常使用，大概也没有信号。

面前伸来一只修长的手，递给她一杯冒着热气的茶。书翦接过，扬起头对来人笑了笑：“谢谢。”

晋梧一向没什么表情起伏的脸上出现了一丝波动：“抱歉，连累你了。”

他说这话时是真心有些愧疚。

上次找书翦帮忙翻译的论文交上去后，导师非常满意，后面布置新课题，便有意让她一并加入。偏巧这个导师和书翦专业的系主任私交甚笃，行程和经费很快就批了下来。

这个课题分属国家级创新研究项目，无论是对未来保研还是工作都大有裨益，书翦自然没有拒绝的理由。

事实上她刚收到通知，机票就被一并买好了。

飞机于凌晨时分在周边市区降落，一路又换乘大客车颠簸地驶到目的地，刚在附近民宿落脚还没来得及好好休息一下，大雨就倾盆而下。

他们原本是看这里地质稀缺特意来调研，结果还没正面打上交道，泥石流就把事情全弄砸了。

“跟你没关系啊。”书翦安慰他，“雨又不是你控制它下的，之前天气预报还说今天是晴天呢。它都预测不准，更何况我们。所幸人都没事儿，就最好了。”

只是好好的项目打了水漂，大家难免会受到打击。

除此之外，书翦还有一件挂在心上的事儿。她抬头望了一眼墙上悬挂的时钟，下午三点半了，陆星江的比赛应该早就结束了。

那天她不知道脑袋里哪根弦没搭对，跟魏醒醒说了那句话之后，免不了又是一顿狂风骤雨般的逼问。

不过魏醒醒还有一丝良知尚存，没有把寝室里另外两个姑娘也叫来给她三堂会审。

只是躺在床上，听着对面床传来“噼里啪啦”的打字声，书翦也知道对方的心情有多么激愤。

还坐在床下看书的晓春摘下耳机，问了一句：“醒姐，你又在舌战哪家黑粉？”

魏醒醒咬牙切齿道：“一个渣女！”

书翦：“……”

说实话，魏醒醒一早就知道陆星江对书翦的态度非同寻常，但是凭她对书翦的了解，知道她对待感情方面慢热得像牙膏一样，挤一下才能勉强往前动一下，她以前疯狂暗示那么多次都没结果，还在心里为陆星江点了一排爱心蜡烛。

本以为等到毕业差不多才能等来她们家小学妹开个窍，没想到书小翦同学一通猛操作，直接对她放了一个大招。

“你们谁表白的？怎么表白的？当时几点？气温几度？他亲你了吗？

“书宝！妈妈不允许！你还是个孩子！不可以！少爷也不行！”

书翦在这头默默地等她完全发泄完，打字速度降回正常水平，才安抚地回复：“什么都没有发生，我就突发奇想一下，醒醒你不要激动，来跟我深呼吸……”

魏醒醒觉得，自己再深呼吸一下，就可以直接去见她去世多年的奶奶了。

“所以，你们是还没在一起，是吗？”

书翦手指动了动，却不知该怎么回答。

她话里说得轻松，然而只有她自己知道，在问出那个问题时，她心里已经有了答案。

又或许早该有了答案。

本来想周二去看决赛时一并做个了断，不料中间横插了这个项目进来。

她的运气也忽然变得好差。

书翦有点儿无精打采，一口一口慢慢地抿着热水。幸好她原本就是随遇而安的性格，只是有一点点遗憾，又一次没能在场目睹他的决赛。

泥石流导致通往山区这边的道路堵塞，救援队最早也要傍晚才能过来，隔壁房间有几个队里的同学在玩牌，没凑够人手，把晋梧叫了过去，书翦不太会打他们的玩法，就没有去凑热闹。

她的背包里装了好几本书，来之前是想着路上可以打发时间，没料到还真是未雨绸缪了。

时间一点一点过去，随着天色暗下来，再次下起了雨。

这次的雨没有上午那么大，淅淅沥沥地打在陈旧的玻璃窗上。

从远处隐隐传来了人声和汽车的声音。有人打着伞过去探听情况，牌局散了，晋梧再度进来，好像是有什么话要对她说。

“书翦。”

她正就着一盏小灯看书，突然被叫到名字，恍惚了一下才回过神：“怎么了？”

“其实，我……高一就认识你了。”晋梧说。

他们俩准确说来，是高二文理分班后才成为同学的。书翦人脉并不广，高中学校没有硬性规定，她也不是经常参加校内的各种活动，理所应当认为她和晋梧应当是高二以后才认识的。

此时听他这么说，她难免有些差异：“嗯？”

“我们两个班是一个英语老师，她很喜欢你，经常提起你。后来有一次在宣传栏上看到你的照片，就记住你了。”

屋内气温不高，书翦的脚一直都是冰的，听了晋梧的话后，蓦地又多了一分忐忑不安。

晋梧继续道：“高中的时候，学习很忙，一直也没时间分心想什么别的事情。高考以后看到学校门口的喜报，发现和你又在一所大学，那时就觉得，可能我们还挺有缘分的……”

“晋梧！”书翦没那么傻，又刚经历过一次“心惊胆战”的表白，听到这里自然把他要说的事猜得七七八八，又尴尬又窘迫地想直接打断他下面的话。

“没想到拖到现在我都没有勇气说出口，可是我怕再不说就没机会了。书翦，我……”

书翦一声“对不起”就要脱口而出，打断晋梧的却是砰的一声推门声。

冒着雨进来的人还没收伞，上半张脸被伞遮住，只露出精巧的下颌线。

他嘴角微勾，声音里透着一股子纨绔子弟的散漫，在雨声中显得更加清晰：“这位同学，有没有人教过你，表白也是要讲先来后到的。”

“做人要有素质。”

随着话音落下，来人收了伞，长腿迈进屋中，宽敞的房间里仿佛一下变得逼仄。他个子太高，吊灯晃晃悠悠，恰好与他的头顶平齐。

书翦眼睛一眨不眨地看着他。

陆星江。

前三秒里，书翦想的是，好好的一个网球少年，怎么言行举止弄得像个败家二世祖一样。后面长达一分钟的空白时间里，书翦都在想，这场雨是不是跟阿拉丁神灯有什么渊源。

只不过人家召唤出的是灯神，可以帮人实现三个愿望。

这雨召唤出的是跟她表白的对象，还是俩，加上她，三人共处一室、其乐融融。

“其乐融融”当然是假的，晋梧在听见陆星江声音冒出来的一瞬间，人就僵住了，然后一言不发地从另一个门出去，全程和前来挑衅的陆少爷零交流。

书翦也很想跑，但很明显，她跑不掉了。

陆少爷的视线像枷锁一样，牢牢地把她铸在了原地，动也不能动。

有水珠一滴一滴地沿着他额角、眉骨、鼻梁，一路滑过微微滚动的喉结，又在锁骨荡漾一圈，陷进了衣服里。书翦收回视线，叹了一口气，把自己的手帕递给了他。

没想到有人得寸进尺，不光拿了手帕，连她的手都一并握住。

明明整个人身上都裹挟着外面的寒气，他的手却是热的，有一点点潮湿。他的手比她大多了，不用使几分力气就能限制住她的自由。

陆星江缓缓俯下身来，握着她的手，然后用她手上的手帕，帮自己把发丝上淋到的雨水一寸一寸擦干。

两个人的呼吸近在咫尺，胶着在一块。

书翦觉得自己的脸大概又红到快要爆炸，脑海中的意识已经奋起暴跳，冲他大喊一声："流氓！"

现实中。

"你……怎么还没擦好！"

他嘴角勾起的弧度更深，叹息似的说："小书老师，我好害怕。"

书翦的声音还有点儿抖："你怕什么？"我都还没被你的突然出现吓到呢。

"害怕就像刚才那样，有人也跟你表白。"他顿了顿，"然后你就不考虑我了，跟别人走了。"

说到这儿，他嗓音里的笑意才慢慢消失了，多了一点儿委屈，寸寸缕缕、酥酥麻麻地萦绕在她的头顶。

"你这么好，我要怎么跟别人抢你？"

（三）

室外嘈杂的人声愈来愈响，好像有人在分配着什么物资。

那些人中有一半是陆少爷带来的。从胡承那里听说书翦的下落后，陆星江难得主动去找了一次闵维。除了什么重大事件，他都不想借助陆启元的手去达成目的，不想再被他用"你到最后还不是要靠陆家的力量"那种轻蔑到自以为是、洞察一切的目光看待。

他并不缺钱，可是在这么短的时间内要召集一架直升机还不是一件简单的事情。

他只能向陆启元低头。

事态紧急，他没有带多少人来，找合适的地点停飞机也花了不少的时间。

最后赶在黄昏时分，和救援队的人一起到了山脚下。

结果还没喘息几秒，就听见有人想要正大光明地撬他的墙脚——

陆少爷蛮不讲理，完全忽略这个墙脚还不属于他的事实。

人的直觉有的时候就是很神秘莫测，准得可怕。比如第一次在公交车站，看到书翦的身边那个男生时，陆星江就敏锐地觉察到了潜在威胁。

后面没再正面交锋，他渐渐把这个威胁抛在脑后，直到刚刚，这人再度冒了出来。

陆少爷面对其他人都是个张扬自大的主儿，可到了书翦面前，再嚣张的气焰也灭得差不多了。

他刚擦完头发松开手，书翦就倏地收回了手帕，把手背在身后甩了甩，企图把他残留在她手背上的温度甩掉。

“陆星江。”她没再用敬称，直接叫他的名字。等叫完，气势又忽然弱了下来，她舔了舔发干的嘴唇，说，“你刚刚跟他说的最后一句话，你还记得吗？”

陆少爷还怔着，书翦已经继续道：“‘做人要有素质’。”

“所以，不要跟别人抢来抢去。”

说完，趁陆星江还没反应过来，书翦沿着刚刚晋梧出去的路线，也绕到外面去领救援物资了。

这儿住房本来就匮乏，泥石流又冲掉了周边的几所房子，晚上分配住处的时候本来处处掣肘，还好陆星江那边带来了一些帐篷睡袋之类的物件，解了燃眉之急。

陆少爷深谋远虑，有一大半私心是怕他家的小姑娘要被迫跟哪个男生共处一室。

书翦想的也很多。

陆星江一看就是从小没有过过苦日子的那种大少爷，冒雨来这种地方就算了，天色太晚没法离开，还不得不在这里住上一晚。

是因为她的关系，才让他受了这样的委屈。

想到这里，书翦又觉得自己不应该对他这么冷淡。

她口袋里还装着几块补充能量的巧克力，在这种时刻也算是珍稀物品了，她把保存最好的几块挑了出来，穿过人群，往陆星江的方向走去。

来这儿调研的都是F大学子，少有没听过陆星江名字的，但敢上前跟他搭话的人就少了。而当地村民有人好奇地往那边瞥了两眼，又战战兢兢地收回了视线。

明明这里挺多人的，怎么就被他搞出了一种方圆十里寸草不生的气场呢。

雨时断时续，这会儿刚好又停了。

书翦是从陆星江的身后走过去的。作为一名五好少年，她很少跟人恶作剧，不过此时看见他头顶的旋儿边翘起一根和他周身气质严重不符的呆毛，实在憋不住，把一块巧克力压在了呆毛上。

然而书翦早已忘记初次见面时惨痛经历留下的教训——体育生不光耳朵灵，反应也很快。

眨眼间，他俩位置就被调了个个儿，她被按在椅子上坐着，陆星江一只手扶着她的肩，一只手接住了巧克力，还能顺带着把门虚掩上，遮住外面探寻的目光。

整套动作流畅度，可以打10分。

“来送温暖吗，小书老师？”他转过头来问。

书翦试了试站起来，意外地发现他没怎么使劲，导致她这边用力过猛，一个踉跄差点摔一跤，伸开双臂才保持了平衡。

陆星江语气犹疑：“还顺便来表演个杂技？”

她抬起头，自以为凶狠残酷地瞪了他一眼。

书翾觉得，自己可能喜欢上眼前这个人的事儿，真是太让她悲伤了。

甜言蜜语还没坚持够一个月，就变成了，赤裸裸的，嘲笑。

她不太擅长那么直白地表达自己的感情，之前那句“不要跟别人抢来抢去”的意思其实很明确：不用跟别人抢了，已经是你的了。

可惜陆少爷的语文成绩跟英语一样，都需要回炉重造，模糊地感觉到有些不对劲儿，却不能完全做对这道阅读理解题。

“巧克力，给你，不要，就算了。”一个字一个字从书翾嘴里蹦了出来，想象中应该是很凶的，前提是当事人不要这么可爱。

陆少爷怎么可能不要。他不光要，还接着又卖了个惨，把左手伸到书翾面前，挽起袖子：“小书老师，我受伤了。”

虽然这话说得有夸张成分，但并没有说谎。

书翾看着他小臂上的血痕，蹙了蹙眉，声音里不觉带了几分焦急出来：“怎么回事？”

陆少爷想要博取关心，等小姑娘真的紧张了，又不忍心了。

“刚刚搭帐篷的时候不小心被树枝刮到了。没事儿，你帮我包扎一下就行了。”他轻描淡写道。

说完，又补充了一句：“如果你能吹一下，我觉得明天就能好了。”

这种话说惯了，陆少爷过过嘴瘾，并没有指望书翾有所回应。

所以当她从外面拿来碘伏、生理盐水和纱布，真的在他的伤口上吹了一下时，陆星江不由愣住了。

书翾还以为是自己动作重了，又轻轻地吹了两下。

说来有点儿奇怪，虽然她长着一张软萌软萌的脸，但其实性子里有一点坚韧。她自己很能忍痛，也不大喜欢同人撒娇。

小时候社区里组织一群学龄前儿童去医院打疫苗针，排在她前面的是个比她高一头的男孩子，长得虎头虎脑的、一副天不怕地不怕的模样，结果护士刚把他袖子挽起来，他就“哇”一嗓子号啕大哭起来。

最后是书翾排在他前面先做示范，镇定自若的模样让男孩子目瞪口呆，看她一点也没有呼痛的意思，才将信将疑地跟在她后面打了针。

她自己不怕痛，所以有时候难免会忽略别人的难受。

陆星江还没有任何反应，书翾刚打算再吹几下，头顶就响起一道沉沉的嗓音。

“小书老师。”

她捧着碘伏抬头，和他目光对上。

他忽而缓缓地笑了一下，桃花眼眼角微翘，含着缱绻的温度：“一周时间到了。虽然还没有听到你的回答，但我好像觉得……小书老师，你是不是有点儿喜欢我了？”

书翾跑了。

她对这个“畏罪潜逃”的动作，俨然已经非常熟悉了。

山间的夜晚，天空阴沉沉的，看不见月亮和星星，这里也没有路灯，若不是从一幢幢屋子里透了一点儿光出来，几乎伸手不见五指。

她在陆星江那儿待的时间有点久，原本围在屋外的人也都四散开去了，外面只坐了几个，显得冷冷清清的。

让她的头脑也有了一丝清醒，再度开始思考她和陆星江是不是真的合适。

如果以后在一起了，她还是这么容易就被他简简单单一句话闹得面红耳赤。这样的生活简直让人每秒钟都想吃菠萝饭撑死算了。

书翾和同队的三个女生分在一个房间里休息，因为床不够，所以她和其中一个女生睡在睡袋里。

她不怎么挑剔，很快把自己的东西收拾完了，一抬头看见几步外，三个女生既敬畏又景仰地看着她。

书翾：“？”

她们三个应该都是地质学专业的，是晋梧的同学，书翾只在刚过来的时候跟她们打过招呼，后面没再说过话。突然被这样注视着，书翦顶着一头黑人问号。

“小书……我们可以这样叫你吧？”一个女生先开口。

她点头。

“你是不是和陆、陆星江认识啊？”

书翦大致知道自己被围观的原因了，她避重就轻说：“我室友是网球社的。”

“原来是这样啊。”那个女生唏嘘不已，“我当初也想加入网球社，可是一直没看到招新启事，好像人一直都是满的。”

“嗯，我室友和网球队的人认识。”这也不算说谎——魏醒醒和秦晔确实认识。

她三言两语彻底打消了三个女孩子的想法，也迅速跟她们熟络起来。

最开始来问她问题的那个女生大概是个扫雷高手，每个问题都正好戳在关键点上。

“我听说你和晋梧是同学嘛，一开始我们还以为你是他女朋友，可是看你们俩的状态又不太像。”

今天之前，被人这么说，书翦还能毫不犹豫地澄清，她和晋梧就是普通同学兼朋友的关系，可下午那件事之后，怎么都觉得有些别扭。

晋梧可能是身上自带“说曹操曹操到”技能，刚提到他，他就敲门来借火柴。

他事先也不知道书翦在这个房间，看见她时愣了几秒，嘴唇犹豫地张合了两下，低声道：“书翦……你能跟我出来一下吗？就说两句话。”

做事要有始有终，拒绝表白也是。

更何况在这种情形下，她如果拒绝跟晋梧出去，不光是太不给晋梧颜面，屋里的三个女生也会觉得很奇怪。

书翦随便披了一件衣服，亦步亦趋地跟在晋梧身后。

他说自己就说两句话，真的就只说了两句。

第一句是对自己的冒昧表白的道歉。

第二句是："你那时想要拒绝我，是不是因为陆星江？"

书翦对着他摇了摇头："不是因为他。我们本来就不太合适。"

晋梧似乎还想说什么，书翦已经接着道："但是，我现在确实，很喜欢他。"

"啪嗒"一声，有人折断了一根树枝，从暗处走了出来。

影子投在墙上，扑闪扑闪的，比一般人的要修长挺拔。

"打扰了。"今天第二次打断他们谈话的陆星江对面前二人无辜地笑了笑，"我出来倒杯热水。"

晋梧："……"

书翦："……"

水房在东，这里是西，您这路绕得这么远是不是还顺便锻炼了下身体呀！

真不愧是网！坛！新！星！

（四）

"你好，表白翻车现场。我想投个稿。

"嗯……是这样，我在跟朋友说话的时候，表露了对一个人的喜欢。因为一直想要找一个天时地利人和的时机，所以我之前一直没有跟他当面说过。结果我刚说完，这人就从我面前路过了。

"现在请问，他什么都没听见的概率有多大？"

书翦在脑海中编辑完了上述三段文字，然后视死如归地看着陆星江。

晋梧再度一言不发地离开了，书翦怀疑他们的友情就这样毁于一旦了。

"小书老师，我吃醋了。"陆少爷幽幽地开口。

书翦硬邦邦地说："今晚我们没吃饺子。你哪里蘸的醋！"

陆星江："我不是第一个听见小书老师表白的人。"

胡说！你和晋梧明明是一起听到的。

书翦视线下移，直勾勾地平视着面前这人的胸膛，决心做一个没有感情的杀手："我本来想挑个好时候再跟你说的……既然你现在已经听到了就算了。"

"我刚刚真的只是来倒热水，你们说什么我都不知道。"陆少爷立刻戏精附体。

"陆星江。"她叫他，"反正……就是这样了。你听没听到都是这样。"

书翦鼻子被冻得微微泛红，眼角也染上了一点儿潮气，看上去像是要哭了。

其实并没有。

她只是心里有点儿茫然。从来没有过这种自己的喜怒哀乐都仿佛交托在别人手里的感觉。哪怕是陆星江先对她表白，她还是会紧张。

这股紧张从她某天醒来睁开眼睛，蓦然发现自己好像喜欢上陆星江的那一刻起，就一直存在着，她一直压抑着，可它就盘踞在那里，不动声色地彰显着它的存在。

书翦悄悄地吸了一口气。

我现在已经很喜欢你了。

你一定不要骗我呀。

我会努力，对你很好、很好的，会越来越好的。

这些话在她舌尖缠绕了千百次，可她胆怯又害羞，怎么也说不出口。

——直到被人连同外套一起揽入怀中。

后脑勺上按着一只手，她的脸颊直直地压在他胸膛上，淡淡的柑橘味儿，伴随着荷尔蒙的味道，他身上所有的气息一瞬间全部涌入她鼻腔。

陆星江的下巴就搁在她头顶，每一次呼吸都拂过她面颊。

这个拥抱好像太温柔了，让她的眼眶有一点点发热。

"书书。"他开口。

“谢谢你。”

谢谢你愿意把手交给我。

谢谢你愿意跟我走。

书翦的声音闷闷地从他胸膛传来：“我没有你想的那么好。我……我只是一个普通人。”

“我也只是普通人。”他笑了一下，忽而又严肃起来，“我喜欢的从来都不是什么三头六臂、无所不能的人。”

“我喜欢的只是书翦。”

只有书翦。

故事最开始，应当是从他18岁那年，打完澳网U24邀请赛回国说起。

那一年，他缠绵病榻多年的母亲最终还是没能熬过春节，在一个下小雪的日子里离开人世，陆星江赶着回去，也没能见成母亲的最后一面。

而那时陆启元正在国外和人谈生意，接到电话也只是淡淡地说了一声“知道了”。

等他回来，母亲已经安葬了。

陆启元和他的母亲最初是商业联姻，两人感情并不怎么好，生下他后，甚至连坐在一起吃饭的次数都屈指可数。

从小到大，他的一切事情都是母亲照看，成年之前，陆启元也很少过问他。

直到陆星江的母亲去世，心里只有先屿的陆启元，似乎终于意识到他这个儿子的存在。做出的第一件事，就是安排他去国外商学院学金融，好方便日后接管先屿。

陆启元一向独裁，丝毫不在意他的意见就做出决定。

陆星江已经不记得那时和陆启元发生过多少次的争吵。

最后是他母亲的遗书起了作用，外祖父家也过来调停。最终他和陆启元各退一步。

他留在国内，去F大读书，依旧学金融，转为职业选手后继续打网球。

这世上从来不缺阴差阳错的事。

就是在那段时间，他刚好遇到书翦。

他不经意间点进一个小小电台，她每天会在里面更新一条声音，天南海北地说着新鲜事儿，有时候是鸡汤，有时候是一篇课文。能听出来是个年纪不大的女孩子。

或许真有一见钟情这种事。

哪怕陆星江之前从未想过，但他确实深刻迷恋上了她的声音。迷恋到后来有一天，她突然消失后，他又再次彻夜难眠。

在漫无边际的黑夜里，他没想到会等来一束光。虽然这束光稍纵即逝，却在两年后，再度降临在他面前，比他想象的还要温暖明亮，他伸出手用力握住，再不愿松开。

最后说出口的故事删删减减，前半段的家庭纷争被他用压力太大一笔带过。

还是不想让她为他难过。

书翦听了有点儿愧疚："那时候我高二，每天发着玩的……后来读高三就没有时间再发了。我没想到真的会有人来听。"

说完，她想到一个事儿："我催眠效果这么好吗？我那些其实都是录来给自己打气的！"

"嗯。"陆星江面不改色，"让人听了就很想睡……觉。"

中间的停顿被书翦捕捉到，她霍地往后退了一步，扬起下巴，圆圆的杏眼瞪着他："陆星江！你变了，你以前不会这么说话的。"

陆少爷俯身低头看她，嘴角带笑："因为我现在身份变了，我现在是你的男朋友。"

小姑娘的耳垂又烧起来了。

有了合理身份，陆星江丝毫不会亏待自己，伸出手捏了捏她的脸，美其名曰帮她降温。

书翦沉默两秒，忽然说："那我是不是要对你换个称呼？"

没有察觉到潜在危险的陆星江："嗯？"

"比如，小、江、江？"

陆星江："……"

如果说人生中还有什么遗憾，大概就是提前让他的小女朋友见到了顾明依。

陆少爷暗自磨了一下后槽牙，话锋一转说："其实还有一件事儿，我们没做。"

"什么？"

他慢悠悠道："定情之吻。"

书翦被噎了一下，反问："你这么熟练，是很有经验吗？"

书翦表示自己只是提了一个正常的问题，没有任何吃醋以及翻旧账的意思。另一边的陆少爷却觉得有一股寒风直直地袭上他的后背。

"书书，我比赛很辛苦的。"卖惨撒娇十级高手陆选手叹了一口气，"这辈子的时间，大概只够交一个女朋友，然后把她娶回家。"

书翦眨了眨眼睛。

她忽然往前迈了一小步，手扶住陆星江的肩，踮起脚，柔软温润的嘴唇直直地撞上他的下巴，落下一记轻吻。

有微微的胡茬戳着唇瓣，不疼，泛着一股浅浅的痒意。

书翦后知后觉有些脸热。

陆少爷已经从巨大的惊喜中回过神："我觉得我应该再矮十厘米。"

书翦："……"

我看您还是去做梦来得比较快！

再度回房间休息的时候，书翡带了三杯热水回去，作为自己出去时间太久的掩饰。

三个女孩子果然没有起疑心，还在讨论她们这次的项目要不要继续。

毕竟白跑一趟大家怎么都会有些不甘心，傍晚那会儿就有人提议不如直接对泥石流后这里的生态地质进行采样分析，也一样可以做个新课题。

书翡算他们之中的外行人，没有表露过任何意见，表示什么决定都接受。

她借了一个手机跟父母和室友报了平安，脑袋里又开始想她和陆星江的事儿。

作为一个有一点点强迫症，和仪式感强烈的人，原本在书翡的想象里，应该是在一个阳光正好的天气里，她对陆星江表露心意，然后大家就在一起了。

虽然看起来像是剪彩活动，但反正不是现在这种又灵异又魔幻的情况。

不知道从什么时候起，房间里讨论的话题又变了，开始转为午夜八卦向。

最初还是在讨论某个流量小鲜肉的一二三四任前女友，说着说着就转到了各自的感情生活上。

在晋梧过来叫书翡说话时，在两个人发乎情止乎礼的相处模式中，大家已经看出他俩确实没什么情况了。扫雷高手又期期艾艾地问她：“小书，那你交过男朋友吗？”

但凡你早半个小时问，都还没有。

书翡不知道怎么回答，另一个女生替她说了话：“阿秋这个问题问了等于白问，哪个禽兽敢对这么软、这么可爱的小姑娘下手？”

书翡听完使劲点头——对“禽兽”两个字表示十二万分的赞同。

月光着陆

你已经撞破了我的秘密，必须以身相许。

到现在她的额头都还隐隐带着灼热的温度。

在外面分别时，陆少爷说自己绝对不是那种白占便宜的人，为了证明，他低头亲了一下她的额头作为礼尚往来的回礼。

为表诚心，书翦亲他一秒钟，陆星江以六十倍回她，亲了整整一分钟。

要不是看在他明天就要回去训练，再直奔迈阿密参加下一场 VET 巡回赛的分儿上，书翦觉得自己不会这么纵容他。

大概吧。

那还能怎么办?

书翦在脑海中化身霸道总裁，像是面对一个无法无天的小妖精一样，有点儿无奈地想。

自己的男朋友，也只能自己宠着了。

第二天一早，调研小队确定了最终方案，要在这里再留几天考察。

陆星江走得早，可比不得这里的当地村民起得更早，书翦偷偷溜出去送他上飞机的时候，都有一种被人围观着私奔的诡异感觉。

偏偏陆星江还说："好想把你一起带走。"

"那就真成私奔了。"书翦低着脑袋，帮他理好衣服下摆。

陆少爷叹息道："忽然发现我娶回家的是一个勤劳的田螺姑娘。"

"陆星江。"书翦看着他，很认真地说，"我还没到法定婚龄。"

陆星江一只手抚着她的脸，和她四目相对，似乎也很烦恼的样子："那你快点儿长大，等年纪够了，我就把你带回家。"

小书老师不忘育人本职，教育他："做人不能……不能总给自己立 flag。"

陆少爷勾了勾嘴角："这不是 flag，是预言。"

总而言之，陆少爷最后还是在 F 大的其他人都起床前，登上飞机离开了。

雨后的天空是瓦蓝瓦蓝的颜色，干干净净，光泻下来，给群山染上一层朦胧的亮金色。

有点儿好看。

也让她突然开始，有点儿舍不得他了。

（五）

四天后，调研工作圆满结束。书翦回到学校的第一件事是修好手机掐着时间赶上电台直播，第二件事是把这几天遗留的课堂笔记和作业补完。

最后一件事，是坦白。

火锅店里，热气腾腾的九宫格锅底已经摆上十分钟了，桌上的四个人还没有要宠幸它的意思。

书翦把这件事的来龙去脉都说清了，最后又分外羞涩道："事情就是这样。我和陆星江在一起了。"

晓春："啊？"

林芝："啊！"

魏醒醒："哦。"

她刚"哦"完，就被两道眼刀扫射了。魏醒醒觉得自己真的比窦娥还冤，她也只是凭借自己敏锐的洞察力先一步猜到了这件事儿，罪魁祸首还在对面喝果汁呢，为什么要来这么伤害她！

晓春和林芝也很快发现自己弄错了讨伐的对象，连忙转过头，对准书翦。

喝果汁的书翦被呛到了，放下杯子举起双手："各位美少女，为了弥补大家的心理伤害，未来一个月大家的作业都包在我身上！"

"你帮我们做？"

书翦："我给大家提供……答案！"

人见人爱、花见花开的书翦小朋友，生平头一回，被自己三个室友残忍地嫌弃了一秒钟。

一秒后，大家已经开始往咕噜噜冒泡的沸腾红汤里下肥牛卷了。

“这么说起来，我和芝姐当初那么容易就加入网球社，应该也是因为我们书宝吧。”

林芝还懵懵懂懂的：“我怎么有种自己变身皇亲国戚的感觉。那个啥，皇后娘娘的娘家人叫什么来着，是国舅吗？”

“陛下什么时候摆驾回宫？会请我们娘家人一起吃个饭吗？”

书翦觉得她这三个室友的脑洞也是非比寻常的大。

她咬了一下筷子，回想陆星江之前跟她说的话：“他要四月初才能打完比赛回来。到时候我问问。”

魏醒醒深吸一口气：“我决定从现在开始节食，迎接国宴。”

说完，用筷子跟晓春抢起了牛肉。

书翦：“……”

陆星江在迈阿密的比赛是四月一日到七日，中间的这半个月他都留在美国训练。

书翦的手机刚修好拿回来时，就看见他来孜岚县那天因为一直联系不到她，发来的一大筐消息。最后一条是他离开之后发的。

【啊菠萝：书书，手机修好了记得告诉我。】

陆少爷不是没打算给小女朋友买个新手机，可书翦勤俭节约惯了，现在这个手机刚用不到半年，换新的太浪费了。

“你的手机是黑色的，我的是白的，是不是还挺像……情侣款？”最后三个字压在舌尖儿下面，音量很小，但还是被他听得一清二楚。

书翦简简单单一句话就让陆星江轻易放弃了之前的想法。

此时看着屏幕上的“啊菠萝”三个字，书翦陷入了沉思，自己是不是应该给他换个备注。

可是换什么似乎都挺奇怪的。

用名字有些生分，至于魏醒醒友情提供的什么“陆哥哥”呀，“男朋友”呀，“宝贝儿”呀，又有一点点羞耻。

算了。

啊菠萝很好！

啊菠萝最合适！

反正他又看不到。

他连她人都还见不到。

美国和中国有十二个小时的时差，晨昏颠倒，他在那边训练行程紧张，书翡修双学位也很忙，想找到合适的机会开个视频通话都很难。

刚谈恋爱就开始异地，好像是有一点儿惨。

不过对书翡来说，日子一天天过得也很快。

在上管理学课的时候，书翡还意外地遇到了网球队的熟人。

秦晔是来重修的。

当了二十多年学渣，在学习这方面他的自尊心还不是特别强烈，然而乍一撞见他们队长家里的小学妹，多多少少还是有些不好意思。

除此之外，还对陆星江心存敬畏。

他们队长真是不谈恋爱则已，一找女朋友就是这种惊天地泣鬼神的学霸。

书翡十分善解人意，压根儿没问他为什么快大四了还来修大一的课，期间还把自己整理好的笔记借给他抄了一份。

她其实不太清楚陆星江有没有把他们的事儿告诉他的朋友们，所以也不好意思跟秦晔聊什么别的话题，半天憋出了一句：“秦学长，你后来找那个人报仇了吗？”

秦晔正奋笔疾书，没反应过来：“谁？”

“十二瓶 AD 钙。”

秦晔顿时义愤填膺，说话都不带喘气的："怎么没有！你学长我把他打得落花流水水落石出出人头地滴水穿石。"

这一连串成语被不假思索地说出来，书翦对他们队里的文学素养也有了基本的了解。

话说回来，因为陆星江走得匆忙，秦晔他们几个根本没敢打搅，所以真的至今都还不清楚情况怎么样了。

直接问人家女孩子这种事他也做不出来，于是秦晔把之前积攒下来的关于陆星江的"彩虹屁"，当着书翦的面，一个一个放了出来，不光没有浪费，还变本加厉。

前面都还挺正常的，越到后面越离谱。

当书翦听到什么类似于"周岁宴上刚满一岁的陆队长就单手拎起了网球拍""发烧五十八度还坚持训练""因为长得太帅一度差点被校长退学"这些话后，她默不作声地打开保温杯，喝了一口八宝茶，降降火。

"学妹，不是学长我吹，如果我是个女孩子，都想嫁给他。"秦晔彻底放飞自我。

"我懂了。"书翦眼神中带着一丝怜惜，"秦学长，这么多年辛苦你了。"

秦晔心中暗道：怎么觉得好像不太对劲？

"总之就是，我们队长特别好。"

"嗯。"她弯起眉眼，"我知道。"

由于这半年来陆星江在国内名声大震的缘故，这一次的迈阿密大师赛在微博上也变得备受关注。

书翦的微博账号平时很少发什么东西，偶尔转发一些新闻资讯。魏醒醒还因此嘲笑过她："我八十岁的爷爷都比你会玩微博。"

因为陆星江，她的关注列表里多了十几个体育博主，都是网球相关的。

陆星江自己好像都没有公开的微博，倒是有几个像模像样的粉丝站，书翦加入了一个粉丝群，还兴冲冲地向魏醒醒请教了一下“打榜”和“超话”都是什么东西。

魏醒醒对她翻了个白眼：“我的书宝，你醒醒啊，人家是女友粉，你是女朋友。”

书翦有点儿不解：“那我不是应该比她们做得更多吗？”

魏醒醒一时语塞。

她们家这个小姑娘，平时看着好像什么都不在意，一副云淡风轻的模样，可是只要是她在意的人，对他们好就像她融于血液骨髓里的一种本能一样，只怕自己做得还不够。

书翦学习能力强，很快就把一整套“追星”流程学会了，粉丝群的女孩子们也都很可爱，大家交流愉快，她还顺便补了课，把陆星江在A市比赛的决赛视频看了一遍。

看完的时候，正好到了她平时晚上睡觉的时间。

陆星江拨了语音电话过来，她嗓音沙哑地“喂”了一声。这些天的连轴转，身体还没怎么感觉到疲惫，倒先从声音里显露出来了。

“书书？”听筒里传来的男人声音多了一分温柔，“困了吗？”

“没有。”她揉揉眼睛，“你那边是中午了吧？该吃饭了……我听秦学长说，你有的时候一直从早上训练到下午，午饭都不吃的。”

“他胡说的。他之前还说他可以连喝24瓶AD钙都毫发无伤。”陆少爷脸不红心不跳地卖队友，“我现在去吃饭，你要好好睡觉。”

之前陆星江说她的声音很催眠，书翦觉得他也是一颗安眠药。

最后电话挂断的时候，她眼睛都快睁不开了，然后猛然间惊醒发现——她今天好像忘了去超话签到。

书翦在超话签到第十天的时候，迈阿密大赛正式开始了。

粉丝群里有正在美国留学的小姐妹去看了现场比赛，回来发了照片和视频，拉了一波嫉妒值。

“不过……有点奇怪啊，少爷的惯用手不是左手吗？可是最近两场比赛怎么都用的右手啊？”

书翡翻群聊记录看到这句，怔了怔，忽然想起在孜岚县时，陆星江左手受伤的事，心狠狠往下一沉。

虽然只是皮外伤，但是万一呢，万一就是因为那个皮外伤让他没法好好用左手打球……

比赛期间，她不敢主动给陆星江发任何消息，怕让他分心。

“书宝，别那么紧张，来，吃个苹果。”魏醒醒戳戳她脸颊两边的小酒窝，想逗她开心一点儿，“再过几天少爷就回来了，你别把自己再饿瘦了。”

她勉强咬了一口苹果，扯出了一个笑脸来。

好在紧跟着后面的两场比赛中，陆星江又恢复了左手打球，稳赢了对手，群里和微博上又是一片欢乐的海洋。

可书翡总觉得心头惴惴不安，仿佛有什么大事儿正蓄势待发。

又一个周五，书翡上午满课，下午最后两节是金融系的课，再上完公选，刚好晚上九点，对应迈阿密的上午九点。

陆星江的比赛开始。

他这一轮的对手是三年多以前，在澳网邀请赛战胜他的对象，新一年世界排名第二的 Richard Aaron 之手。

是陆星江的宿敌，也是他至今没能跨过的鸿沟。

听那个去现场实况转播的姑娘说，这一场打得很难很揪心，书翡只觉得手脚发凉，她守到凌晨，不知道那个姑娘什么时候销声匿迹了。

官方微博已经公布的比赛结果：“时隔三年，陆星江再度以 0—2 惨败于名将 Richard Aaron。下面让我们一起来回顾比赛精彩瞬间……”

书翦右手还放在鼠标上，整个人都愣住了。

怎么就用上了“惨败”这个词。

这个词是不应该用在陆星江身上的。

第六章

想让你依靠我

（一）

比赛结束在东八区的深夜，讨论的人起初并不算多，直到第二天上午才沸沸扬扬地闹了起来。

大众向来喜欢捧高踩低，锦上添花容易，落井下石更容易。人性如此，再怎么阻挡也没法杜绝。陆星江的过往战绩无论好坏都被扒了出来加以嘲讽，仿佛通过这一场失败就可以判定他以后的漫长职业生涯再没有翻身的可能了。

“气死我了！”从早上睁开眼睛，魏醒醒就开启了战斗模式，跟网上的跟风黑大战三百回合，“这些直男癌一个个一事无成，不好好反省反省自己，就知道在网上对别人指点江山。”

“富二代？富二代怎么了，我们少爷明明比 90% 的男人都要洁身自好多了！”

“书宝你别担心，我觉得少爷应该就是这次比赛状态不太好，而且他年轻，以后有的是机会再赢回来。”

书翦几乎一夜没有睡觉，脸色苍白，嘴唇抿成了一条直线：“醒醒……我联系不到他了。”

从知道比赛结果的那一刻开始，书翦给陆星江打了十多个电话，都只等到系统自动挂断。

其实她也不知道该怎么安慰他。

这种情况下，语言是最苍白无力的东西。

可哪怕安慰只是徒劳，她也想让陆星江知道，她是和他站在一块儿的。

书翦私信了那个之前一直给群里做实况转播的女孩子，对方也只知道比赛结束后，陆星江就消失了，并不清楚他去了哪里。

“不过，这场比赛从一开始，少爷的脸色似乎就不太好。他还是用左手打球，但是力道和以往比起来，肉眼就能见到差距。中场休息的时候，我还看到有医务人员过去他那边……”她这么说。

比起比赛结果对陆星江的影响，书翦更担心他的身体。

她闭了闭眼睛。

——为什么你之前，什么都没有告诉我。

事情发酵到这种情况，想压也很难压下去。

第三天，又有所谓的知情人士冒了出来，甩出了一张陆星江出现在孜岚县的照片，语气带着嘲讽："什么'中国网坛的希望'，粉丝多大脸说出这种话？我劝某些玩票的富二代不要侮辱网球了，比赛前过来跟女朋友约会，这样能打赢比赛才是真的老天无眼。"

照片里，陆星江露出了大半张脸，他眉眼辨识度很高，一眼就能让人认出来。他怀中的女孩子长发及肩，身量娇小，脑袋埋在他胸膛里，倒是被遮挡得严严实实。

是那天晚上书翦和陆星江说话时，被人偷拍的。

这条微博像是给火堆里又泼了一桶油，愈烧愈旺。在所谓的国家荣誉面前，好像人人都化身成为捕风捉影的道德卫士，容不下一丁点儿私情。

带"陆星江"三个字的微博也越发不堪入目。

书翦在看到那条微博的第一时间，就想到了晋梧。

晋梧大概也知道自己的嫌疑最大，丝毫不避嫌地给她发来消息："那时陆星江过来我就回去了，我什么都没看见，也什么都没拍。"

他话说得坦坦荡荡，同学多年，书翦自然相信他的为人，也并未真正怀疑他："你走的时候有没有看到附近有什么其他人出现？"

"我没有看到。但我有个朋友嫌屋里闷，那晚一直在外面乘凉，等他回来我会帮你问问。"

在等待晋梧回复的时间里，书翦接到了一个陌生电话。

被她挂了两次，那人还是锲而不舍地打来，她按下接听键："您好。请问是书翦小姐吗？"

“我是闵维，是陆星江少爷的助理兼经纪人。”

直到在校门口见到那个西装革履，和她有过一面之缘的男人，书翦才真正确认他的身份。

对方专业素质过硬，效率也高，刚和她打完电话得知她美国旅行签证还没到期后，就帮她订好了飞往迈阿密的机票，此时来接她去机场。

防人之心不可无，书翦把闵维的身份信息留了一份给魏醒醒。他们坐上飞机后，她也没有轻易开口和他交谈，满脑子都是他那句“少爷现在高烧昏迷，如果方便的话，请您跟我过去看看他”。

闵维阅历丰富，一眼便看穿了她内心的不安，主动解释道：“少爷左手曾经受过伤，来美国后旧伤复发，之前训练的时候一直尽量避免使用左手，等伤口恢复。但比赛时为了全力以赴还是不得不使用左手，伤口撕裂发了高烧。”

书翦攥紧拳头：“旧伤复发……是因为什么？”

“主要是少爷最近比赛过于密集，上次受伤愈合得也不是很好。”闵维道，“少爷……性格要强，比赛结束也不肯休息。只能托医生强行给他打了一针镇静剂，在我回国之前，他还没有醒。”

他话里描述的场面浮现在书翦脑海，像有根针不由分说地扎在她心脏最柔软的角落。

尖锐的痛感沿着神经脉络贯穿到整个身体。

“那他的手……还能再愈合吗？”

闵维：“好好休息的话，三个月可以愈合。所以请您来，是希望您能替我好好劝劝少爷。”说完，他停顿一下，“恕我冒昧，您是不是还不知道少爷家中的情况？”

二十个小时的航程里，书翦又听到了一版，与陆星江那版并不完全相同的故事。

故事没什么新意，放在狗血偶像剧里，也是最常见到的那一种。可正是因为那种戏剧性出现在了真实的生活中，才更让她的心脏像被不留缝隙地堵住了一样，连呼吸都费力。

微博上有句流传很广的玩笑话，说，“有钱”这两个字可以解决生活中 99.9% 的难题。

所以剩下的那 0.1% 不能被金钱所处理的事，才会显得人的力量是那么、那么渺小。

比如骨肉分离，比如天人永隔，比如身处同一屋檐下却几近反目成仇。

“我从少爷十四岁时，就开始跟在他身边。”闵维的声音平静无波，“少爷很有天分，也很努力。少爷喜欢网球，夫人在世时，最大的愿望是希望陆总有一天可以接受少爷的爱好。”

他话没说完，书翦也能听懂他的言外之意。

陆星江的父亲并没有接受，反而给予了他更多的压力。

对别人而言，输一场比赛可能也就只是一场比赛；但是对陆星江来说，不仅是输给了对手，更是输给了本应是他至亲的父亲。

而且，输得这样狼狈。

哪有什么一帆风顺、坦荡无比的人生。

她的陆星江，从来没有比别人活得轻松过。

她好想见到他。

好想抱一抱他。

书翦抿了抿嘴，问闵维：“那您……您是陆星江爸爸那边的人吗？”

闵维笑了笑：“虽然少爷不是很相信我，但我的确只为他服务。”

抵达迈阿密机场是下午三点，书翦心急如焚地跟随闵维去往医院，到达时，陆星江却并不在病房内。

午后阳光分外灼目，炙热地烤着路边棕榈树的叶子。车窗外风景飞速后退，车里开着空调，书翦的额角却冒出了汗。

在飞机上她一直没能好好休息，可她却仿佛一丝疲倦也感觉不到。

训练馆在迈阿密西区，书翦终于见到了陆星江。

悬挂在高处整整三天两夜的心脏终于又落回了原处。

隔着铁丝网，他的一举一动都映在书翦的眼底。高烧应当还没完全退下去，脸颊泛着非同寻常的红，碎发被汗水打湿，一缕一缕地紧紧贴在额上。汗珠滑落在眼角，因他不舒服而眨去。

好像一个病美人。

还是一个很倔强的病美人。

这是私人会所，闵维没有进来，偌大的场馆里只有书翦跟他两个人。

连呼吸声都可以随空气传播过来。

她就静静站在那里看着他，一动不动、目不转睛。

以前她从来没有想过，自己有一天，会这么心疼一个人。

筐里的最后一颗球也被发了出去，陆星江退后一步，整个人像被抽去了身体支柱，半跪半坐地倒在地上，喘息声愈发剧烈，有气流涌入他的喉管，他又无法抑制地咳了起来。

书翦再也没法沉住气，从半敞开的门进去，一路飞跑到他面前，蹲下身来。

面前的人大约完全不曾料想会有人在这个时候过来，怔了怔，才慢慢地抬起眼睑。

那双向来意气风发的桃花眼里染了一层灰蒙蒙的雾气，却在看见她的一刹那，云开雾散，化为了几分手足无措。

在她面前，他哪里有过这样的时刻呀。

书翦伸出双手，手指颤抖地捧着他的脸，看着他的眼睛，和他额头相抵。

她笑着，却忍不住有点儿哽咽。

她轻声说：“陆星江，你不要怕呀。”

“我来了，有我在这儿陪着你呢。”

书翦再度庆幸自己过来了。

陆星江简直比熊孩子还不听话。还好意思说秦晔胡说八道，从左手的伤复发以来，他自己根本就没有好好吃过几顿饭。

他的住处有冰箱，闵维准备的食材也很齐全。

陆星江刚洗完澡出来，书翦先拿冰袋出来用毛巾包着放在他额头上物理降温，然后忙不迭地进厨房给他煮了一份小米粥。

陆少爷好像是烧得神智不清，看见她后变成了一个小朋友，乖乖地被她牵着手带了回来。就是有点儿黏人，她明明让他好好在沙发上躺着等她，他却偏要站在厨房门口，不愿意让她脱离视野范围。

书翦以前看过一个电视剧，里面的男主角也是正常时候和发烧的时候判若两人，像有双重人格一样。

只不过那个男主角每次退烧后都会忘记自己发烧时发生的事情。

如果可以的话，书翦其实也挺希望陆星江能忘记这几天经历过的一切。

“冰袋不要握在手里。”书翦无可奈何地叹了一口气，“凉不凉呀？”

陆星江摇了摇头。

“那也不行。这是给你退烧降温的。”

她想了想，又仰起头问他：“你知道自己现在在发烧吗？”

他嗓子里含糊地发出一声，书翦也不清楚他现在到底在想什么，抬高手臂又摸了摸他的额头，温度降下来了一些，但还是比正常体温要高。

煮粥的小锅冒出声响，锅盖被蒸汽顶开，“啪嗒”“啪嗒”不安分地抖动。

书翦跑过去关了火。

粥熬得刚好，米粒的清香随着热气飘散出来，她盛了一碗放在旁边冷着，陆星江一会儿看她一眼，一会儿低头看看粥。

明明是英气逼人的一张脸，此时却显得乖巧可爱。

“书书。”他突然叫了一声。

书翡：“嗯？”

他却没再说什么，似乎只是确认一下她的存在。

书翡又开始有些心疼了。

她舀了一勺粥，放在嘴边吹了两下，然后送到他面前，被他一口吞进去。

书翡觉得自己这个恋爱谈得好像也有点儿清奇，直接度过了什么热恋期，进入了育儿体验阶段。

陆星江左手把冰袋按在额上，右手却不太安分，老想来抓她空着的那只手。

为了让这个小朋友安安静静地把粥吃完，书翡换了一个方向面对着他，直接把手放进他的手心里。

她眨了眨眼睛，嘴角带着一点儿笑：“现在满意了吗？陆小朋友？”

他点了点头，等了一会儿，又缓缓地摇了摇头。

书翡不明所以，等到一碗粥喂完，自己也简单解决了晚饭，刚想收拾一下厨房，结果就被陆星江整个人抱了起来。

双脚骤然脱离地面，她的心脏差点儿骤停，手指抓紧了他的衣服。

过了两秒她的感官才重新恢复运转，陆星江抱她的姿势不是公主抱，而是像抱小孩儿那样——虽然在他的身高对比下，她确实像是个小孩儿，但这个姿势也太让人难为情了。

书翡能感觉到他一只手从她背后穿过，搭在她腰上，另一只手托着她的大腿。掌心温度很高，透过薄薄的裤子，贴在她的皮肤上。

她的脸霍地一下比在发烧的他还要红。

她的脑袋靠近他一边颈窝，能感受到他略微急促的呼吸和浑身炽热的温度。她的嘴唇不小心从他颈侧的动脉擦过，连心跳都传递了过来。

“陆星江！”她忍不住提了点音量，“放我下来呀！”

乖巧值像被一下子清空了，他不再听话，抱着她一步一步往前走。

他的力气有一点儿大，仿佛要把她整个人搂进身体里，书翦挣扎不得，只能眼睁睁地看着他把卧室的门踹开，眼前忽然变得漆黑一片，再下一刻，她就坠入了一片柔软的深渊里。

房间里的灯也在这个时候被他打开，书翦翻了一个身想坐起来，脚踝却被人按在了床上。

“睡觉。”他看着她，一字一顿说。

书翦：“……”

对“睡觉”这两个字，她有些心惊胆战。

“我……睡这里？”她试探地问了一声。

陆星江：“嗯。”说完指了指她的眼睛，“红了。”

书翦一侧头，从床头柜的镜子里看见了自己的脸。

巴掌大的小脸带着点儿憔悴的神色，尤其是一双杏眼里积了红血丝，一看就是很久没休息的样子。

书翦明白了。

“那你睡哪里？”

“我不睡。”他语速比平时要慢，咬字很重，“我看着你。”

“你不睡我也睡不着。”书翦半跪在床上，用膝盖一点一点蹭过去，趁他还没注意，拉着他的衣摆，让他也坐在了床上。

她说：“我们一起睡，这个床很大。”

话音刚落，书翦自己都能感觉到，她整张脸都冒着热气。

如果她现在是个茶壶，大概都有烟从耳朵里冒出来了。

换作陆星江还清醒的时候，再给她一百份勇气她也说不出这样的话。

书翦一直仰着头看他，脖子都微微发麻了的时候，陆星江终于动了动手指，把她塞进了被子里，裹得很严实，然后才像下定了什么决心似的，在她旁边躺了下来。

“书书。”他又叫她，声音里带着一点儿挣扎，“我现在在生病。”

书翦说：“所以更要好好睡觉。”

“所以你知道……我抵抗力不好。”

陆星江没等她有什么反应，径直把双手伸过来交给她，瞳仁又黑又沉：“你管管我。”

哪怕发烧了，控制不住自己的意识，他也在尽自己最大的努力、用他的方法来给她安全感。

书翦在心里叹了一口气，忍不住弯起嘴角，和他面对着面，如他所愿抓住他的两只手。

他好像一直都挺喜欢柠檬、柑橘一类味道的沐浴露和洗发水，被子上都是他俩身上的水果味儿，轻轻柔柔缓缓地交缠在了一块儿。

给人一种，睡一觉醒来，一切都会变好的感觉，也唤醒了书翦身体里的睡意。

“晚安呀，陆星江。”

（二）

陆星江醒来时，房间里安静得能听清小姑娘浅浅的呼吸声。

窗帘半拢着，夜色浓重，天幕像被人随手撒了几颗星星上去点缀，发着荧荧亮光。

月光漫过窗台，一路铺进来，衬得他怀里的小姑娘睡颜安然，脸蛋儿俏生生的，鬈翘的睫毛根根分明，鼻尖擦过羽绒被，无意识地皱了皱眉。

睡得很香。

烧退得突然，陆星江起初有些头痛，慢慢缓过来后，记忆回笼。

从这几天一场比一场艰辛的比赛，到和 Richard Aaron 的对决，忍着左手腕的剧痛，最后还是败在了他手下，再到像做梦一样，书翦飞来了美国看他。

有一股劲儿撑着他不能倒下去，直到看见书翦。

她说：“陆星江，有我在这儿陪着你呢。”

是比他所有的想象更美好的梦境。

他发烧的这个毛病记不清是从什么时候开始的，大约是还小的年纪，他一直也不大在意。毕竟身体素质过硬，三两年里也难得生一次病。

可能就是因为一直不怎么生病，一病才会这么严重，这么狼狈地出现在书翡面前。

人说来也挺奇怪的。

他平时想要博得她一点儿怜惜，可真到这种时刻，就不想她真的会因此有丝毫难过。

室内温度不低，但深夜难免多添了几分寒意。

书翡发顶抵着他的肩膀，睡姿很乖，半个身子蜷缩着，像一只小松鼠一样弓着背。两只白白嫩嫩的小手还抱着他一只手放在胸前贴近心脏的位置。

陆星江喉结滚动一下，手指不觉动了动。

他试着想往外抽，可小姑娘像在守卫什么宝藏一样，抱得牢牢的，又往怀里贴了贴。

陆少爷没辙了。

怕把她惊醒，只能把手再交给她抱着。

他想到自己睡前说的话。

——这种情况下，他怎么可能还能有抵抗力？

陆星江到底还是没有付诸行动，借着朦胧的月色看了一下时间，距离日出还有四个小时。

他用空着的那只手把被子往上扯了扯，拉过书翡露在外面的肩膀，最后还是忍不住低下头，唇轻轻贴上她的面颊，一下一下地吻着。

这个小姑娘啊，曾是他所有的无可奈何、求之不得。

最终于此刻，变成凌晨两点梦醒时分，可以被他拥入怀中的人。

好几天没能休息，再加上倒时差，书翦睡得昏天黑地，这辈子都没睡过这么久的觉。

久到她醒来，睁开眼睛，觉得已经过去了好几十年。

陌生的房间，陌生的床，受魏醒醒同学常年各色穿越小说的荼毒，有那么一秒钟，书翦在想自己是不是穿越了。

大脑还没放空多久，胳膊的酸痛就召回了她的意识。

嗯，这具身体可能刚在地里了劳动了整整一天。

还是个种田文。

等她勉强坐起身，看见床头柜上叠放的属于她的衣服，书翦才回忆起，这里是陆星江在迈阿密的住所。

痛感是她昨晚睡觉的时候一直缩着胳膊导致的。

回忆再往前延伸一步，就是她和陆星江同床共枕了一晚上。

虽然他现在是她的男朋友。

但一觉醒来，这个男朋友好像也消失了踪迹。

书翦的心里产生了一丝说不清道不明的别扭情绪，她用力晃了晃脑袋，没有细想，进卫生间准备刷个牙洗把脸再从长计议，结果推开门，就看见挂在衣架上晾着的，她的内衣。

前一天带陆星江回来的路上，她从楼下的便利商店买了换洗衣物，洗完澡后因为赶着给他煮粥，衣服就丢在了旁边的衣篓里，打算今天醒了再洗，哪能想到会被人抢先一步。

她目光呆滞地梳洗完毕，看那两件内衣就像在看什么外星产物，正要伸手把它们拽下来的时候，外面突然传来了开门声。

书翦也不明白自己想干什么，反正第一反应就是把卫生间的门一关，然后反锁上。

她抬头直视镜子里的人，一双大眼睛亮晶晶的，含着水光，两边脸颊像熟透的番茄。

再过一会儿都可以挤出番茄酱蘸薯条吃了。

“书书？”脚步声由远及近传来，陆星江大概是没在卧室看到她，叫了一声。

书翦闷闷地回答他：“书书不在。”

脚步声定在了卫生间门口。

静默两秒，男人的声音低沉，夹了一丝笑。

“那……陆星江的女朋友在不在？”

听这句话她就知道现在的陆星江，已经不是昨天的病、弱、小、可怜了。

书翦吐出一口气，开始怀念那个少言寡语、特别听话、不会这么漫不经心一句话就撩她的陆星江了。

她低着嗓音用机械声回答：“对不起，您呼叫的用户已关机。Sorry, the subscriber your dialed is passed off……”

吐字发音标准，还有一点儿捏起来的播音腔。

要不是人就跟他隔着一道门板，还是他最熟悉的声音，陆少爷都要信了。

书翦态度明显很反常，陆星江仔细回顾了一下今早起来后发生的事儿，心中大概有了数。

“这里每天上午都会有专门的家政工人来服务。”他声音放低，“如果没有提前备注，衣服也会一起洗了。”

也就是说，不是他动的手。

尽管还是有点羞耻，但这已经是书翦能接受的最好的答案了。

她拧动门把手，开出一道缝看向来人。

结果被这个眼疾手快的网球选手一下抓住手腕，门被膝盖顶开，人被半拽到怀里，动作四平八稳，连他另一只手里拎回来的食盒都没摇晃两下。

书翦呆住了。

两秒后，书翦一脸了然地闭上了眼睛：“我知道了。陆星江，我不是你的女朋友。”

陆少爷：“？”

“我只是你的玩具。”

怀里的小姑娘长发微散，白肤粉腮，翘鼻菱唇，好看得倒真的像个洋娃娃一样。

于是陆少爷点了头，很真挚地说：“我还特别喜欢给玩具喂饭。”

说着半拖半抱着怀中人坐到餐桌旁。

书翦蓦地瞪大了眼睛，难以置信地看着他。

您这是什么变态癖好啊？

他俩的身份和昨天比起来调了个个儿，不过书翦当然不会真的让陆星江把她当成玩具喂食。

她醒来的时候已经快到当地时间十二点了，不知道陆星江是什么时候出去的，又怎么刚好掐准她醒的时候回来了。

书翦一勺一勺戳着碗里的饭，视线焦点却落在了陆星江的左手上，昨天她都没来得及仔细看看。外表看上去没什么大碍了，然而伤筋动骨一百天，就像闵维说的，想恢复以往的灵敏程度，必须要好好休养一段时间。

“陆星江。”她的语气很正经很严肃。

他还在往她的碗里夹菜，闻言抬眸：“小书老师课堂又开课了？”

自从他们俩在一起后，陆星江就没再这么叫过她了。乍一听，还有点儿怀念。

不过书翦没有理会他的调侃，声音里充满了担忧：“你最近不要训练，也不要参加比赛了，好不好？”

“我知道打网球很辛苦，训练大概也不能停，”她眉皱起来，“但是身体比什么都重要，身体养好了做什么都不迟。”

这段劝解词书翦给自己打零分。也许是真的有这么一说——再怎么能言善辩，面对自己挂在心上的人，也变成了笨嘴拙舌。

陆星江放下了筷子：“闵维叫你来劝我的。”

他说的是个陈述句，语气很平淡，听不出来情绪。

书翦愣了一下，然后想到自己人都是被闵维带过来的，陆星江应该今天一早就知道了。

她摇了摇头：“如果我早知道你的情况，我也会来劝你。”

“你打算怎么劝？”他直勾勾地看着她，平静道，“就这样劝吗？”

书翦张了张嘴，难得词穷了。

气氛多了一分凝重和紧张。

正当此时，陆星江忽地笑了一声，很正人君子地说：“普通的劝我不接受，我只接受美人计。”

书翦：“……”

我看三十六计里，你最适合釜底抽薪我抽你。

眼见小姑娘气鼓鼓的快炸成一只河豚，陆少爷才迷途知返，收敛下来。

“书书，之前我早上起床离开，是出去见了一个人。”

书翦果然被他转移了注意力，眨巴眨巴眼睛看他，慢吞吞地“哦”了一声。

陆少爷对这个反应不太满意，挑了挑眉：“我以为这个时候，女朋友都要问自己的男朋友出去见的是谁。”

书翦点头：“所以我不是一般的女朋友。我相信你。不用我问，你也会马上就告诉我。”

陆星江失笑，伸手揉揉她毛茸茸的头顶：“我的书书当然不一般。”

“我去见的是Richard Aaron。”

就在昨天，Richard Aaron刚一举夺下这届迈阿密大师赛的金杯。

“啊？”书翦傻了，半晌，犹犹豫豫地问他，“你是去找他决斗了吗？”

陆星江叹了一口气：“书书，我不是秦晔。”

所以秦晔在你心里到底是怎么个形象啊。

书翦在心里替小秦学长默哀了三秒钟。

“我和他谈了一些事，暂时还没有定下来，等有结果了就告诉你。”他接着道，“我会听你的话，最近不会训练了。”

这对书翦来说是喜出望外的好消息，但她表情却没有丝毫的放松。

“陆星江，我突然想到。”她仰起头，“你是不是一直不太相信我？”

陆星江手顿了一下，脸上神情没变，心却缓缓下坠，嘴边上还挂着若有似无的笑：“不相信你什么？”

“不相信，我是真的很喜欢你。”

其实书翦早就有了这个猜测，毕竟就连她自己也说不清，她究竟是怎么喜欢上陆星江的。

她是文科生，感性认识常常大于理性，很难精确地给出心动的具体时间、具体缘由，就好比是春夜里倏然降落的一场雨，一点一滴润泽着土地，它悄无声息地来，又悄无声息地离开，却留下了一园花开似锦。

每一寸心动像一个个琐碎的零件，最后拼拼凑凑，放在一起，就成了一颗喜欢他的心。

这是一个量变达到质变的过程。

而那个达到质变的关键节点是他主动伸来的手，敲开了一扇紧闭的门，让她意识到，自己也许就为他动了心。

可这一切，陆星江都不知道。

她以前不敢相信他会这么没有安全感，直到听到闵维说起他的经历，才慢慢理解。

如果没有人对他好了，她想成为那个可以让他依靠的人。

“陆星江，就像那晚在孜岚县，我说过的，我只是个普通人。”她目不转睛地看着他，“我以前没有谈过恋爱，不知道该怎么做一个很好的女朋友。我很抱歉没能带给你安全感。”

“但是我在努力学习了。你试着相信我、依靠我一点，好不好？”

陆星江感觉到一汪温热的春水向他席卷而来，一下又一下，狠狠地撞击着他的一颗心。

他打算一辈子捧在手心里的小姑娘，他的书翦，站在他面前，斗志昂扬地伸开了双臂，想要保护他。

倔强又执拗，天真又赤诚。

这一刻，所有约束好的情绪冲破理智牢笼。

他低下头，吻向她。

书翦整个人呆住了，紧紧抿着嘴唇，眼睛都忘了怎么眨。一只大手覆上来，合上了她的双眼，唇瓣也被人轻轻咬住，黑暗中触觉被无限放大，清晰地感受到他一点一点的吻，温柔又磨人。

书翦憋气憋得难受，张开嘴，刚吸进去的那一点儿可怜的空气立刻被人掠夺，来人横冲直撞，扫荡过唇齿，还在她的舌尖上轻咬了一下。

陆星江的吻突然加重了力道，她的后背被他的手箍着，往他怀里摁。

书翦眼角激出了泪花。

刚刚吃的菠萝饭，她嘴里都是酸酸甜甜的味道，被他稀释干净，染上浓浓的，独属于陆星江的味道。

书翦觉得自己的舌尖都要被他吮出血了，双手扯着他的衣服想拉开距离，才让他意识到她的不满，他再次放缓动作，轻轻地安抚她，慢慢地再触上去。

真正意义上的呼吸交缠。

这个吻持续了很久，书翦脑海里的历史已经发展到宇宙大爆炸的那一天了，陆星江终于放开她。

眼睛重获光明，人却和他严丝合缝地贴在一起，他滚烫的嘴唇贴着她的耳垂，书翦听见他带着喘息叫自己。

“书书。”

好像已经没办法，再多喜欢你一点了。

（三）

书翦去美国时，正好是清明假期，等回国又刚巧上课，连倒时差的时间都没有。

林芝心疼自家崽崽：“我书，要不我们给你请个假吧，你在寝室睡一天，明天再去上课。”

“我没事儿的。”书翦收拾完书包，闻言仰起头以示自己精神抖擞，“飞机上睡过了，不是很累。”

魏醒醒一只手搭在林芝肩上，吐了个瓜子壳，作出重要发言：“我们书宝现在浑身都沐浴着被爱情滋润过的光辉。可以为爱上刀山、下油锅！”

书翦转过头看她：“醒醒，是下火海。”

“哦哦，对不起，我一定是太饿了！”魏女士沉痛道歉，“书宝，你看这个油锅，像不像少爷要请我们吃的饭？”

书翦总算明白这是她的套路。

“娘娘！”魏醒醒一个飞扑过来握住书翦的手，“陛下还会请咱们坤宁宫上下用膳吗？”

这小词儿一套一套的，一看就是没少看宫斗剧。

“回来的路上我问过他了，他说——”书翦拖长声音，笑了一下，“他说你们什么时候有时间，想吃什么都可以。”

“我大概是靠室友走后门跟偶像吃上饭的第一人了。”魏醒醒双眼“饱含泪水”，“书宝，你就是全寝室的希望。”

身负重担的书翦同学给陆星江发了消息，定下了吃饭的时间地点。

在飞机上的时候，书翦是当作一件最普通的事情跟他说的，没想到陆星江脸上会露出一抹近似惊讶又像惊喜的表情。

“书书，我还以为我见不得光。”

“你又不是苔藓呀，有什么见不得光的。”她睁着黑白分明的大眼睛，认认真真地说。

陆少爷日常被自己女朋友可爱到。

书翦想了想，又道：“而且去年运动会的时候，你还见过她们呢。”

“不一样。”陆星江纠正她，“那时候我还在培训期，现在转正了。”

培训期，转正，好像是有点儿贴切。

书翦觉得，她这个男朋友比她会说话多了。

时间定在明晚，因为书翦今天还有重要的事情要做。

下午课结束在四点，书翦和晋梧约在校内的奶茶店里。

四月阳光烂漫，下午茶时间，窗明几净的小店里四处飘着甜腻腻的奶茶香。他们坐在角落的位置，晋梧推给她一个小巧的U盘。

“我朋友那晚只看到了一个朦胧的背影，应该是个男生，但实在不确定是谁。不过他带了相机，在孜岚县那几天他一直在录像，我问他借了第一天的录像视频，把陆星江带人来救援的部分剪辑了下来，应该对你们会有点帮助。”

“晋梧。”她低声道，“真的很谢谢你。”

其实书翦心里一直有些内疚。

假如她和晋梧还是以前单纯的朋友关系，她请他帮这么一个忙，不会有这样大的心理压力。因为请他吃饭也好、送回礼也好，或者等他以后有需要她帮忙的事情，她再倾尽全力帮他，这样都行。

可是在晋梧跟她坦露心迹之后，她再找他帮忙，就好像在利用他对自己的感情一样。

“书翦，你不用觉得有什么对不起我。”他坦坦荡荡地看向她，“我应该早就知道你大概不会喜欢我，但是不说出口，又会有点不甘心。”

“现在也好，我们再做回朋友吧！”他难得开玩笑，“我不想因为一次失败的表白，再失去一个朋友。”

有的时候，书翾想自己大概是真的很幸运，身边遇到的人都这么好，大家都温柔真诚地对待她。

她上辈子应该拯救了好几百个银河系。

晋梧说自己只是简单地剪辑了一下视频，等书翾回去打开电脑看完，才知道这个大哥这话说得也太谦虚了。视频不光被编辑得详略得当，还重点突出了陆星江冒着雨一身狼狈过来救灾的身影，背景音乐都配得简直让人潸然泪下。

书翾恍惚中以为，陆星江成了一个拯救地球的斗士。

哪天晋梧不想学地质了，出去找一份新媒体的工作也绰绰有余。

没有什么可再修改的，书翾不想被人从身份上扒出什么蛛丝马迹再引来纷争，问魏醒醒要了个没有绑定任何身份信息的微博小号，把视频发了出去，带上关键词，很快引来关注。

那个造谣博主的微博底下，之前没有冲昏头脑跟风黑的路人评论也被重新顶了上来：

“我无语了，po 主是傻子吗？我是当地人，那个背景一看就是孜岚县底下的山区吧，刚发生了泥石流的地方又不是什么风景名胜，陆星江这么有钱，不带着女朋友去东京去巴黎，专门跑来这里欣赏自然灾害吗？在你们眼里有钱人是不是都有病啊？”

“有些人仇富的嘴脸收一收，有钱有才华的人多了去了，你们挨个骂一遍能骂到一百八十岁。那么有集体荣誉感也不见你们什么时候为国争光了。”

“xswl，这位朋友快要气死了吧，老天就是无眼，人家就是比你有钱！比你帅！更比你努力比你厉害！最重要的是比你人品好！从没见过哪个运动员连个女朋友都不能交的，比赛输赢也都是常事，把锅甩给人家交女朋友，那我就祝您孤独终老吧。”

……

书翦对这种网络流行语的缩写还弄不太清楚，拉过一旁的魏醒醒："x，s，w，l，是什么意思呀？"

"啊，这条是我发的。"魏翻译家深藏功与名，"是'笑死我了'的意思。"

书翦咽了咽口水："这四个字很难打吗？为什么要用缩写。"

"你不觉得跟别人吵架的时候，让对方连你说的话是什么意思都不知道，会有一种智商碾压一般的胜利感吗？"

书翦受教了。

网友们大概也早已习惯了什么大新闻都要经历反转再反转，加上陆星江本来粉丝数众多，到晚上的时候，事态已经逐渐反转过来了。

甚至有人开始讨论陆星江过来坐的那架直升机是什么型号、造价多少了。

书翦："……"

怎么说呢，反正当代网民的特点就是金鱼记忆和容易抓错重点吧。

闵维那边也终于有了动作。

拍照的人被揪出了身份，的确是跟书翦他们一同去孜岚县的一个男生。

相貌平平，戴着个眼镜，看上去甚至有点忠厚老实，谁也想不到他在网络上会完全换了一副嘴脸，满怀恶意地攻击别人。

一并翻出的还有他论文造假的事。

一时间处分和警告齐飞，这个男生还是撑不住，在微博发表了一篇长文道歉。

不过这一切，陆星江好像并不知道，心情很好地晚训完，约书翦一起出来散步。

书翦第一次以有男朋友的身份穿过了比翼湖，身边跟着一个吸睛指数百分百的人。就算身材比例良好，她的腿长也比陆星江短了一大截，但是比走路速度，要不是陆星江一直牵着她的手，他们俩之间大概要隔开一个马拉松赛道的距离。

书翦耳根微微泛红，瞪他一眼：“你是不是故意的？”

“故意什么？”陆少爷连语调都慢悠悠，“我以前没有好好走过这条路，也没仔细看过这些白天鹅，所以想慢、慢、逛。”

白天鹅见到英俊帅气的观众，自觉优雅地伸长了脖子，然后摇头晃脑地从岸边潜回湖里游远了。

陆星江：“……”

书翦忍不住笑了，眼睛弯成两瓣月牙，颊边的小酒窝陷进去，笑得还很甜。

“书书，你没有良心。”陆少爷语气幽怨，“男朋友想逗你开心，你还嘲笑他。”

“对不起，是天鹅太坏了，怎么能不给我们陆大少爷面子！”书翦很没有诚意地道歉，“天鹅都走了，那我们也赶快走吧。”

他们再不走，左后方那个偷拍的小姐姐手机内存可能都不够了。

书翦不是喜欢高调的人，可是有了这样一个耀眼夺目的男朋友，好像也不得不处在别人的视线焦点之下。

她那句想要陆星江也能依靠她，并不只是说说而已。

是真的想要努力，变得更厉害一点，不用他再来迁就她什么，她可以自己长成一棵参天大树，为他遮风挡雨。

陆星江不知道小姑娘心里又开始了新一轮的思想工作，走过这一片人流密集区，他脚步停了下来。

书翦还在低着头思索奋斗大计，身侧的人不光不动了，还把她往回拉了拉。

“书书，我觉得你不能给我这么判死刑。”

这话说得太突然，书翦蒙了：“啊？”

陆少爷脸上流露出一抹恰到好处的委屈，提醒她道：“在迈阿密的时候，你说最近十年的亲吻份额都用完了。”

停！她想起来了。

那是在她毫无防备地被陆星江抱着亲了快半个小时后，她又羞又窘地再次把他关在门外，并强迫他签订了不平等条约。

具体内容是，最近十年里，陆星江都不能再主动亲她。

当然，陆少爷很有自知之明，知道由他家小姑娘主动的可能性可以忽略不计，这么一来可不就是被判了死刑吗？

书翦又瞪他。

这个人，能不能想点儿正常的事！

陆星江坦然回视：不能。

他俩在这儿对望着，有道身影娉娉婷婷、袅袅娜娜地从远处走来，距离还差两三米的时候，来人停下脚步，用力地清了清嗓子：“你俩是被封印上了吗？需要我按头吗？本人专业帮情侣接吻二十年。”

“……”

书翦一转头，对上了顾明依一脸饶有趣味的笑容。

顾明依是误打误撞遇见他们的。

虽然她和陆星江长年累月的相处方式都是互呛，但毕竟是她亲表弟，怎么也不能让别人欺负了。这段时间她都跟网球队的一群人都急得团团转，还是最后转了几圈从闵维那里套出了话，知道陆星江那边没事儿了，才放下心来。

一并得知的还有她这个钢铁直男弟弟，神不知鬼不觉就脱单了的消息。

此前她没亲眼看见还没当真，这会儿撞个正着，顾明依一瞬间不知道该气还是该笑。

生气是他们一帮人辛辛苦苦助攻这么久，最后竟然没人跟他们分享成功的喜悦。想笑是——没别的原因，看见陆星江吃瘪就想笑，比如现在这个大型求欢失败现场。

顾明依见面前两人都没反应过来，又说：“你们也出来赏月吗？今晚月色确实很好。”

他们闻言抬起头，只见天空繁星密布，连个月牙的影儿都看不见。

书翦一贯善于捧场，眼都不眨道：“依依姐说得对。”

陆少爷丝毫没有察觉顾明依暗中递来的眼刀，低头摆弄着手机，发出一声不合群的嗤笑。

“月色很好，就是某人的心情可能不太好。”顾明依没生气，心平气和地说话，甚至还带着忏悔，“陆星江，是我这个做姐姐的不对，看着你单身二十多年也没想到教你怎么哄哄女孩子。”

说完，顾明依叹了一口气，看着书翦：“小学妹，我知道你也不容易，有什么难处记得告诉我。虽然帮不了你什么忙，但是骂陆星江这件事，我还是很在行。”

书翦：“麻烦您了。”

陆星江轻声道：“刚刚在你说话的时候，我在网球社的群里发了红包，现在应该已经抢光了。”

顾明依尖叫一声：“你说什么？”

只见她飞速地掏出手机，打开微信，就看见一排鲜红的红包记录，一个红包上限200块，陆星江一连发了30个，顾明依不信邪地挨个点开，结果让她很失望。

全部都是“手慢了，红包已派完”。

底下跟着一群疯狂磕头的表情：“恭喜老板！谢谢老板！祝您百年好合！”

顾明依一脸生无可恋。她就知道，每次和陆星江呛完，受伤的总是她。

陆星江非常暖心地笑了笑：“如果你三秒钟内消失，可能还有几个红包被网络延迟了，待会会发出来。”

顾明依一秒露出假笑闪人：“奴婢跪安！”

书翦有点后知后觉地发问：“学姐他们是不是才知道我们的事儿？”

“不是。”陆星江说，“他们很早就知道我喜欢你了——”

“不过应该是刚刚才确认我们在一起。”

陆星江一直没想过要瞒着什么，他恨不得全天下的人都知道他和书翦在一起了。他不遮掩，但也的确没有正式说明过，直到刚刚发红包才算昭告大众。

手机消息一波又一波地传来。

只是这次的来源是网球队的“最帅”小群。

“队长！什么时候带学妹一起吃饭呀！我们要给见面礼！”

这条下面队形排了好长。

陆星江手一顿，看向书翦：“介意有人想给你送点礼物吗？”

“什么礼物？”书翦歪着脑袋问。

陆星江瞥了一眼屏幕上“让学妹感受一下当队长夫人的排场”一行字，怕小姑娘害羞，随口编了一个理由：“可能是想预祝你五一劳动节快乐。”

书翦：“？？？”

（四）

最后在一番堪比间谍对话的讨论下，书翦和陆星江又跟网球队的人敲定了饭局，未来一周骄奢淫逸的生活被安排得明明白白。

踩着路灯的影子回到宿舍楼下时，书翦再度受到了包括宿管阿姨在内的注目。她已然可以镇定自若地把陆星江拉到一边草木蓊郁的花坛边上，而后趁陆少爷没反省过来，踩在小石板上，右手扯住他的前襟，一个带着点奶茶甜味儿的吻落在他脸颊一侧。

“陆星江，你要乖一点。”书翦再度念起霸道总裁台词。“这样我才能给你‘缓刑’。”

可惜陆星江本人没有当小妖精的自觉，一把揽住书·霸总·翦的腰，轻松地把人抱起来，贴着她耳朵说：“书书，我给你买牛奶。”

“为什么？”

“这是你第二次亲错位置，我觉得你再长高一点就好了。”

毫无求生欲的陆星江最终不光没有被缓刑，还延长成了无期徒刑。

被怒火冲昏头脑的书翦进了宿舍楼里才想起忘记答应要帮室友带的水壶还没买，又趁着夜色去了一趟学校超市。

和手抱三桶红烧牛肉面的周临迎面相遇。

“学妹！”周临声音饱含悲怆地叫她。

“学长……夜宵吃这么多啊？”

周临含泪摇头：“这是我未来三天的伙食。早上吃菜包，中午吃面饼，晚上吃料包。”

您这个安排怎么说，心酸又合理？

书翦单手抚额：“你又提前把生活费花光了？”

“这个……学长毕竟还在长身体的年纪，所以吃得多点也是应该的嘛。”周临面露羞赧之色，剩下半句话说得比波音747飞行速度还快，“如果学妹你手上还有多余的零花钱也可以在我这里入股，买不了吃亏买不了上当！”

得亏书翦听力好，听清了他在说什么，不然还以为他即兴表演了一段动物模仿之蚊子叫。

虽然周临为人常常让人觉得不靠谱，但认真论起来对她一直也都很照顾。书翦掏出手机转账过去，差点收到来自周临的猝不及防的熊抱一枚。

最后，隔着怀里的三桶面，周临拍了拍她的肩膀：“学妹！学长没白给你投票！”

“什么票？”

“你和陆星江被人拍了照片发到微博，有个无聊的人开了个投票，问你和陆星江配不配，我在‘配’这一栏用大小号一共投了十票！”周临说，“大恩不言谢，你不用太感动，咱们什么关系，亲兄妹也差不多了！”

书翦："……"

一瞬间有些后悔。甚至想把钱要回来。

"学长你有这个时间，去找个兼职当水军应该也能一天吃上两桶泡面。"

周临摆摆手："我就是喜欢给学妹帮忙，不在乎什么钱不钱的。"

真是谢谢你啊。

分别前，周临还热心地把投票地址用微信发给了书翦，尽管她一点也不想知道那个莫名其妙的投票会被投出了什么乱七八糟的结果。

在她看来，谈恋爱这种事儿，其他人的意见再重要，也只能当作参考，更何况网上那些人还只是陌生人，根本不了解她，也不了解陆星江，不知道哪里来的底气给别人的感情生活下论断。

说着不在意，书翦还是没忍住先打开微博，登上自己原来的微博号，点进了加入的那个陆星江粉丝群。

虽然她入群时间不长，但一向积极参与活动，还主动帮忙给群里的小姐妹们翻译外文报道，所以大家也早就把她当作自己人。见她一段时间没出现，纷纷过来慰问关心。

"@菠萝包包，你没事儿吧？我们可担心你了，害怕你现实中遇到什么事，又怕你被虐得脱粉了。"

"你这段时间没上微博不知道，我们已经成功给少爷平反了，不用着急了！"

书翦不由有些心虚和内疚。之前去迈阿密一趟，出了太多状况，让她忘了这里还有这么多为陆星江担忧的人，她应该先过来说一声让她们放心才是。

她想了想，打了几行字发出去。

"我没事儿，前段时间学校那边比较忙就没有上微博。大家辛苦啦，我不会脱粉的。对了，我也是F大的学生，最近在路上遇到过陆星江，他看起来状态很好，大家不用太担心。"

书翦一向不大喜欢在网络上暴露自己现实中的身份，这还是第一次提到相关信息。说完以后，群里果然群情激动，一半是羡慕她和陆少爷同校，一半是希望她下次路上遇到能拍两张照片让大家有机会舔屏。

菠萝包包：嗯！

如果陆星江愿意乖乖让她拍的话。

有个人在群里冒泡，艾特她问："包包，你在F大的话，看到过少爷的女朋友吗？"

书翦没来得及回应，又有人接着道："虽然那张图拍得不是很清楚，但我觉得少爷的女朋友还挺可爱的。呜呜呜……情敌比我漂亮还比我成绩好！"

"虽然失恋了，但是还是祝少爷幸福吧。爱人结婚了，新娘不是我，我好惨，哭了。"

书翦耳根都热起来了。

这种情况好像回复什么都不合适。她低头看了一眼桌子上的小镜子，映出她彤云密布的脸颊。

她突然想到什么，翻出周临发给她的那个链接，想看看到底被拍了什么照片。结果刚点进去，就显示"该微博违反相关法律法规，已被删除"。

再搜索"陆星江女朋友"的相关词条，也都只剩下一些无关痛痒的内容，一张和她有关的照片都不剩。

她若有所思，想问陆星江，就见原本已经渐渐平息下来的粉丝群又突然多了99+条新消息，最上面那条——"！！！@全体成员 快看热搜，少爷注册微博了！"

这注定是一个热闹的夜晚。

楼下有男生弹着吉他，跟哪个姑娘表白。楼上寝室里，书翦快要被魏醒醒抖散架了。

四月天，气温时高时低，书翦刚回来那会儿，风还有点儿大，现在室内空气又变得很沉闷。魏醒醒趿着拖鞋过去开窗的时候，路过书翦身边，本来只是随便瞥了一眼，没料到正好看见了她手机上的热搜内容。

她呜咽着说："我的妈妈啊……少爷太'苏'了……"

陆星江最近话题度高，有一点风吹草动都会受人关注，之前都还是各种新闻媒体营销号的报道，这次是本人现身，自然少不了人去围观。

微博第一时间被加了认证，他发出的第一条也是唯一一条微博，在短短十几分钟里出现了上万条评论。

热评第一是："帮你们总结好了少爷小论文的重点：1. 这次比赛结果在意料之中，但不会轻易认输，感谢各位球迷的支持。2. 因为身体原因，下次公开比赛要等半年以后。3. 我很爱我的女朋友，她不是公众人物，不要盯着她。"

前面两条总结得言简意赅，至于最后一条，陆星江的原话是：

"那么多人看她，我会吃醋。""随意发布他人照片，属违法行为。有打算再犯的个人或营销号，注意接收律师函。"

换个普通人来说这种话，八成不会被人放在眼里。在这种信息时代，少有人能意识到不经允许发别人照片本来就是一种侵犯肖像权的举动，罚不责众仿佛成了一个潜规则。而起诉这种费时费力又费财的事，也几乎没什么人愿意会做。

但是陆星江的话，莫名就让人相信，他是认真的。

他有软肋，也有底线，不能让任何人触及，困守在那里，雷池半步也不许越。

这条软肋和底线的名字——

就叫书翦。

书翦坐在椅子上一动不动许久，任魏醒醒如何摇晃也没作出反应。

她起初以为，陆星江是根本不知道网上发生的事，所以才一直都表现得这么漫不经心。

现在才明白过来，他是从没把这些是是非非、风风雨雨挂在心上，他并不需要什么加缀在他名前的光环。体育竞技只能用实力说话，而实力只有通过成绩才能体现。在取得有话语权的成绩之前，不需要任何辩解。

直到她也受到波及，他才会出现。

微博下面有粉丝在加油，有路人在看戏，有零星的黑粉在抬杠，还有人在嘤嘤哭泣。

“我真的为这场绝美爱情流泪了，我想到之前看陆星江的八卦访谈，说他有个喜欢很久的女孩子，我还不相信，结果又被这条微博打脸。这何止是喜欢，是‘捧在手上，虔诚焚香’了吧……”

“姐妹，你别说了，我要唱起来了。”

“我把民政局搬过来了，9.9我也给你们赞助了，你俩结婚吧！！！”

夜风悄悄拂动窗帘，书翦把手机倒扣在桌上，趴下身子，下巴抵着手背。

“醒醒……”她缓缓地呼出一口气，低声说，“我怎么都觉得我做得还不够。”

说完，没等魏醒醒回答，她立刻从书架上抽出《管理学》课本，开始做题。

魏醒醒一脸蒙：“书宝，这么晚了还看书？”

这是什么意思，爱他就为他学习吗？

“我要努力赚钱。”书翦头也没抬，“等以后陆星江退役了养他。”

魏醒醒：这想的可真是太长远了，你其实姓未雨，叫绸缪吧！

第二天英文系这边没课，未雨绸缪的书翦同学又去上了金融系的课。

士别数日，秦晔看她的眼神里多了一分欣慰、一分敬畏、还有一分惆怅。

书翦也不知道自己是怎么分得清这些复杂纠葛的情绪的，把手里的法棍递给他一根：“秦学长，你没吃早饭吗？”

秦晔本来没那个意思，但是看着散发奶香的面包，竟然就不由自主地咽了一下口水，“谢谢学……”

“妹”字还没说出口，面包就跟他失之交臂，被他身后的人截住了。

他们坐在靠后排的位置，来人是从后门进来的，来得悄无声息，秦晔正要报夺食之仇，就听旁边的小学妹惊喜道：“你怎么也来上这节课？”

OK，他知道来的人是谁了。

秦晔一秒换上微笑，转头亲切呼唤：“队长！”

陆星江极其自然地走到座位上，把秦晔隔开一个座位，顺手把拎着的饭团丢到他手里，作为法棍的交换。

“来陪你上课。”

书翦眼睛亮晶晶的，又存着一点儿疑惑：“陆星江……”

“嗯？”

“你这门课……过了吗？”

“……”

“噗——”秦晔见旁边两人双双看过来，他飞快低下头眼观鼻鼻观心作布景板。

陆星江摸了摸后颈，有点无奈地说：“书书，我只是英语比较差，其他的课不这样。”

“噢。”书翦为自己对男朋友课业的不信任自我检讨三秒钟。

三秒后，站在讲台的教授清了清嗓子开始讲课：“今天上课之前，我们先回顾一下上节课的知识点，请一位同学来回答一下马斯洛需求层次理论的主要内容——倒数第二排从左往右数第二位男生，你可以吗？”

老教授头发花白，眼神也不大好，没辨认出这个学生到底是谁，只是看着高高瘦瘦，形象很好，想着叫他来调节一下课堂气氛。

无辜中枪的陆星江：“……”

刚刚那句“其他的课不这样”言犹在耳。

书翦紧紧抿着嘴唇，表示自己绝对没有笑，把笔记本翻到相应的一页，默默递到他面前。

陆星江在女朋友的帮助下毫无颜面地顺利过关，还被教授好好夸赞了一番。

“意外。”陆少爷眉眼间波澜不惊，一副镇定自若的模样。

“我明白。”书翦点头，“你不用解释的，我都懂。其他的课里也不包括管理学对吧？”

“……”

秦晔觉得自己憋笑憋得可辛苦了。

陆少爷索性放弃挣扎，反正在他家小女朋友面前装学霸还不如装柔弱来得有用。

下午的课结束后，书翦叫了三个室友准备去吃饭。

陆星江事前问了忌口，最终定下来的还是当初书翦第一次跟网球队去吃的那家海鲜日料店。

换作其他正常场合，书翦觉得寝室里三只活宝最想去吃的都是火锅、烧烤、串串，但是和陆星江一起吃饭，按魏醒醒女士的话来说，就是:“难道要我和少爷抢肉吃吗？不要考验我的人性，我无法在肥牛卷和少爷之间作出抉择！”

书翦：“……”

想来想去，还是日料店这种本身环境就比较优雅的地方，能让人的言行举止在潜移默化中受到约束，不容易出错。

陆星江的车停在学校路边，是电台录节目那天开的保时捷。

书翦对这辆车莫名地有心理阴影，这次还要坐在副驾驶的位置，不自觉就流露出一点视死如归的神情来。

三个室友按身高整齐地在校门口一字排开，书翦介绍完后，陆星江平时对外人略显清冷的脸上多了一丝笑：“你们好。谢谢你们对书书的照顾。”

魏醒醒声音颤抖：“少……不客气！都是书宝照顾我们！”

本以为一路上都会是这种紧张中带着纠结，纠结里又藏着点尴尬的气氛，书翦没料到自己一坐下，魏醒醒就一语打破僵局。

“书宝，你这个坐姿，宛如寒假在驾校练科目二的我。”

说完，她还意犹未尽地补充了一句：“我第一次上训练车也是连安全带都忘了系。”

书翦闭了闭眼睛，耳边传来陆星江一声轻笑。

随即他俯下身，书翦下意识往后仰了仰，陆星江已经帮她系好了安全带，唇瓣擦过她耳朵时，轻声说：

“书书，别的可能不行，但我的车技……你应该可以放心。”

书翦又能听见后排座位上“呜呜呜”的声音了。

魏醒醒美滋滋地喜极而泣：我粉的CP全天下最甜！

（五）

晚上十点，回到学校后，迷迷糊糊醉了一路的魏醒醒终于恢复了清醒。

吃饭的时候，陆星江给她们点的都是一些适合女孩子的果汁，既然适合女孩子，那在分量方面肯定有限，后面再加餐，书翦又点了几大扎梅子茶。

没想到这里的茶里也含低浓度的酒精，书翦自己一直喝白水没受影响，林芝和晓春酒量稍好一些，倒是一直喊着要跟人拼酒的魏醒醒两杯下去就熄火了。

一回寝室，书翦就烧了热水给她泡蜂蜜水解酒，魏醒醒清醒那会儿，书翦正拿杯子过来。

清幽幽的灯光下，女孩子秀丽的眉蹙着，嘴唇微抿，白皙的脸蛋儿被室内空气闷得染了一层薄红，整个人像被笼罩在一团光圈里，好看得让人移不开眼睛。

魏醒醒忽然就有种女儿出嫁的惆怅。

在她的印象里，书翦仿佛还是当初大一开学的时候，那个看起来水嫩嫩像中学生一样，却轻而易举就帮四体不勤的她铺好床铺的那个小姑娘。

一转眼，两年过去。时间过得这样快，小姑娘都被人叼走了。

她接过水杯，突然一把抱住书翦的腰。

书翦吓了一跳，却没有动作，任她抱着，听她说："书宝。"

"少爷很好，你也很好，你们在一起我真的很开心。"

比起书翦寝室人的拘谨，跟网球队一行人的聚餐全程就只能用"放飞"两个字来形容了。

地点还是顾明依做主选的，在一个价格惊人的高端酒店，毫不遮掩地表露自己的目的，就是要报那天的红包之仇。

顾明依表面上还带着通情达理的微笑："反正我们在这儿连着吃一年，我们陆大队长眉头也不会皱一下。"

陆星江的确不是很在意，然而顾姓表姐并不会这么简单就放过他。除了吃饭，还安排了其他活动，就在地下一层的游戏大厅。

一群半大不小的人完全没有和中学生抢地盘的窘迫，一人抱着一筐游戏币跃跃欲试。

书翦和陆星江到那儿的时候，就听见胡承抬高嗓门，苦口婆心地劝解大众："你们注意着点！咱们队长好不容易追到女朋友，别再被你们吓跑了！"

"哎呀承哥，你以为是叶子找女朋友还要藏着掖着，不敢让人知道他二缺本质！我们陆队是什么人！靠人格魅力肯定让小书学妹死心塌地！"

"邵阳我看你是一天不提你爸爸我就心里难受是吧？"

人多热闹是热闹，但坏处也很明显——这群男生很显然随时都可能抱团打起来。

书翦在旁边站了有一分钟，还挥了挥手，才被人发现她的存在。

那个刚刚说她要死心塌地的男生，视线缓缓从她和她身后的陆星江身上扫过，嗓音都劈了：“小书学妹，你什么都没听到吧？”

书翦给他递了一个台阶：“我们刚刚才到。”

陆星江淡淡地“嗯”了一声：“大概一分钟前。”

邵阳：“嘤。”

书翦一来就被顾明依拉过去，塞了两筐游戏币在怀里：“学妹你看，这排娃娃机哪个女孩子会不心动！那个长耳兔是不是超级可爱！想不想要？快让陆星江给你抓一个！”

她没弄清楚情况，下意识转头看向陆星江。

陆星江：“……”

秦晔非常有良心地在书翦路过他边上时，悄咪咪地小声道：“学妹！我们队长是游戏黑洞。无论是什么游戏，都是黑洞。所以你不要抱有太大希望……”

说话间，秦晔想起了曾经数次让陆星江帮忙打游戏，结果死得悲壮的惨痛历史，绝望再度涌上心头。

书翦心领神会地点点头。

游戏嘛，又不是比赛，玩的过程比结果重要多了。

她心情很轻快，分了一筐币给陆星江，直接道：“我没有很想要什么娃娃。”

说完才觉得，她这句话是不是显得有点欲盖弥彰了。

书翦认真地看着他：“来这里就是为了开心，你不用管我啊，我自己也可以好好玩的。”

“但是我想送你。”陆少爷话音一落，就走向了斜前方的一台娃娃机，在众人还没反应过来的半分钟里，投币，拉杆，按下操作键，弯下腰从机器下方的出口处取出了一个菠萝小背包。

一套动作自然流畅，让围观人群目瞪口呆。

顾明依：咦？

秦晔：嗯？

书翦微张着嘴看他：这么快？

她没说出口的话陆星江一眼就读懂了，他嘴角勾了勾，把菠萝背包放进她怀里，轻描淡写道：“练过。”

等当晚书翦登上微博，看见陆星江的粉丝群里在讨论陆少爷前两天点赞了一大批娃娃机教程视频的微博，才对这个“练过”有了深刻的了解。

顾明依的整蛊计划落空，在后面的饭桌上直接让服务员上了十几扎啤酒，颇为壮观。书翦不喝酒，于是连西瓜汁都用 2L 的大杯子装。她咽了咽口水，觉得自己如果喝完，今晚就可以不用睡觉了。

满打满算，这已经是她第三次和网球队的人一起吃饭了，却是书翦头一回读懂他们复杂眼神里的含义。

比如“队长竟然也有这么温柔的时候”“我被这从天而降的狗粮砸中了”“妈妈我也想谈恋爱”。

再比如“单身太久连这个西瓜皮都觉得眉清目秀”。

不过后面这一句是秦晔自己说出口的，语气之幽怨，让闻者伤心、听者流泪。

于海洋拆他的台：“你们别听他瞎说，叶子最近在狂追音乐系的一个学姐，每晚都在操场上练歌，导致学校夜跑人数骤减一半。”

“我……只是单纯爱音乐！你懂什么！！”

桌上话题换了一茬，书翦终于不再被人或明或暗地盯着，松了一口气，夹起一块桂花藕放进陆星江的碗里，本来是对之前他一直照顾她吃饭的礼尚往来，结果听他们扯到什么上次牵女孩子的手还是在幼儿园这种话题，原先想说的话在嘴边跑偏，变成了：

“陆星江，你上次被女孩子夹菜是什么时候？”

书翦：“我说错话了！”

小姑娘急忙辩解，鬈翘的长睫毛抖了抖，杏眼里罩着水晕光圈，可怜兮兮的模样。

陆星江撑着下巴看她，目光温柔，嘴角微翘：“上次是在十秒钟前，至于上上次——没有。”

“书书，我很单纯的。没有跟什么其他女孩子吃过饭，更没有拉过手。”

“您还不如说您没上过幼儿园。”坐在一旁无意中又见他们队长当了一回影帝的胡承心中暗道。

书翦视线游移了一圈，陆星江想到桌上还坐着某个BUG，缓缓补充：“顾明依，不算女孩子。”

“今天也是断绝姐弟关系的一天呢。”顾明依听完暗中咬牙切齿。

酒点得刚刚好，虽然一大部分都被众人以各种理由灌给了陆星江。

人逢喜事酒量好，书翦没拦他，陆星江也就来者不拒，起码这次没出现什么背错乘法口诀表的情况。

于海洋拨弄了半天手机，抬头问道：“你们看没看过微博上那个测试啊，就是检测你是用什么做成的。”

“我刚刚输入了学妹和队长的名字，觉得还挺准的！”

书翦有点好奇：“我是什么？”

“‘书翦’是由奶油、果酱和向心公转的向日葵组成的。这个一看就好甜！”于海洋盯着手机一个字一个字念道，“‘陆星江’是由汗水、荷尔蒙和铺满阳光的绿荫地组成的。”

秦晔插了一句嘴：“队长这个，怎么让人想到点不该想的东西啊……”

他这话不说，那几个词看上去还像是热血少年漫画一样，被他这么一来，弄得整个画风都严重跑偏。

书翦怎么说也是满十八岁的成年人，看一下周围人的脸色，大致就明白是什么意思了，耳根处猛地烧了起来。

陆星江冷冷地瞥了秦晔一眼，面不改色地转移目标：“其他人呢，测了吗？”

“就是就是，这种话题不要让陆星江这种没情趣的人参与了好吗？”顾明依吐槽，“来给我测测。”

于海洋顿时有些为难：“依依姐……你听了别生气啊。”

“‘顾明依’是由石头、汽油和不定时喷发的火山组成的。”

顾明依大怒：“这什么垃圾测试，一看就是骗人的，一点都不准！”

春天的夜晚，刚下过雨，四处都泛着潮气，还有一点儿泥土的气息，路边有累积的雨水“哗啦”从高往低流下。顾明依和网球队队员们狠狠地敲了陆星江一顿竹杠，自然就不能再打扰他们约会了，从酒店出来，顾明依和网球队队员们就三三两两散开了，不想再当电灯泡。

开玩笑，扰人约会，天打雷劈好吗。

酒店离学校一两公里，不算远，步行刚刚好，还可以消食。书翦一步一步踩在砖块与砖块的缝隙上，右手被人牵着，和车水马龙的柏油马路隔开，另一只手提着一个大袋子，里面装着今天陆星江抓给她的战利品。

除了最开始的那个菠萝小包，他按娃娃机的顺序，每个机子都抓了一个，直到看书翦快抱不下了才勉强住手。

陆少爷倒是想帮女朋友拿，但是打小学毕业后就没再拥有过这么多玩偶的书翦，舍不得跟它们分开。

热情的态度让陆少爷又灌了一瓶醋，还是自己亲手酿的。

这么硕果累累地回去，书翦小朋友心里满满都是成就感，只是，她脚步一顿，看向身侧的人：“你下次还是别去那家游戏厅了。”

陆星江挑了挑眉，用眼神询问原因。

“我怕你被老板打。”小姑娘压低声音，如是说。

陆星江桃花眼微弯，也小声告诉她一个秘密："书书，那个酒店，连同地下的连锁游戏厅，都姓陆。跟先屿无关，是我自己名下的。"

书翦震惊了。

过了那么多年的平民生活，完全没想到他们富裕阶层还有这种操作。

对不起，是贫穷限制了我的想象力。

走过路灯下时，陆星江的口袋里突然亮了一瞬，是什么新消息提醒。

他很少会在和书翦一起的时候分心玩手机，所以只掏出来心虚地瞥了一眼，就要直接锁屏。在按下去的那一刻，他突然一顿，仔细地又把那条消息看了一遍，良久没有动作。

他没说话，书翦就在旁边安静地等着，也没有出声。

半晌，陆星江收起手机，转过头来看着她，声音是前所未有的凝重。

"书书，你记不记得，在迈阿密时，我和Richard Aaron谈过一次话。"

"嗯，你说你们在商量什么事儿。"

他低下头，眼中像有万千星河涌动："他要介绍我去美国的一个网球训练营，为期两年，这段时间可能都没什么时间待在国内。"

书翦呆呆地望着他，好像还没明白他话里的意思。

仿佛上一刻他们的剧本还是甜蜜校园故事，进度条都拉到99%了，忽然之间就变成了生离死别的虐恋。

两年听上去不长，可他们从认识到现在，四舍五入也还不到一年。

两年后，她都要毕业了。

电压不稳，头顶的路灯闪了一下，晃得人眼睛疼。书翦眨了眨，又眨了眨，眼睛不自觉就被风吹得有点红。

她吸了吸鼻子，轻声道："那里的教练也是美国人吧，他说的话你能听懂吗？我给你再多上两节课好了……没时间待在国内的话，我可以给你打电话吗？就像之前那样，我会掐好时间给你打，不会耽误你训练的，也不会打很久……"

陆星江怔了怔。他设想过很多书翦听到这件事的反应，却没想到过这一种。

她没有问他的决定，像是直接就笃定了他要走，然后果断地开始思考怎么样应对以后的生活，把他的事情都纳入考量之中。

这样自然又不假思索。

见她眉宇间一片严肃，他伸出手指揉了揉她的眉心，哂笑一声："书书，我以为我走的话，你就不要我了。"

这话只是说来逗她开心的，却不料书翦放下了手里的一袋玩偶，两只手握着他抚上来的手，看他的眼神柔软又清澈。

"陆星江，你也等了我很久啊。"她说，"虽然我觉得感情这种事，不应该用等了多久作为衡量标准——"

"但是，你能为我做到的，我也可以为你做到。"

风一阵一阵不疾不徐地吹来，书翦被吹得不自觉抖了一下，拢紧了身上的针织衫，仰着脑袋，和陆星江琥珀色的瞳仁相对，悄悄弯了弯眼睛。

久违的醉意就在这一秒，在陆星江的血液里开始缓慢发酵。

他的手被她环着，一颗心也跟着温软起来。

之前那些隐藏很深的担忧和不确定，都被她的温柔抚平了。

耳边有汽笛声，还有雨水沿着屋檐滑落的滴答声，可他的眼前、眼底却都只有一个人。

陆星江抽出被她握着的那只手，把人半托半抱起来。

书翦觉得自己可以去知乎"总是被男朋友当成小孩是一种什么样的感觉"问题底下留下感言了。

被这么抱多了，她甚至整个人都油然生出一股淡定。

"陆星江，幸好我不恐高。"她还能顺便自嘲一波。

书翦在心里夸了夸自己，就听陆星江压着嗓音说："书书，对不起。"

下一刻，嘴唇被人含住。

有一点点酒的苦味被渡过来，隐隐又仿佛带着些许甜。

这个人贴着她的唇瓣，还能用气音说：“我要破禁了。”

书翦分了一秒神，您这是要破禁吗，分明是先斩后奏了。

搁古代，遇到暴君都是要被杀头的。

但是，小书老师宠你嘛。

第七章

我去给你摘星星

（一）

陆星江未来近两年的时间都不能再待在国内学习，又不打算办休学，于是要在剩下的几个月里，把大四的课程提早修完。

但是哪怕大四课程量并不算大，学校对体育生的管理相对而言也非常宽松，想要在这么短的时间内修完那么多课也不是一件简单的事情。

于是，就出现了书翦陪陆星江一起去图书馆这种玄幻的状况。

起码秦晔就被惊到了。

他后退两步，站在门口仰头看着扇形建筑上“F 大图书馆”一行大字半天才回过神，发出一声长叹：“队长，稀客啊！”

陆星江眉头都没皱一下，淡定道：“彼此彼此。”

秦晔：“……”

说的也是，如果不是为了补考他也不会来图书馆。

大家都不容易，还是不要五十步笑一百步了。

陆星江是真的没怎么来图书馆的自习室看过书，连刷卡选座都是书翦一手包办的。

周末的自习室人满为患，书翦好不容易才挑到两个靠角落的临近座位刷了卡。陆少爷没想到来学习都不能跟女朋友坐在一起，脸上带着一丝不爽的情绪。

书翦觉得这样也好：“正好省得你分心了。”说完就把他一把按在座位上，从他手里拿过自己的书包，坐到斜对面的位置去了。

学霸当然不是那么好当的，书翦从坐下翻开书起，就没怎么再抬起过头，模样既认真又专注。

陆星江图书馆谈情计划宣告全面失败，受勤奋好学的女朋友影响，翻开了书的第一页。

“第一章：证券市场基本法律法规。”

“什么东西呀？”陆少爷心中暗叹，“看不懂啊！”

我还是宁愿去球场训练十个小时。

学习的乐趣很难领会，但是和书翦一起学习，陆星江觉得再煎熬的时光仿佛也变得轻松……打住！

陆星江桃花眼微眯着，看向不知打哪来的站在书翦边上，正和她在草稿纸上讨论什么问题的男生。

书翦在纸上一笔一画写了一串英文，不由让陆星江回忆起刚和她真正相逢的那段时间，她也是这样耐心地教他。一时间，原先对自家小姑娘热心助人的庆幸在此刻都变成了烦恼。

飞来的横醋浇了陆少爷一头。

低气压在空气中弥漫。

问书翦问题的男生被某道目光冻得一激灵，收起书和笔，低着头环顾一圈，跟书翦道了一声谢又回到了原来的座位上。

书翦仰起脑袋，杏眸弯弯，严肃中又有些纵容，看着陆星江，目光传话：不许吓唬别人。

陆少爷一秒藏獒变萨摩，眼神无比纯良无辜。

周一到周五，书翦和陆星江基本都是满课的状态，只有周末能抽出时间一起上自习。

四月接近尾声，F大一年一度的校园文化节也即将来临。

书翦大一参加过，大二社团全都退出后，也就相应地没了活动。中午路过食堂前的广场，手里被大一的小同学们塞了一堆宣传单。

最后还被拿着大喇叭吆喝的翟秋暝拦住了脚步。

他是国学社的社长，今天穿的还是一身黛青汉服，头发束了个冠，手里摇着折扇，一派谦谦君子的模样。

魏醒醒很感兴趣地绕着他转了两圈。

翟秋暝还记得当初和书翦在大巴车上相谈甚欢的场景，苦口婆心地劝说她："学妹，我们诗朗诵真的少个人，我觉得你最合适了，《将进酒》这篇你肯定会，背都不用背……"

书翦觉得自己脸上大概写了"不会拒绝别人"这几个字，不然为什么每次都会有人找上她。

魏醒醒也在一边扯扯她的衣袖，眼巴巴地看她："书宝，去吧去吧，我想看你穿汉服。"

"我最近也很忙，估计都没什么时间能参加排练。"

翟秋暝折扇一收："没事，期中考到了，大家都挺忙的，就上台表演前彩排一次就行了，反正就是玩儿的。"

言尽于此，她好像不答应也不行了。

书翦从翟秋暝那儿拿了一套藕荷色的襦裙，一回寝室就被魏醒醒催着换衣服。

汉服不大好穿，怕到时候再试会出什么问题，书翦也打算提前试穿一下，从网上搜了全套的穿衣顺序。

衣服不知道是从哪里买的，摸上去做工精巧，连牡丹花的图案都绣得很精致。本来就是清浅的少女颜色，穿在书翦身上，更衬得肤白胜雪，竹青色的系带绕过胸前打了一个结。

马尾散开，细软的黑发垂下，书翦眼睑微垂，纤长的睫毛往下轻扫。

魏醒醒脑海里瞬间冒出四个字——

人比花娇。

此时不拍更待何时。她掏出手机，趁书翦不注意，一连扫射了十来张。手指微动，魏女士本想直接转发给某位少爷，忽然又觉得，现在好像有点早。

大招总是要留到后面放的。

这套汉服仿唐风，领口空隙大，露出一片肌肤，书翡浑身都有些别扭，把衣襟往上扯了扯还是无济于事，只能放弃，不断在心里催眠自己：就当为艺术献身了。

陆星江那么忙，想来是不会去参加什么校园文化节的，书翡便没有把这件事跟他详述，只说周末要帮朋友一个忙，所以不能和他一起去图书馆了。

直到下午辗转收到自家女朋友的照片，陆少爷才知道她去帮的是个什么忙。

和照片一并传来的是一段小视频。

背景音有些喧闹，但还是能听见悠扬的古琴和笛子的声音，画面中的帷幕被拉开，台上穿汉服的朗诵者人字形排开，站在最前面的男生一席月白衣袍，温润如玉。

而书翡就站在他侧后方，明眸微弯，难得化了妆，眉眼和唇色加深，下巴微抬直视前方，露出纤长的颈，长发绾成发髻，灯光照下来，从头顶眉眼一路滑过精巧锁骨，多了几分魅惑人心的魔力。

台下掌声如雷，还有男生拉长了调子吹口哨的声音。

陆星江不自觉地呼吸一窒。

像是被他护在掌心的一株嫩芽，突然某一天，就在他毫无察觉的地方，绽放出娇艳的花朵。他料想过开花时无与伦比的美丽，但终究，不如一见。

书翡本来就有播音的底子在，区区诗朗诵自然不在话下，节目进行得很顺利。

国学社的一帮人还要穿着汉服去附近的某家古风主题餐厅聚餐，翟秋暝想拉上她一起，书翡婉拒了，一下台就想直奔换衣间把衣服换下来。

下一个节目是街舞社的表演，音乐很燃，一放出来就调动了全场气氛，原本在后台徘徊等待上场的人也都绕到前面看热闹去了，留下零星几个坐在角落背台词。

书翡绕了一圈，找到更衣室，刚要拉开帘子进去，胳膊突然被人拉住。她身子一僵，有一只手按在她肩头，不自觉地用手指摩挲她颈侧幼嫩的肌肤，带着微微的热意。

书翡气急，下意识就要用胳膊肘抵开他，一声呼叫也已含在齿间，下一秒，那人长腿一迈，转到她身前，掌心捂住她的嘴唇，低下头，昏沉的光勾勒出英俊得惊心动魄的一张脸。

“英俊”是客观描述。

“惊心动魄”是书翡的主观论断。

她刚刚一瞬间眼泪都差点儿要被吓出来了，虽然她遇事一贯镇定，但这种涉及生命安全的大事儿，再多的淡定都烟消云散。

书翡脸上还残存着一点惊魂未定的慌乱，眼圈也红了，胸口起伏两下，呼吸很急，想骂他一句，脑海里半天搜索也不到什么能抒发她情感的词汇，最后决定抬起脚狠狠踩他一下。

“陆星江，你把我吓死了！”

然而为了舞台效果，她今天穿的是一双平底布鞋，因为脚小买不到合适尺码，一直松松垮垮的，刚刚挣扎一下没注意鞋子都被甩掉了，此时软绵绵的脚踩在陆星江鞋子上，一点凶狠威胁的效果都没有。

书翡觉得自己不吓死也要被气死了。

陆星江没忍住笑了一下，双手捧着她的脸，拇指轻轻擦过她的眼角，触到一点儿湿润，他收了笑，诚恳认错：“书书，我刚刚太着急了。”

“急什么？”她垂着脑袋，想拍开他的手。

“大家都看到我这么好看的女朋友了，我却还没有亲眼见到，怎么能不急？”陆少爷顿了顿，话锋一转，“不过你生气得对。我认罚。打完就原谅我，好不好？”

这种哄小孩的语气让书翦的一半生气都化成了羞窘。

书翦抬起头，红着一双杏眼看他，没有动作：“力的作用是相互的。”

“嗯？”

“把你打痛了我也会痛。”

陆星江笑了起来：“好，知道书书是心疼我。”

他蹲下身，帮她把甩掉的鞋子穿好，柔软的发丝蹭过书翦的手背，有点儿痒。书翦看着他，咬咬唇，突然就觉得自己有点无理取闹。

“对不起，没告诉你我来参加节目的事。”她吸了一口气，“虽然是因为不想打扰你，但是我的事情没有什么不能让你知道的。”

“书书，你没做错什么。其实我还挺高兴你能对我发脾气的。”

书翦震惊地看着他：“你是抖M吗？”

陆少爷叹了一口气：“接下来的两年里，我可能连听你发脾气的机会都没有了。”

话题兜兜转转，又绕到了这件事儿上。

书翦眼睑垂下，思考了一会儿，也跟着他叹了一口气：“如果你这么想的话，我尽量吧。”

“？”

“尽量做到以后也能每个月都有一次，让你能听见我发脾气。”她语气里充满了无可奈何的纵容。

本以为已经习惯了小姑娘一本正经说冷笑话，结果陆星江还是又被萌到了，捏捏她的脸颊，从口袋里掏出一个方方正正的小盒子。

书翦好奇地往下瞥，盒子打开，里面是一串翡翠手链，当中的那块翡翠雕得精细，灯下更显剔透。

“这是我妈留给她儿媳妇的。本来想等你生日那天送你，但我好像等不及看你戴了。”

（二）

书翦是飘着回寝室的。

牵线搭桥的魏醒醒看见她，脸上露出迷之微笑。书翦跟她对视两秒，不明所以地走到自己桌前，脱下外套，不经意露出了陆星江帮她戴在腕上的那条手链。

这种首饰只看一眼就能看出价值连城。

“呜呜呜！”当了二十年穷人的魏醒醒觉得自己的眼要被闪瞎了。

书翦起初不太敢收，整只手臂都是僵的。

陆少爷见状慢悠悠道：“书书，如果你不戴的话，它就没有主人了，要一直放在盒子里不见天日，你忍心吗？”

“……”

这么听来，书翦好像觉得自己罪孽深重。

书翦手腕细，陆星江帮她戴上后，又仔细地调了松紧。

陆少爷再一低头，就见小姑娘眨巴眨巴眼睛看他，一脸了然道：“你是不是想要用它套牢我啊？”

“我女朋友果然聪明。”陆星江嘴角微勾。

“你放心吧，我收了你的东西，就不会跟别人跑了。”

现在想来，如果跑掉，她可能要欠陆星江四舍五入一个亿。

魏醒醒听她说完事情经过，发出感叹：“我们少爷二十多岁的人了，才找到女朋友，容易吗？当然要一鼓作气再而衰三而竭……呸呸呸，一鼓作气拿下了！直接让你当少奶奶。”

被一鼓作气拿下的书翦鼓了鼓腮帮子，对自己的不争气保持沉默。

说到生日，书翦的十九岁生日的确快到了。

他们家那边的习俗是逢十大过一次，上次好好过生日还是十岁的时候，其他的生日就普普通通吃顿饭，切个蛋糕许许愿就过去了。

书翦出生在五月初，正是菠萝成熟的季节。书妈妈临产前那段时间，一天要吃好几个菠萝，“胎教”做得好，导致书翦打小就成了一个菠萝控。

今年她的生日在周四，是一周里课最多的一天。中午和室友一起吃了一顿饭，魏醒醒她们给她精心准备了一个菠萝形状的大蛋糕，虽然最后浪费了一半用来混战。

书翦最惨，一张小脸像砌墙一样左一层右一层被糊成花脸，可以直接推出去唱大戏了。回去清理完，马上又到了下午上课的时间。

陆星江比她还要忙一点儿。网球队那边，尽管他在养伤期，不能进行太过激烈的训练，但是普通强度的队训还是一天不落。

最近胡承报了省里的一个男子单打比赛，陆星江还要抽空去帮他特训一段时间。于是书翦跟他约好晚上一起吃个夜宵，地点就在他们之前上课的那家“Secret”咖啡厅。

虽然书翦有时仪式感强烈，但是她强迫症的点儿经常跑偏。

比如，她并不是很在意要怎么隆重地过一个生日，只要和自己的朋友、喜欢的人在一起，就够了。

陆少爷却觉得亏待了自家小姑娘，今年在一起都不能好好给她过生日，更何况明年还要分开，相隔万里。

书翦想了想，掏出手机来，打开微信：“陆星江，我给你看，我最新发现的一个好玩的东西。”

说着，她在对话框里打下一行消息，然后催陆星江也拿出手机。

陆星江在她期盼的眼神里解了锁，点进和书翦的聊天界面，一抬眼就看见她发来的四个字：

我想你了。

特效被触发，一颗一颗星星从顶端掉落下来，溢满了整个屏幕。

书翦声音带着笑。“你看，我想你的时候，就可以看见星星了呀。”邀功似的问他，“是不是很神奇？”

心像被人攥紧，陆星江喉咙发干，半晌，伸手揉揉她毛茸茸的小脑袋。“嗯。”

他也希望，她一想他，就能看见他。

要收回视线时，陆少爷目光一斜，看见了书翦给他的备注。

“书书。”

书翦还在乐此不疲地试自己的新发现：“怎么啦？”

“‘啊菠萝’是什么意思？”

被发现了。

书翦装傻地咧了咧嘴，讷讷道：“不如你猜猜？”

任陆少爷脑洞开得再怎么大，也没办法脑补出这个名字是从“阿波罗”衍生而来的。

是从他们初遇的那一天，就悄然而生的缘分。

A 市是一个夏冬两季长，春秋稍纵即逝的城市。

天气好像没有变暖多久，春衫穿在身上就都嫌热了。仿佛一夜之间，连风都染上了一层燥意，拂过行人的额角，带下两滴汗水。

又一个学期的考试周结束，寝室里的空调风力开到最强，魏醒醒还嫌不够，贪凉地坐在地上，随便拿了一本书在脸颊边当扇子扇，看向一身清爽在收拾东西的书翦，长长地叹出一口气。

“同人不同命！”

书翦瞬间知道她在说什么，笑眯眯地回她：“没办法，我就是传说中冬暖夏凉的体质。”

“噢，也不知道冬天里三层外三层裹得像个小企鹅的是谁哦。”

书翦：“……”

行吧。她是冬冷夏凉。

上个星期，学校的大四生陆陆续续答辩结束毕业，现在留在学校的人也不多，昨天刚考完试，林芝和晓春就坐高铁回家了，魏醒醒买的票在后天。她向来不到最后一刻不会收行李，因此耽误了好几次飞机。

书翦暑假要留在学校半个月上双学位的课，收的东西是一些之前看完的书，都要寄回家里。桌上摆了一只粉色的小包，一看就是待会儿要出去跟人约会。

魏醒醒眼珠一转，笑得贼兮兮：“那我觉得少爷应该也是不怕热的体质。”

“为什么？”

“我听人说啊，情侣长期接吻会交换体内菌群，所以才会有夫妻相这么一说。除了长相，其他身体特征也会相互传染。”

书翦手上动作一停，转过身幽幽地看着她：“我觉得你应该改名了。”

“就叫，魏·赵括·醒醒。”

有些人，自己没谈过恋爱，但论起纸上谈兵的技术，那是所向披靡无人能敌。

陆星江机票订在了七月初。

临行前趁着大家放假还没回家，网球队最后聚了一次餐。

顾明依刚毕业就进家里的公司上班了，虽然是自家企业，但也没空降个经理总监什么的职位，从基层做起，每天忙得不可开交。

书翦眼睁睁地看着她朋友圈的画风从吃喝玩乐，变成了：

“小顾上班的第一天，可怜。

“小顾上班的第二天，可怜可怜。

“小顾上班的第三天，想跳黄浦江。”

……

今天她又加班，晚高峰还堵车，她推开包厢门时，大家都已经热火朝天地拼上酒了。

书翡也难得喝了一点点，她清楚自己酒量很浅，跟她爸一脉相承的两杯倒，绝不勉强自己，只是在这种环境下，喝果汁好像没法融入热烈的气氛中。

她没觉得自己醉了，脸颊染上淡粉，水汪汪的杏眼睁得圆圆的，极力表示自己的清醒，然而更显得欲盖弥彰。

这个神采飞扬的模样格外好看，陆星江盯着她看了很久，久到半醉不醉的书翡都觉得哪里不太对劲，伸手握住他一根手指，语气格外霸道："你就算这样看我，小书老师也不会让你喝酒的。"

她苦口婆心地劝说："你还是个学生！"

秦晔伸了一个脑袋过来："我也是学生呀。"

陆少爷被这两个喝完酒变成小学一年级的小朋友弄得没法子。

书翡慢吞吞地看了秦晔一眼，用此刻转速缓慢的大脑想了想："你们不一样。"

"我只管我的男朋友。"她一字一句地说。

一时间，有人哭有人笑。

哪怕神经已经被酒精麻痹，但该吃的狗粮永远不会缺席。

秦晔悲痛欲绝，踩在凳子上高举酒杯："Everybody，今晚，我们喝个痛快！"

说着胳膊一晃，玻璃杯砸在地上，发出一声脆响，碎了个四分五裂。

顾明依："……"

她明白了，自己就是来给这群熊孩子收拾烂摊子的。

饭后，陆少爷要把自己甜蜜的负担送回宿舍。

书翦的酒品和酒量成反比，喝醉了不吵不闹，就是走路一定要走一字型，展开双臂颤颤巍巍地一步一步往前迈，神态一丝不苟，像在进行一番大事业。

除此之外，就是看到什么都要喊一声“陆星江”。

别的都算了，有人遛着雪橇三傻从前方人行道走过。书翦看着哈士奇、阿拉斯加、萨摩耶欢快的背影，拽着他的衣摆，脱口而出：“刚刚有三只陆星江跑过去了。”

陆少爷嘴角抽了抽，怀疑她可能根本没有醉。

他怕她摔下来，没再放任她踩在路沿上走，把人抱下来的时候，小姑娘紧紧地拽住他身上的T恤衫，脸埋在他胸前，喃喃自语一般地说：“我的陆星江也要走了。”

声音低低的，重复一遍又一遍，像一个小复读机，直到他胸口被她的泪水打湿。

他的手掌轻轻按在她后脑勺上，怀里的人这么小一只，软绵绵地依赖着他。

是他得之不易的珍宝。

可是，现在还无法妥善安放在身侧。

“书书……”他低叹，刚启唇，就被怀里的人打断。

“陆星江！”书翦从他怀里挣扎出来，仰头，手指着广袤夜空，严肃道，“勇敢的少年啊，你要去征服星辰大海。”

那句“我不走了好不好”就这么被他又咽了下去。

良久，他无声地一笑：“好。”

“我去给你摘星星。”

（三）

大二的这一年，对书翦来说，是既普通又意义非凡的一年。

生活不疾不徐地进行着，她过了六级和专四，第二次拿到国家特等奖学金，照片被挂在学校官网外语学院的专栏上表彰。

修了双学位，尝试了她前小半生想都没想过的金融学。

认识了一群很可爱的朋友，生平头一回偷偷喝了点酒，有点儿辣，有点儿晕，幸好没有发酒疯。

最重要的一项——交了一个男朋友，是一个特别特别好的人，她很喜欢很喜欢的人。

虽然他们一分开就是两年。

再开学大三，F大的本科生和研究生分属两个校区，所以在这边儿，她已经是要被学校里一半的人叫学姐的人了。

莫名有一点点多年媳妇熬成婆的沧桑感。

这话出自魏醒醒女士之口。

九月刚回校注册，大一新生宝宝们军训还没结束，顶着大太阳在操场上站军姿，魏醒醒拉着书翦撑着遮阳伞，喝着冰可乐，悠哉游哉地从他们面前的小路经过。

书翦压低帽檐，想盖住自己的脸："醒醒，你这样是会被打的。"

"唉——"她声音里的嘚瑟压都压不住，"我就喜欢他们这种很想冲上来打我，但又动都不敢动的表情。"

"……"

学校的八卦微博上都说这届新生水嫩嫩的小鲜肉特别多，但是为期两周的军训下来，再嫩的小鲜肉也被烤成了腊肉，魏醒醒意兴阑珊地环顾了一圈，突然道："那边那个！倒数第四排的排头那个男生，侧脸和少爷有一点点像欸，大概就是微博上说的那个'小陆星江'吧！"

书翦手里正回微信，闻言抬头往那儿一扫，又收回视线，不置可否。

魏醒醒低头一看。

行吧，人家都在跟“正主”聊天了，还要什么代替品。

书翦正在给陆星江报这个学期的课表。

大三是专业课最多的一个学年，书翦怀疑自己每天光靠从寝室到教学楼之间反复几趟的步数都能荣登她微信运动排行榜前三。

“书书，记一个号码。”陆少爷说。

“什么？”

那边没回答，兀自报了一串数字过来。

等到下周一正式开始上课，书翦才知道，这是陆星江给她安排的专属外卖员的电话。早中晚三餐，一顿不落，荤素搭配，营养均衡。

“我是一颗从里酸到外的成熟柠檬精了。”魏醒醒不止一次在她耳边念叨此句。

此刻走在分岔口，书翦要拉着魏醒醒往图书馆的方向走。

魏醒醒：“我们美少女不到考前是不会去自习的！”

“还想过专四吗？”

“那也不用这么早吧！”魏女士面露苦色，“书宝，你记得以前开学我们都是去 KTV 欢庆新学期的吗，你现在竟然要去图书馆！”

“走啦走啦，图书馆吹空调不花钱呀。”

“竟然连这种优点都能被你挖掘出来。”魏醒醒欲哭无泪，又十分痛心：“书宝，我觉得你现在都要学到走火入魔了。”

书翦脚步一滞，魏醒醒正以为她要回心转意了，还没来得及高兴，就听她说：“上次专四的模拟题里好像就考了这个词，我整理在本子上了，待会到图书馆给你看。”

魏醒醒心里攥着小手绢，哭唧唧地想，这岂止走火入魔，是已经羽化登仙了。

书翦是有意加强自己学习的强度的。

她把课表发给陆星江的时候，也问他要了一份他那边的起居作息表，训练强度高得令人砸舌。她没办法在他身边陪着他，只能这样跟他一起努力。

金融系双学位的新课都安排在了周末，书翦再度在教室里遇见秦晔时，已经毫不惊讶了。

然而小秦学长不忍自己就这么被冠上学渣之名，上课时脑袋挨近书翦，悄声道："学妹，告诉你一个秘密。我不是来重修的。"

书翦耐心地等着下文，他却卖了个关子，让她猜。

"是吴教授的人格魅力吸引你来的吗？"她试探着回答。

讲台上这位投资学教授，年过花甲，真真正正的聪明绝顶，讲课时唾沫横飞，浇灌着底下学生一张张求知欲爆棚的面庞。

秦晔噎了一下，自暴自弃地说出答案："我想考研，这门课在考研的专业课范围之内，所以我来这重新学习一遍。"

这件事儿他还没跟网球队那群人说过，因为不用想也知道自己会收到怎么样暴风骤雨般的嘲笑。他脆弱的小心脏一时半会儿还没做好承受打击的心理准备。

但书翦不一样。

学妹善良不说，还是个学霸，说不定能给他提供一些什么帮助。

书翦果然没有辜负他的期望，略一思索，就在纸上给他写了一串学习建议，最末尾还是一句鼓舞他的话：秦学长，有梦想谁都了不起。

秦学长本人十分感动，又给自己加满了油，觉得自己离考研成功就只有报名去考试这一步之遥了。

五天后，书翦收到了他的微信消息："学妹，我决定还是下辈子再当学霸了。"

书翦："秦学长，你是不是想出本书，就叫《考研：从入门到放弃》？"

秦晔有理有据地为自己辩解："学妹你有所不知，学习不学习倒是其次，主要是我付不起那 150 块的考研报名费。"

想到秦晔在朋友圈晒出的那一鞋架的限量版 AJ，书翦一时间无语凝噎。

后来书翦还是在陆星江那里得知了事情的来龙去脉。

原来秦晔考研，还是为了追正在读研的音乐系学姐，结果学姐猝不及防地答应了他的表白，于是考研计划就此搁浅。

怪不得最近看他朋友圈都是什么"平生不会相思，才会相思，便害相思""问世间，情为何物，直教生死相许"等之类的诗词。

书翦还以为他打算跨专业去考中文系了。

不过，秦学长竟然脱单了，书翦对那个神秘学姐充满了好奇，不免追问得有点儿多。

陆少爷心情不太美妙地暗示："书书，我们今天只有 20 分钟聊天的时间了。"

"嗯嗯，所以你长话短说呀。"

"……"

陆星江不回消息了。

书翦以为他又去训练了，也没在意，发了个问号过去，就继续埋头做题了。

半分钟后，企图生闷气要女朋友哄的陆少爷铩羽而归。

"书书，关于其他女孩子的事情，我都不知道。你在为难我。"

她后知后觉地懂了。

书翦抿着嘴唇，嘴角却还是忍不住上扬："嗯……那这种属于超纲知识点，你知道我的就好啦。"

这个学期时间过得尤其快，让人毫无准备就落了第一场雪。

去年的羽绒服都被洗衣机搅坏了，书翦新买的衣服还在路上，被坏天气耽搁得迟迟送不来，她里三层外三层套着毛衣卫衣，还是不够保暖，冻得她感冒发烧一起来，抱着水杯“咕噜咕噜”地灌热水。

跟陆星江视频的时候，她嗓音都有些不对劲了。但语音软件本身就会把人的声音放得有几分失真，再加上书翦刻意掩饰，陆星江一开始还真没发觉。

中途晓春在卫生间里，喊书翦帮她拿什么东西，起身的工夫，镜头里出现了之前被挡住的垃圾桶，里面都是一团一团的纸巾。

再联想到小姑娘泛红的鼻尖和苍白的脸色，事情一下子真相大白了。

还想瞒着他。

等书翦再回来时，陆星江面上神色未改，挂断视频后，给在晚训的胡承发了条短信。

二十分钟后，书翦接到了电话：“学妹，队长托我给你带了感冒药过来，我找人给你送到寝室了，你记得拿一下。”

电话刚挂，帮忙送药的妹子就敲响了寝室门。

书翦有点窘，为自己一点小事劳烦这么多人感到十分不好意思。

她纠结地给陆星江发消息：“我真的没什么事儿，你别担心，多喝热水就好了。替我再谢谢胡学长。”

陆少爷应声：“我听人说，你们女孩子最讨厌男朋友说的话就是‘多喝热水’。我的书书怎么不一样？”

“但很多时候，多喝热水确实是一种解决问题的办法呀。”

“可是，书书，我现在连给你倒杯热水都做不了。”他说，“刚刚那一刻，我很羡慕胡承。”

书翦怔住了。

窗外还在下雪，没有风，万籁俱寂，落雪无声。

可又分明处处都有声音。

陆星江的声音。

在提醒她，自己有多想他。

对面先她一步发了消息：书书，我想你了。

星星纷纷扬扬地落下来，占满了整个屏幕，又像落进了她湿润的眼睛里。

好希望，明天一睁眼，两年就过去了。

哪怕他还不能回来，她也可以去找他了。

二月在欧洲有好几场重要赛事，陆星江连回国过年的时间都没有。

除夕夜，书家来了好多人，爷爷奶奶叔叔婶婶，一大家子人都在这边吃年夜饭守岁。书翦白天被几个年纪小的堂弟堂妹拖着一起去逛超市，晚上吃完饭，客厅里大人们聚在一起打麻将，小孩子在拆新玩具，书翦躲进屋里，终于能抽空给陆星江发个视频邀请过去。

他刚从赛场下来，书翦已经从微博上知道了他的比赛成绩，但还是想亲口听他说一声。

屏幕中的男人鬓角有汗水，头发剪短，更显眉目深深，英俊逼人，嘴角噙着笑。

那边阳光还很灿烂，书翦这儿夜幕早已拉开，几颗星星若隐若现，挂在她头顶，小姑娘眼神温软地看着他。

“书书，这是我攒的第三个金杯，等凑够二十一个，给你当二十一岁的生日礼物，我就回来了。”

书翦鼻翼翕动，不要面子地说：“我才五岁，你攒五个就够了。”

“五岁不行。”他笑，“总要过了二十岁，才能合法把你带回家。”

话音刚落，室内突然一阵沉默。

陆星江直觉有哪里不大对劲，就见镜头一阵天旋地转模糊不清，半天，露出一张皮笑肉不笑的脸。

还是一张有点眼熟的脸。

隐隐勾起了他一年前的回忆。

陆星江立刻收起笑，正经道："叔叔，过年好！"

书爸爸快要把"假笑"两个字刻在脸上："我不太好，因为有个不知哪来的小伙子要把我女儿拐跑了。"

陆星江："……"

书爸爸是来叫宝贝女儿出去吃饺子的，结果没想到推开门就收获一个这么大的"惊喜"。

"爸爸，他刚比完赛，还没来得及休息，有什么事问我就好了，先把视频挂掉吧？"

书翦企图把手机拿回来，就被书爸爸哀怨地看了一眼。

"你爸我也刚打完麻将，还没来得及休息。"

"……"

书爸爸一脸悲伤惆怅和被女儿辜负的失落："我问他几个问题就挂。"

这个表情一下子就让书翦心里难受起来，她咬咬下唇："那好……您问吧，简短点啊。"

事实证明，书翦还是低估了她爸的老谋深算。

何止是他问，他分明是要找人给陆星江三堂会审。

书家客厅，屋顶的吊灯明晃晃照着，沙发上坐着男女老少一排人，挤进镜头里。陆星江除了一开始被书父撞见惊了两秒，后面的表现都从容不迫，彬彬有礼。

书妈妈对他越发满意，不顾书爸爸频频使来的眼色，已经开始约他什么时候比完赛来家里吃顿饭。

陆星江有条不紊地回答问题时，书翦在被小堂弟堂妹缠着讲"姐夫"

的事儿，小朋友们充满好奇，问姐夫和钢铁侠谁更厉害。

书翦：“钢铁侠吧。”

“和绿巨人比呢？”

“……”

这就是她之前一直没想着要跟家里说自己交男朋友的原因。她还不想在谈恋爱的阶段，就给陆星江带来这么大的压力。

然而等陆星江那边通话结束，受长辈拷问的就变成她了。

电视里春节联欢晚会都唱到《难忘今宵》了，书翦一脸生无可恋地想，她真的是非常难忘今宵。

盘问结束，终于能缩进被窝里准备睡觉时，书翦才看见陆星江最后又给她发了一条消息。

“书书，你的家人都很好。”

她眉眼弯弯地回过去：“所以你也很好。”

（四）

翻过这个年，也到了书翦思考自己人生规划的时候。

周围的考研大军开始集结，书翦寝室里就有两个打算考研，不是像秦晔那种说着玩玩的，光买下的教辅资料都能把书柜塞满。

按书翦在院里的成绩，直接保研是板上钉钉的事儿，但她想换个专业了。

她跟陆星江打电话的时候，提了一句，那边“嗯”了一声：“想继续学金融？”

怎么看都好像是在追寻他的脚步一样，虽然按她的学习效率，早就把这个前浪拍成纸片儿了。书翦还是有一点点害羞，委婉地换了一个说法：“我们学校的金融教授都很厉害。”她开玩笑道，“我有个当霸道总裁的梦想嘛。”

背后的魏醒醒和晓春在看电视，水果台刚播出的偶像剧，女主角是一个雷厉风行的女强人，工作上杀伐果决，感情生活方面却一团糟，平均一个月换三个男朋友。

恰在这时，女主角对自己的好朋友说出了剧里的经典台词："我赚这么多钱，还不就是为了想跟什么样的帅哥交往就跟什么样的帅哥交往。"

好像有点儿莫名的……应景？

视频音量放得大，传到听筒里都清清楚楚，陆少爷在那头安静两秒，声音绷着，含着委屈似的："书书，你当了霸道总裁，还会喜欢我吗？"

书翦在喝牛奶，闻言手一顿："那个时候是不是会有好多小帅哥来讨我欢心啦？"

"但他们都没有我会讨你欢心。"

小姑娘"哦"了一声，狡黠地笑着问："请问陆选手，你有什么特殊本领吗。"

陆星江镇定地慢悠悠道："别的不提，我是'热水袋精'，给你暖床这项就足够了。"

"流氓！"书翦羞怒道。

书翦的霸道总裁之旅进展得也很顺利。六月初，学校的保研名额正式定了下来，书翦和上双学位课的时候一位教公司金融的教授联系好了，给他看了自己的成绩单和最近写的论文，成功跨专业保了过来。

据传言说，英文系的系主任特地爬了三层楼去金融系办公室找人决斗了。

"我们系最好的苗子怎么被你说挖就挖走了？"

这位金融大佬笑了笑："大概你们系的学生都比较有眼光。"

系主任："……"

书翦知道这件事是从魏醒醒发给她的那条微博上看的。

那是一个专收国内各大高校八卦吐槽的博主，那一条投稿被转发了几千次，是最近几天的投稿里最火的一条。

微博内容是这样的：

"本人坐标某全国 Top3 的沿海高校，金融研究生在读，某天在办公室给老板整理论文材料的时候，突然有一个别院的系主任气势汹汹地找上门来，你们想象一下，就是那种中学生约架的感觉，既又严肃又中二的那种。

"我当时以为发生了什么大事，后来才知道是这个系主任的爱徒报了我老板的研究生，专业跨了十万八千里，结果这个小学妹竟然都发过几篇金融 C 刊了，本咸鱼当时就和旁边的小姐妹一起抱头痛哭起来。

"对不起跑题了，具体两个教授的对话内容你们看下面的我和朋友的聊天截图吧，反正就是一个神仙学霸引起两个大佬打架的故事。最后这两个大佬靠一局斗地主定了胜负，我们一个办公室的人都看呆了。

"说了这么多，我还没说到重点。重点就是，我后来出了办公室跟朋友吐槽这件事，提起这个小学妹的名字，才知道她原来就是我们学校出来的那个特别厉害的 ×××（此处打码）的女朋友，前两天刚在英国拿奖的那个！

"我感觉自己要窒息了……果然和大神在一起的，自己也是大神。不说了，姐妹们，为了把男神娶回家，大家好好学习吧！"

书翦看到这条微博的时候，底下评论也很多了，被顶到最上面的那条热评已经扒出了那个打码的"×××"和她是谁。

"有人学业爱情双丰收，有人还在为补考费奔波，再见了世界。"此条点赞数 12314。

这是自她和陆星江谈恋爱的事公布出去以后，她第二次有了一夜爆红的感觉，甚至有几个益智答题类的电视节目辗转要到她的电话，联系她去参加节目。

书翦一一拒绝了，因为她在半个月前，找到了一份暑假实习的工作。

地点就在先屿。

实习的事儿，最初是顾明依跟她说的。

她正休年假，终于能从工作堆里抽身而出，在夏威夷海岛上享受沙滩浴，精气神儿都回来了，每天悠闲地自拍八百张，其他正艰辛工作的同事气得集体将她拉黑，最后她只能来书翦这儿寻求安慰。

“学妹，你现在应该是最轻松的时候了吧，要不要趁这个机会去试试实习？反正学校迟早要让你们填实习表的，早去早解脱，其实工作还挺好玩的。”

您这个语气，诱拐白雪公主吃毒苹果的皇后好像也是这样的。

书翦想了想，说：“可是现在好像还没到各大公司招实习生的时间。”

“我这有个申请表，你要不要填填看。”

那边发送文件过来，书翦打开才发现表头赫然写着“先屿”两个字，她直觉就要拒绝，顾明依像是早有预料，对她说：“就因为是先屿，所以才想让你去的。”

顾明依直接甩了一个电话过来。

“我舅舅这个人吧，是一个冷面工作狂。搁二十多年前，就是现在小说里那种冷酷总裁，陆星江帅吧？一半基因是从他爸那儿来的。我舅舅眼里工作和先屿最大，说实话，逢年过节我都很少能见到他两回。

“忙工作就肯定会忽略家人，我舅妈生病的时候，他也很少陪着，后来舅妈去世了，他和陆星江的关系也随之降到了冰点。他一直反对陆星江打球，陆星江性子又那么要强，嘴上不说，实际上还是想证明给他看的。

“可是先屿这么大的担子，陆星江不担的话，公司就只有改姓了。现在呢，有你在，可以先去给他探探路。当然最后你如果觉得还是不合适，也没关系，起码先屿的实习生工资也很高，就当给自己赚学费了。”

顾明依语速徐徐，把她的顾虑一一解开。

“我如果去了，是不是有点儿对不起陆星江呀。”

“不啊，你就把自己当成是陆星江打入先屿的卧底嘛，跟他爸正式宣战。”

书翦：“……”

最后她还是填了那份申请表。

上市公司的工作效率就是高，两天后就给她发来了offer。

书翦去的是财务部。先屿这种大公司，哪怕只是底层的一个小实习生，也不是干一些端茶倒水的小事。公司和学校不一样，所以事情的进度都很快，想要学东西都要自己主动问。

带书翦的主管是个三十岁出头的姐姐，戴金丝边框眼镜，做事干脆利落，书翦跟着她学到了不少学校学不到的实战知识。

书翦聪明且勤奋，交给她的任务做得都很好，工作也逐日步上正轨。主管姐姐格外喜欢她，下午茶休息的时间，特地来问过她有没有打算毕业后直接留在先屿。书翦抱歉地表示自己还要再读三年研，主管姐姐笑了笑：“没关系，先屿现在有专门的人才培养计划，可以帮你保留工作，等你研究生毕业再来入职。”

她便没有再拒绝。

实习的这段时间，书翦对先屿这个公司的印象其实很好，从上到下都是一派欣欣向荣繁荣发展的模样，所有人工作都很认真，没有什么明里暗里的潜规则，一切都是用能力说话。

思来想去，她还是暂时没有把自己来先屿的事情告诉陆星江。

陆少爷最近也很忙，两个人打电话都是掐着秒，听见书翦这边有男人的声音，他挑了挑眉："书书，我以为你实习的同事都是女生。"

书翦叹了一口气："可惜尼姑庵现在都要本科文凭才能去，我还没毕业呢。"

陆星江笑了，转开话题："这么晚还不下班吗？我要心疼了。"

"报告陆先生，你的女朋友正在霸道总裁的路上拔足狂奔，目前进度条 1%，当然要好好工作。以后才能养你。"

"希望这位书小姐跑得小心一点，照顾好自己，也不要……跑出墙了。"

书翦一只手端着咖啡从茶水间出来，另一只手把手机贴在耳边："陆星江，你这堵墙太高了，我爬也爬不出去呀……"

她没看路，在拐弯处刚好与一行人擦肩而过。

走在最前面的那个中年人气势凌人，书翦只能看见他的侧脸，下颌线紧绷，一看就是常年一副严肃冷漠的神情。

身后还跟着十几个手里拿着文件的西装精英，往顶层直达电梯走去。

书翦退后两步，小心地给他们让开了道，对着手机话筒匆匆丢下一句："我要回去工作啦，你也快去吃早餐吧。"

另一边的陆启元脚步一顿，转头看向转弯处，眼睑微垂，对身边的秘书说："去给我查查，刚刚过去的那个女孩是什么身份。"

他身后，等着去顶楼会议室的各部总监交换了眼神，都不懂陆总此举是什么意思。

书翦觉得自己的工作好像变得更多了，虽然本来每天她都要留下来加一小会儿班，但都是她自己主动要留下来整理工作记录的。可是从那天给陆星江打完电话后，交到她手里的任务量就真的变大了。

做人是真的不能给自己立 flag。

有时候那些工作，书翦自己都觉得不大对劲——明显超出了一般实习生的能力范围。书翦啃着厚厚的《指导手册》，把问题记下来，能自己查的就上网搜一搜，查不到的再去问主管姐姐。

反正只要是问题，就一定有解决的办法。

她向来是压力越大，进步越快的那种人，渐渐适应了加重的工作后，也不觉得怎么辛苦了。然而后遗症就是，被陆星江用特派外卖员好不容易养出来的那一点点肉又很快减了下去，瓜子脸比以前还要瘦。

最近她都不敢和陆星江开视频聊天了。

她这么如鱼得水，暗中给她加派了工作的人倒是有些意外。

陆启元最开始得知陆星江交女朋友时，并没有怎么在意。

像陆星江这个年龄的豪门二代，就算不是纨绔子弟，大部分也都习惯了开着跑车一天一个女伴的生活，他这个儿子还算是里面最洁身自好的了。

所以陆启元只对他警告了一句“陆家的门不是谁都能进的”，却没想到陆星江对这个小女朋友格外认真。

老话说“父子冤家”，他和陆星江就没有几次能好好坐下来谈话的。

陆星江去美国前，跟他最后一次说的话，是立下了两年内拿下一项大满贯赛事的赌约。

赢了，陆启元从此不再管他。

输了，他放弃网球。

陆启元自然不会觉得自己有多残忍。在他看来，只是指导这个误入歧途已久的儿子早日走回他应当走的正确的道路。

“正确的道路？”饶是书翦脾气这么好的人，听到这种话也忍不住被气笑了。

被秘书带到顶层总裁办公室来的路上，书翦在脑海中演练过很多情形。比如陆星江的爸爸甩给她五百万，让她离开他儿子；又比如羞辱她是一个想攀高枝的灰姑娘，让她滚出先屿。

然后就发现，这个对自己家人都显得冷漠无情的总裁竟然是想找她谈心。

书翦对自己男朋友的父亲以及大BOSS，原本是非常敬重的态度。

直到他说出刚才一席话，从他和陆星江的赌约，到他所谓的良苦用心，目的显然是想让她作为女朋友，也好好劝陆星江“改邪归正”。

书翦深吸一口气，压抑住情绪：“恕我直言，您自己并不了解陆星江，也从未想过去了解他。对您来说，自己的意志永远是放在第一位的，其他人，就算是您的儿子，在他和您的意见相左时，也必须向您的意志臣服，是吗？”

“可他是一个有思想有灵魂的人！他很好，有自己想做的事，并比这世上大多数的人都要努力。

“我很庆幸陆星江是现在这个样子，而不只是一个为了陆家、为了先屿、为了您的所谓为了他好的打算而活的傀儡。”

书翦很清楚，自己是不该说这些话的。

但是在听到陆启元提起陆星江打网球时那种轻蔑的、不屑一顾的语气时，还是忍不住了，胸腔里溢满了对陆星江的心疼，再也无法保持理智。

陆启元的脸色明显地沉了下来，一副山雨欲来之势。

书翦对他鞠了一躬，然后扬起头，说：“您在事业上的确很成功，先屿是一家非常优秀的公司，但是您的事业只属于您，并不属于陆星江。每个人都有自己选择的路，没有对错之分，只有合适与否。很显然，就算您不愿意承认，他陆星江也一定可以在网球这条路上，走得比您想的要远很多很多。”

到最后，陆启元也没有再说一句话。

二十年来，书翦也没有这么顶撞过长辈。在乘电梯下去回到自己的座位上时，一路她都在想自己会怎么被扫地出门。

学校快开学了，她这样离开倒没什么，就是怕因为自己影响带她的那个主管姐姐的工作。也怕自己说得太过了，陆启元会把火又都撒到陆星江身上。

掌心被指甲嵌出了印子，书翦躲进洗手间最里面的隔间给顾明依打了一个电话。

“学姐，我好像把事情弄砸了。”

听筒那边静静地听她详述完事情经过，书翦清晰地听见了顾明依吞口水的声音。

“……”

事情已经严重到把她都惊到这种地步了吗。

半天，顾明依像是才找回自己的声音：“学妹，你是真的刚！我舅舅大概从来没想过，除了陆星江，还有人敢这么跟他说话吧。”

书翦还在懊恼着自己的言辞是不是太不委婉了，直接以 1V1 对战 1V99 的大 BOSS。但是倘若再给她一次机会，她应该还是会说得这么直截了当。

诚恳认错，绝不悔改。

“不过你放心，我舅舅这个人很要面子的，你自己不说，他绝对不会把这件事泄露出去。”

书翦胸口的大石落了下来，她暂时还不太想把事情告诉陆星江，尤其是知道了他和陆启元的赌约后，不想用这种事来让他分心。

（五）

提心吊胆地又工作了一个星期，书翦还是没等到被辞退的通知。

她当然不会觉得自己简简单单的一番话，就能让陆启元这种习惯了独断专行的人改变什么，只是在想，可能还有什么大招在等着她。

再过两天就要开学了，书翦拿着学校的实习鉴定表找人事部盖章的时候，再度被高挑干练的秘书小姐姐请到了28楼。

门刚一被关上，书翦就默默低下头，眼观鼻鼻观心。

余光里，陆启元坐在转椅上，背对着她。

书翦觉得这大概是心理学上的什么气势压迫法，先让她感到害怕，然后谈判提什么条件，她都更容易答应。

她精神一凛，进入备战状态，在心里默数了半分钟，陆启元忽然转过了身来，抬眼看她："你坐吧。"

书翦顺着他手指的方向，在椅子上坐下，整个人如临大敌。

"听说你马上要在F大继续读研，学金融是吧。毕业后有兴趣继续回先屿工作吗？"他轻声问。

第二次被问到这个问题，问她的人还是先屿说一不二的当家人，书翦心里多了一分莫名的惶恐。她并不会妄自菲薄，但也觉得自己不是那种实习期就表现得惊才绝艳，被大老板盯上的稀缺人才。

她老实回答："还没想好。"

陆启元一向不怒自威的脸上隐隐显出了几分疲惫，一晃而过，像是她的错觉一样。

"你好好想想。先屿还能再等你几年。"

书翦愣住了，她不确定地问："您是什么意思？"

"如果陆星江真的赢了，我愿赌服输。但无论如何，先屿不会，也不能落到别人手里。"

书翦恍恍惚惚，仿佛有一个超出她所有预料的豪华馅饼，不由分说，径直地砸到她面前，就等她弯腰拾起。

因为是毫无征兆从天而降，所以更显得是有什么陷阱。

她脑袋一偏，意外地瞥见，在陆启元办公桌的桌角摆着一张照片。

照片年代已久，颜色褪去一半，上面是年纪小小、还是个青葱少年的陆星江，他旁边站着一个看面相就很温柔的女子，长着一双和陆星江如出一辙的桃花眼。

像是曾经惊艳过无数岁月。

那件事，书翦最后也没有做出直接的答复。

一切发生得太过突然，一时间，她甚至没办法冷静思考。她是玩笑说过想当霸道总裁，但没想过是以这种方式实现梦想。

她已经瞒了陆星江一件大事，总不能再瞒着他做出什么重大决定。

又是一年五月，春末夏初，毕业季来得轰轰烈烈，学校随处一角都能见到穿着学士服拍照留影的人。

书翦她们寝室专门请了摄影师来，四个姑娘穿一身民国学生装，在学校各处都留下了踪迹。照片发到朋友圈，第一时间收到了来自秦晔天花乱坠的吹捧。

交了女朋友的小秦学长，嘴皮子越发顺溜，平时夸女朋友夸多了，都从四字成语变成出口成诗了。

书翦回他："过奖过奖，秦学长去年的毕业照也很帅。"

这种商业互吹，秦晔开开心心应下："毕竟除了队长，我在队里也是艳压群芳一枝独秀嘛。"

说到这里，书翦就想到了他们网球队去年的一个离奇操作。

虽然陆星江远在美国，但是按胡承的话来说，就是"头可断，血可流，队长不能丢"。于是他们在拍完集体合照后，硬是让人把陆星江P了上去。

好在后期技术高超，才把人像P得没那么违和，但仔细看的话，还是有点儿奇怪。因为其他人明显是拍毕业照眉飞色舞的表情，而陆星江是直勾勾地看着镜头，桃花眼含着笑，带着三分勾引。

嗯，书翦觉得这个可能是自己的锅。

因为照片是秦晔从她这里要过去的。

再一刷新，朋友圈动态弹出了一长条的赞，“啊菠萝”的名字夹杂在里面，书翦点回首页面，果然看见陆星江给她发了消息。

关于这个备注的来源，书翦还没来得及多说，陆少爷自己就在心里找好了一个最完美的解释。

——书书最喜欢菠萝，书书给他的备注是菠萝，所以四舍五入，书书最喜欢他。

书翦能怎么办？只能夸他一声逻辑鬼才了。

陆星江发过来的是机票信息，从A市国际机场直飞巴黎戴高乐机场，乘客那栏是她的名字。

月底在巴黎郊区的罗兰·加洛斯球场，陆星江要参加今年的法网公开赛。

早在年初，陆少爷就催女朋友办了申根签证。

书翦一下子想起了赌约的事，这么重要的场合，她当然要到场给陆星江加油。

所以大四一开始，她就做好了毕业设计和论文，双学位结业程序更复杂一点，她提前申请了答辩，紧赶慢赶在五月初把事情都处理妥当了。

魏醒醒看她的眼神都带着怨气：“有人为了一篇毕业论文要死要活，有人却轻轻松松搞定了两篇，你再也不是和我相依为命的书宝了。”

这一个学期，除了拍合照的那两天，寝室里经常就书翦跟她两个人在。

林芝大三的时候跟一个高中时的同学交往，异地恋了一年多，两个人趁着这学期没课，天南海北旅游去了。晓春毕业实习在一家工作很忙的公司，直接在附近租了房子住，没怎么再回校。

书翦把机票信息截了图，然后一脸沉痛地看向魏醒醒：“醒醒，我也真的不能跟你相依为命了。”

单身了二十二年的魏醒醒，在经历了室友接二连三脱单的残酷事实后，心态已经越发平和。只见她嘴角淡淡扬起一抹微笑，伸出手比了一个枪的手势，食指对准自己的太阳穴，吐出三个字：“永别了。”

五月的巴黎气温正好，书翦行李收拾得很简单，虽然不是第一次出国，但距离上次她和陆星江见面都已经过去一年了。

那还是去年A市大师赛，书翦终于可以从头到尾看完他的一场比赛。

看到他站在那个最耀眼的位置上，收获众人激烈的欢呼声和掌声。

上飞机前，书翦给陆星江发了一条消息：“等见面了，我要告诉你一个秘密。”

陆少爷笑着回：“书书，你还有什么是我不知道的？”

他尾音勾得缠缠绵绵，像带着一番引人遐思的深意一样。

明明还什么事儿都没发生过。

书翦的脸由粉转白，最后又从耳根处烧起一点彤云，她憋着点儿气劲回：“起码这件事你绝对不知道！”

说完，手机关机，书翦走到座位上坐下，系好安全带，迎接十六个小时的航程。

大赛在即，书翦知道陆星江在抓紧时间训练，所以还是安排闵维来接她。

下飞机时是当地下午七点。之所以用“下午”这个词，是因为书翦听到喇叭提醒即将着陆，取下眼罩，拉开舷窗挡板的时候，外面的阳光还很灿烂，铺了停机坪一片暖橙的颜色。

一派生机勃勃的样子，让人看了就觉得心情很好。

并不是什么旅游季，机场里的东方面孔不多，书翦没花多少工夫就找到了闵维的身影。

这两年里，她和陆星江每次见面都是闵维安排的，书翦对他的工作能力和效率已经非常了解了。这名沃顿商学院毕业的超级精英，说不定等以后陆星江什么时候退役了，他不当经纪人，还能回华尔街重新开创一番事业。

书翦有一点点崇拜他。

“陆星江最近应该很忙吧，我现在来这么早，会不会有点儿打扰他？”她踌躇地问。

闵维微微一笑：“少爷已经备战很久了，最近状态还好，可以放松两天了。”

书翦松了一口气，一路走到停车场，有一搭没一搭地跟闵维聊着陆星江的事，主要是她在说，所以一时半会都没有察觉身旁的人已经消失了。

“一直以来真的辛苦您了，我知道陆星江这个人，其实有的时候就像个固执的小孩子……”

她话说到一半，眼睛突然被人从身后蒙住了。

在这种随时可能会有人来往的地方，不太可能发生什么犯罪事件。书翦只惊了两秒就镇定下来，鼻尖嗅到熟悉的柠檬味儿，后脑勺抵着一片胸膛。

连这个身高差都很熟悉。

“陆星江？”虽然是疑问句，但她语气笃定。

结果身后的人语气沉沉，声音懒散，贴着她耳郭：“不是。”

“只是个固执的小孩子罢了。”

书翦暗中腹诽：“何止是个固执的小孩子，还是个记仇的小孩子。”

她伸手抓住他的手，转过身，对上一双含笑的眼睛，琥珀色的瞳仁近在咫尺，清澈地倒映出她的身影。

不知道是不是有时间的滤镜，书翦觉得这个笑，出奇的好看。

好看到她一颗心怦怦跳得很快。

她心虚地转开目光："不是说让闵维来接我就好了吗？"

"书书，我不占你便宜。"陆少爷手揽着她的腰，两人距离缩短，他嘴角弧度又扩大一点，"你说要告诉我一个秘密，那我就给你一个惊喜作为回报。"

"陆星江，我发现你越来越自信了。"

"怎么说？"

"你以前都怕自己会吓到我，不会觉得是惊喜。"

陆星江点点头，眼睛向下扫，低头看她："是我女朋友给我的自信。因为她一看见我就笑了。"

"……"

好，你说得有道理。

书翦鼓了鼓脸颊："那你发现我要说的秘密是什么了吗？"

"嗯，你发现自己更喜欢我了。"陆少爷煞有介事地沉思两秒，答道。

喂喂——你这不是自信，是膨胀了吧！

书翦挣开他的怀抱，退后一步，好让自己整个人都能被他看见。

"学校毕业体检的时候，我量身高，我现在有一米六了，而且是裸高！你猜不到吧！"

看着小姑娘一脸得意扬扬，想向他炫耀的表情，因为赛后采访经常不近人情而被圈内记者吐槽冷血无情的陆少爷，觉得自己的心要融化了。

他手掌按在她头顶，逗她："真的有一米六了吗？"

书翦读懂了他的言外之意：我怎么没看出来？

"我讨厌你了，陆星江。好！我只有 159.5cm！满意了吗！"

"159.5cm，凭什么就不能四舍五入到 160cm？"高考数学 149 分的小书老师实力不服。

第八章

等你撞到我怀里

（一）

地点：法国巴黎某豪华酒店顶层套房。

时间：5 月 18 号晚上 9 点。

人物：书翦，陆星江。

书翦已经呆坐在卧室的软床上十分钟了。

从机场把她接回来后，陆星江先带她吃了晚饭，然后就回酒店放行李了，计划在这儿待半个多月。书翦没带太多换洗的衣服，陆星江把衣柜里的衣架拿来帮她挂衣服的时候，她正好把行李箱打开，露出了放在最上面的某个 D 字母开头品牌的成年人盒装用品。

书翦大脑突然一阵空白。

她对这个东西没有印象，她也完全不可能买了带到这里来。

电光火石之间，她迅速合上箱子，拉好拉链，拎着它往外走：“陆星江，你今天没见过我，我也根本没来过！”

还是陆少爷反应快，一把拉住她，压着笑：“书书，别走，我刚刚什么都没看到。”

书翦自暴自弃地解释：“真的不是我买的，我没有……”就差竖起三根手指对天发誓了。

“我知道。”他说着，话锋一转，“酒店里什么都有，不用特地买。”

说好的什么都没看到呢！

书翦脸红得像要滴血一般，她觉得这辈子可能都不会遇到比现在更尴尬的场面了。

在她来巴黎前，魏醒醒是跟她说过，什么久别重逢，情到浓时，干柴烈火之类的……书翦当时的反应是给她微信发了个大红包，让她去充阅读币看小说好了，没想到她竟然“高风亮节”了一次，拿钱买了“礼物”回来投桃报李。

“少爷已经二十三岁了！马上都要本命年了，某方面还毫无经验也太可怜了！”熟读言情三百篇的魏醒醒这么说。

书翦现在甚至开始恨自己为什么过来之前没有把行李再检查一遍。

她闭上眼睛三秒，睁开，进入演戏模式：“我是谁？我在哪儿？我们现在在干什么？”

陆少爷哼笑一声，心里有点儿遗憾地想，这样就害羞了，以后动真格了怎么办。

他揽着小姑娘两边肩，把人往回带，按坐在床上，配合她演戏，嘴角勾笑，语气暧昧：“你是我女朋友，现在在酒店里，你说我们要干什么？”

书翦：“……”

怎么又忘了，现在的陆星江已经可以轻松放出“连环炮”了。

“我猜忙碌了一天的你此刻一定想好好洗个热水澡不想跟任何人讲话了对不对好的那我不打扰你了你快去洗澡吧我们就此别过！”书翦这么长一句话顿都没顿一下，一气呵成。

陆少爷过嘴瘾一时爽，直接被恼羞成怒的女朋友踹进了浴室里。

隔壁水声“哗哗”，书翦的思绪飞来飞去，从陆星江到底相不相信她说的话，到回国后应该怎么暴打魏醒醒一顿。偶尔又不合时宜地跳出，刚刚浴室里，陆星江刻意在她面前，从下往上掀开T恤衫，露出两排共八块腹肌的模样。

书翦好像还是不能接受，自己的男朋友从一个根正苗红的好少年，变成勾人的小妖精的事儿。

虽然好像“好少年”这个词也不太适合他。

但总之，她还没当上霸道总裁呢！他怎么能就这样提前自己熟悉业务！

除此之外，书翦倒是觉得，她和陆星江并不会就这么突然发生点什么。

并不是她不能接受。

是陆星江比她想象的，可能还要更珍惜她一些。话可以说到那个份上，但实际行动总是谨慎再谨慎，把她当作一个易碎品，不敢吓到她。

她怀疑有时候在陆星江心里，她可能还是一个未成年的小宝宝。

趁陆星江去洗澡的工夫，书翦把那盒不受欢迎的物件快速清理掉，然后把衣服都挂进了衣柜里。套房里有两间卧室，陆星江把king size的大床让给了她，这会儿打开衣柜，他的衣服还在一面挂着，混在一起有一种琐碎却温暖的生活气息。

陆少爷穿着浴袍出来的时候，就看见自家小姑娘非常贤惠地把他的衣服一件一件地整理好。

他倚在门框边，嘴角不自觉上扬，“咳”了一声，小姑娘转身看见他，被室内空气闷得粉扑扑的脸颊又加深了颜色。

“陆星江，你在家都这样吗？”

“这样是什么样？”陆少爷似笑非笑地问。

书翦搜肠刮肚地想找个合适的词，最后看着雪白衣领敞开，水珠滚滚从锁骨滚下，还一无所觉悠闲地望着她的陆星江，嘴里吐出三个字：“不、检、点。”

撩人第1001次失败的陆少爷：“……”

书翦来到巴黎的第一晚，就在这种惊心动魄又跌宕起伏的剧情中，还算平安地度过。

第二天一早，她不想再浪费陆星江的训练时间，把他推上了闵维的车去训练场，自己一个人做了攻略，要在巴黎好好逛一逛。

攻略里的第一站是最负盛名的埃菲尔铁塔。酒店服务周到，配了观光车，书翦直接一站坐到战神广场。工作日的早晨，游客稀少，只有一些看着像是学美术的学生支着画板在画素描。

有一个长鬈发的女孩子混在里面格外打眼。

她上身穿着朋克风的帅气夹克，黑发黄肤，看外貌应该是亚裔，鼻梁上摇摇欲坠地挂着个很酷的墨镜，在画来往的人像。

之所以打眼，是因为她面前的地上还铺了一块巨大的餐布，上面摆着好几个食盒，前面还用一块画板写着中、法、英、日、韩五种语言的：“特色海南鸡饭，7.2 欧一份”。

“是个商业奇才。”书翦暗暗叹道。

书翦是在拍铁塔的时候偶然把她拍入镜的，结果拍照声没关，“咔嚓”一下，把那个女孩子的目光也吸引了过来。

好像在偷拍她一样。

书翦赶忙道歉，就见她摘下墨镜，把画板一放，朝她勾了勾手指。

“我？”书翦指了指自己，一脸莫名，迟疑地走了过去，心里冒出一个猜测，连忙道，“不好意思，我刚吃过早饭了，不需要。”

朋克女生果然是中国人，用带着点儿京片子的腔调跟她说：“小妹妹，你放心，姐姐不搞强买强卖那一套。”

书翦放下心来，然后就听她接着道：“你一个人来巴黎吧？要不然姐姐带你逛逛，逛到中午你应该就饿了，接着就应该吃午饭了。我真的不是骗子，只是一个有理想的厨师，当初没能考上新东方烹饪学院，只能独自一人来到法国，靠画画赚钱支撑我的烹饪事业，只等一个有缘人来欣赏，我看你的面相就知道你是这个有缘人了。”

如果说这个话再加上一把鼻涕一把泪，俨然勤工俭学模范的姐姐，没有不小心扯了扯衣摆，露出了卡地亚的项圈和蒂芙尼的手链，书翦差点儿就信了。

她全身上下的行头加起来，用海南鸡饭的价格来算的话，大概够她不眠不休地在这儿卖个两三年。

防人之心不可无，虽然她看着并不缺钱，也不太像是会为非作歹的人，但书翦还是后退了两步，眼都不眨地说：“姐姐，其实我是个女装大佬，你的面相可能看得不太准。”

看上去乖乖巧巧一小姑娘，路子怎么这么野？朋克女生这么想着。

不过她没放弃，再接再厉道："我叫费晶晶，'费'呢就是'浪费'的那个'费'，'晶晶'就是六个'日'，后羿射日的时候偷懒了，来我家少射了五个，所以我就叫这个名儿。"

她从包里掏出巴黎美术学院的学生卡，上面姓名栏如实写着"Fei Jingjing"。

对方这么有诚意，书翦也不太好意思再怀疑什么，礼尚往来地简单说了自己的名字。

费晶晶一听就乐了："你这个名字简直是我上学时候的梦想，把书都剪了。"

书翦几乎每次跟刚认识的人说起自己的名字，都会引起这种误解，反正就一面之缘，她也没有再解释。

"你的名字也是我的梦想呀，我家那儿经常下雨，我也想有六个太阳。"书翦一本正经地回。

费晶晶眼角笑纹更深了，最开始只是觉得这个小姑娘长得可爱，一个人来逛巴黎太孤单了不忍心，想撩撩她再顺便推销一下海南鸡饭，没想到正面接触以后更可爱了。

她扬了扬手臂，有两个行踪莫测的高大男子突然出现，宛如那种特工电影里的主角。

书翦看呆了，见他们三两下就把费晶晶的东西收拾妥当搬开了，再度确定眼前这人是个爱好奇特的大小姐。

大小姐为了打消她的顾虑，一路都跟着她的行程走，每个景点都比导游说得还头头是道。书翦虽然性格好，但在异国他乡，不得不对人保有戒备心，可是这个大小姐的自来熟气质大概太能传染人了。

一天下来，书翦被她逗笑无数次，觉得费晶晶不卖海南鸡饭，跑去德云社开辟一番事业可能更合适。

最后两人还加了微信。

书翦的微信头像和陆星江是同一套的动物拟人手绘，他的是狐狸，她的是小兔子，让人一看就知道是情侣头像。

费晶晶也是一眼就看出来了，十分痛心："哪个情敌拐走了我的小学妹，此仇不共戴天！"

正说着话，书翦看见远处缓缓驶来一辆熟悉的车。车子靠边停下，走出来一个戴着棒球帽宽肩窄臀长腿的身影。

她眼睛一亮，对费晶晶道："他来了。"

这里是早上出门前，她和陆星江约定好来接她的地点，现在是晚上六点半，也刚好到了时间。

书翦担心陆星江的身份暴露，有些不好意思地对费晶晶说："他这个人不太喜欢见陌生人，我就先不介绍你们认识了。"

没料到下一秒，陆星江就径直走了过来，路边灯牌的霓虹灯光映亮他的眉眼。陆少爷先是无比自觉地拉过女朋友的手，而后目光一偏，看着一旁满脸写着"见鬼了"三个字的女人，眉宇间闪现了一抹诧异："费晶晶？"

费大小姐卡在胸前的墨镜都要惊掉了："陆星江，我是不是跟你八字犯冲，怎么走哪都能看见你？"

（二）

咖啡厅的角落里，书翦捧着一杯菠萝奶昔，看费晶晶和陆星江的冷笑对决。

她觉得陆星江可能把毕生和女孩子相处的技能点，都在她身上用光了。无论是作为表姐的顾明依，还是曾经跟他结过娃娃亲的费晶晶，在他面前都是一副很想和他打一架的架势。

"娃娃亲"这件事儿，还是刚刚费晶晶跟她控诉陆星江的时候，一不小心说漏嘴的。

"小书，我要跟你说，就陆星江这种对他娃娃亲对象都能残忍无情的男人，你不要委屈自己跟他在一起了。你是不是欠他钱？欠多少，姐姐帮你还。”

陆星江当即皱了皱眉：“什么娃娃亲？”

费晶晶自觉失言，补救道：“就是小时候我爸跟你爸随口定的，我当时就跟我爸说了，让我和陆星江在一起，除非我死，我爸看我大概是来真的，就放弃了。”

提到陆启元，陆星江脸上的表情更淡了，眼神俨然在说：我没说听说过的事情一律按你造谣处理。

书翦举手悄咪咪地提问：“晶晶姐，陆星江做了什么呀？”

“书书，你说的话我能听见。”陆少爷在一旁提醒。

“噢……”书翦一脸愧疚地看着他，“那我回去再偷偷问好了。”

“……”

陆少爷有时候，觉得他的小女朋友其实有点天然腹黑。

费大小姐丝毫不畏惧低气压，笑呵呵地数陆星江的十宗罪，什么仗着长得帅不把幼儿园其他小朋友放在眼里啦，懒得写作业她借给他抄他都不抄啦，学校发的火腿肠他自己不吃也不分给别人都拿去喂野猫啦……

一点一点让书翦在脑海中勾勒出，那个小小的、青涩的、稚嫩的陆星江的模样。

有点儿冷漠，看上去不近人情，其实心很软。

一个很有个性的酷小孩。

“他刚开始学网球那会儿，我看着新奇，也想学来着，就问他借球拍玩玩，他不给。我问为什么，你猜他怎么说，他说——‘这就是我的女朋友，谁都不能动’。”

费晶晶旧事重提，又把自己气到了，顿了一会儿继续说道：“后来我们一家都搬去北京了，十年没见，我之前看网上说他有女朋友了还不相信，这种人就应该和他的球拍过一辈子。没想到啊没想到，上天在他的情商上锁死了门，就大发慈悲给他的颜值开了扇窗，好来骗小姑娘。”

“费晶晶！”陆星江声音冷淡，“你爸应该还不知道你每天不上课，跑去卖海南鸡饭的事。”

“你以为我怕威胁？”费晶晶很有骨气地冷哼一声，三秒后，怂了下来，“大哥，有话好好说行不行，我们都这么大了能不能别告家长了？”

而作为被骗的那个小姑娘，书翦只眼珠转了转，没再说话。

这种沉默一直延续到了陆星江把她带回酒店。

小姑娘像在想什么事情，眼神飘忽，思绪神游天外。进电梯前，陆星江捏了捏她的鼻梁，语气故意带着疑惑：“我要去找费晶晶问问，她是怎么把我女朋友的魂儿都带跑了。”

书翦像是才回过神，目光定定地看着他。

“陆星江。”

陆少爷按了楼层键，眼睑低垂：“嗯？”

“如果我动了你的网球拍，你会怎么样？”她悄声问，声音压得很小。

书翦觉得自己好小气，连这种莫名其妙的醋都会吃。陆星江一直以来给她的安全感太多了，所有的态度都在清晰地表明，他这个人完完整整是属于她的。

费晶晶的出现，仿佛是蓦然出现的一个契机，告诉她，可能她对陆星江还没有想象中那么了解。最起码，还不知道他有过那样一个“前女友”。

哦，也可能现在还是他的女朋友。

脚踏两只船。

她的男朋友是一个渣男。

“能怎么样？把你按在球场打屁股？”陆星江似笑非笑道。

书翦抬头瞪他：“我是认真在问你的。”

电梯启动，突然的失重让书翦一个趔趄，抓紧陆星江的手臂，他的另一只手抚上她脸颊，把她按在怀里，耳朵贴近他左胸腔，心跳声一下一下地回响。

“书书，遇见你之前，我没想过自己会交什么女朋友。”他说着话，喉结滚动一下，“费晶晶有一条说对了，我对别人是很冷漠，好像没有七情六欲一样。”

三十秒，电梯准时抵达顶层，透明的玻璃门自动开启。

“可你出现后，它们就回来了。”

——我的七情六欲，只为你而存在。

书翡眨巴眨巴眼睛，觉得眼皮热热的，说不出话来。

陆星江刷开了房间门，转头望进她眼里：“我的东西本来就都属于你，我人都是你的，有什么不能给你碰？”

“只有你不想碰的。”他慢悠悠地说，意有所指。

感动的气氛被一秒破坏，书翡握住他的手臂，低头狠狠咬了一口。表情是狠狠的，牙齿却没用力，松开的时候连齿痕都没留下。

“我还记得以前测试，说我是由什么组成的，那时我就觉得很不准。”

书翡慢半拍才回忆起，是那次和网球队的聚会上，于海洋说的。

“怎么不准了？”她回忆着那几个词，“我觉得很贴切呀。”

陆少爷桃花眼上挑，轻笑了一声：“陆星江，明明就是由等书翡、爱书翡和宠书翡组成的。”

理所应当的语气，说得斩钉截铁。

书翡没想到他大招还一个接着一个来，幽幽地看着他：“陆星江，我怀疑你这两年在美国，不是在什么网球训练营。”

陆少爷听懂了她的言外之意，“嗯”了一声，煞有介事道：“顺便学了学应该怎么哄女朋友。”

“哄还是骗？”她慢吞吞地问。

“可是书书这么聪明，能被我骗到吗？”

书翡小朋友想了想，一记反杀：“女生面对喜欢的人都会变傻的，你猜我现在傻不傻？”

怎么回答都不对，陆少爷一脚踩进圈套，被坑得明明白白。

有费晶晶在，书蘙后面几天的巴黎之行都变得分外轻松。

费大小姐高中没读完就出了国，在这儿待了有六七年，连每条小路哪里有近道都清清楚楚，带她逛完卢浮宫，又去塞纳河畔打卡留念。

在这期间费晶晶终于把自己的海南鸡饭推销出去了，书蘙客观评价也是很好吃，但还是不太理解一个浑身应该都是艺术细胞的大小姐为什么会有这种理想。

费晶晶托着腮，跟她说了一个她暗恋的邻居家哥哥、被他卓绝的厨艺征服、尤其是一份特色海南鸡饭做得无与伦比、结果最后邻居哥哥拒绝了她的表白还搬走了、从此再也没见过面的悲剧小故事。

书蘙听了很感慨，联想到偶像剧剧情，问道：“所以你想未来有一天凭着海南鸡饭跟他再度重逢吗？”

“不是，说实话我连他长什么样都忘了。”费晶晶冷酷道，“我就是单纯想靠这个赚点钱，搞出一番事业，不然等我回国，怕被我爸拉去搞什么商业联姻。”

书蘙情感上非常支持她，但是理智上觉得，如果靠这个赚钱，可能最后她还是得被拉回去联姻。

“我的姻缘线大概从小时候遇到陆星江起，就被揉得乱七八糟打了无数个结，再也解不开了。”

这个母胎单身的锅甩得好，陆星江听了估计也无言以对。

书蘙不知道应该怎么安慰她，费晶晶惆怅地叹了一口气：“小书妹妹，如果你跟陆星江孩子都上幼儿园了，我还没有男朋友，那我就去出家了。”

小书妹妹本人：“……”

怎么就有一种肩上忽然扛着重担的感觉。

巴黎这边的大学最近正逢考试周，不知道费晶晶哪儿找来的场子，叫了几个华裔同学一起来打麻将。

书翦对这项百年传承的国粹只是一知半解，看人打过，但是自己没有玩过。新手格外受欢迎，一行人争先恐后给她灌输游戏规则和一些顺口溜。

一天下来，什么“宁挨千刀剐，不胡第一把”“有四不打一，二五先打八”……一套一套的，凝结了古往今来劳动人民的智慧。饶是书翦学习能力强，边打边记也有些费劲。

晚上回到酒店，她拿本子记下来，嘴里还念念有词。

临近比赛，陆少爷训练得越来越晚，本以为每天回去都能享受和女朋友在一块儿的温存时光，结果发现他的小女朋友比他还要忙。

心情有一种很微妙的不快。

助眠的牛奶给他泡好端到他面前以后，小姑娘就转过身趴在沙发一角开始念什么口诀。

两个人在一起待久了，她对他越来越不设防。

洗完澡用吹风机吹得半干的长发松松地散落肩头，发尾还带着水珠，把睡衣T恤衫润湿一块，有一小撮黑发从颈侧垂下。

她被弄得有点儿痒，挠了两下，上衣衣摆往上拉扯，露出一截白皙滑腻的细腰。

这样温柔的夜晚，两个人独处的空间，四处静谧无声，好像不干点什么都对不起窗外那么好的月色。

陆少爷行动力超强，身随心动，无声地挪过去，把人拦腰抱了起来。

笔从手里滚落，书翦下意识搂住陆星江的脖子，下巴搁在他肩上，一脸莫名地问：“你要大晚上练个举重吗？”

还是熟悉的书翦式天马行空的脑回路。

“不练举重，只是想吃个夜宵。”陆星江声音有点哑地开口。

书翦还是一头雾水，吃夜宵跟抱她又有什么关系：“冰箱里好像还有点儿东西，我给你热……”

下一刻，嘴唇被堵住，唇齿被蛮横又不讲理地撬开，陆少爷用实际行动表明自己确实在“吃个夜宵”。这个吻有点儿长，还不是很温柔，书翦觉得自己的下唇都要被咬破了，发麻又带着轻微的刺痛。

她总算发觉这个男朋友好像心情不太好的事儿了。

被松开的时候，书翦趴在他怀里喘了半天，又爬了起来，跟他脸对着脸：“陆星江，你是不是很紧张啊？”

似乎只有这一种解释了。

距离比赛还有一周，有赛前焦虑症什么的，她可以理解。

陆星江没有回答，对她来说就是默认了，她思索片刻，低头亲亲他的喉结：“别怕，小书老师安慰你。”

没想到这一吻反而火上浇油。

室内没开空调，温度上升得有点儿厉害，书翦能感觉到和她肌肤相贴的这个人，浑身都散发着一股躁意。

看她的眼神里，也是和往日不太一样的光彩。

他没动，只是能看得出肌肉都有些僵硬，英俊的脸上表情沉凝。

书翦忽然明白了眼前的状况，话没过脑子，脱口而出：“我可以。”

陆星江：“……”

书翦：“……”

“我不是那个意思……”她慌忙地辩解，“就是，如果你想的话……也不是……总之你现在那么忙应该没什么体力做什么事！早点睡！明天还要训练！”

（三）

书翦觉得自己再次一语成谶。

——女生面对喜欢的人都会变傻。

她何止是傻，是整个语言神经中枢都出故障了。

天地良心，她那句“没什么体力”只是随口一说，没有丝毫质疑陆星江的意思。然后，就被某个少爷深深地误会了。

总之，结果就是，她要身体力行地表达自己的愧疚之情……

屋内灯关着，只有朦胧的月光透过窗帘缝隙渗进来，数不清过了多久，终于陆星江抱着睡得迷迷糊糊的小姑娘去冲了个澡，动作又轻又柔地再度帮她把头发擦干，无比珍惜。

小姑娘嘴里咕哝着什么，他贴近才听清。不知道是做了什么跟人搏斗的梦，还是她在骂他：“大坏蛋。”

“书书。”他眉眼温柔，缱绻地低声叫她。

“这次比完赛后，大坏蛋想把你娶回家。”

尽管睡前陆星江怕打扰书翦休息，把闹钟给关了，书翦还是浑身酸痛地被生物钟唤醒了。

她还没习惯跟人睡在一起，耳边的呼吸声让她逐渐清醒，意识回笼，感觉到有只手贴着自己的脊背，把她禁锢在一团暖意中。

睁开眼睛，正对一片胸膛，带着一点点仿佛抓痕的痕迹。

书翦脸颊被热红了，昨晚的记忆一分一分地侵入脑海。

事情发生到这个地步，她没什么时间再懊悔了，在被窝里悄悄地拱啊拱，企图不惊动身边人，把衣服给穿上。

然后就重新被人拉回了怀里。

“一大早就这么蹭，书书，我自制力不好，吃不消。”是罪魁祸首的声音。

这话一出，书翦动也不敢动了，半个脑袋蒙在被子里，瓮声瓮气道：“那我不动，你快出去！”

陆少爷见好就收，在她额角落了一个吻，就在蒙着眼睛的小姑娘身边把衣服穿好了，又帮她把睡衣捡了上来，手突然一顿。

“书书，对不起。”

书翦闭着眼睛，模糊地问："怎么了？"

"我昨晚不小心把你的衣服扯坏了。"

这种事就不用说了好吗！

最后在陆少爷自己心甘情愿并求之不得地对自己的错误进行反省并赔偿之后，书翦终于能把他赶出去训练，自己一个人待在房子里了。

原先强行压抑下去的害羞之情又悉数冒了出来。

她用冷水拍拍脸颊，对上镜子里神情和平常迥然不同的一张脸，尤其是被咬到红肿的下唇，只能给费晶晶发消息说今天不能过去了。

费大小姐那边似乎也被陆星江提前嘱咐了什么，让她待在酒店里好好"养病"。

前小半生疏于锻炼的下场就是，一整天书翦走路都是用挪的。

陆星江叫了酒店服务，给她三餐都安排妥当。不知道他哪来的闲工夫，每餐都夹了纸条，字是用拼音写的，不怕被服务生看到认出来。

"书书，好好吃饭。

"我今晚会尽量早点回来。

"等你养好身体，我带你去见一个人。"

其实等到第二天，书翦的身体就没有大碍了，但是陆星江在她脖子上下口太重，草莓印又花了两三天才完全消掉。

这段时间，才开辟一片新天地的陆少爷，又恢复了不识肉滋味的生活。抱不让抱，索吻被拒绝，连以前百试百灵的卖惨战术都惨遭滑铁卢。

书翦剥着葡萄皮儿，把清透的果肉塞到他嘴里："小书老师觉得，你现在应该清心寡欲、好好备战，一腔热血都献给赛场。"

吃人嘴短，这个小同学又"位高权重"，陆少爷只能听她的了。

比赛前一天，陆星江如约带书翦去见了那个人。

难得听他提起什么重要人物，书翦其实很好奇，但陆星江在卖关子，她就给足他面子，什么都没问，只是坐在车后座，小仓鼠一样往车窗边挪，漂亮的杏眼往外张望。

汽车驶过香榭丽舍大道，一路西行，目的地是西郊的罗兰·加洛斯球场。

书翡心里渐渐升起一个猜想，转过脑袋，眨眨眼睛看着陆星江。

陆少爷把这个坐姿不太老实的小朋友揽过来："猜到了？"

书翡还是看着他，瞳仁清亮，"欸"了一声："我现在觉得自己可能是一本情敌变情侣小说里的炮灰女配角。"

陆星江揉揉她耳朵："别瞎想。"

"我是合情合理地猜测。"小姑娘不服地哼哼，抓下他作乱的手指，"那我猜对了没有？"

陆少爷悠哉地笑笑："要不你亲我一下，我就告诉你。"

书翡一秒变严肃："陆星江，你这招已经骗不了我了。我一点也不好奇。"反正待会儿总要知道的。

二十分钟后，汽车抵达目的地。

球场占地面积巨大，外场还有一座大型博物馆。临近比赛，附近的酒店都住满了来看比赛的游客，来往行人络绎不绝。

书翡又想给陆星江拿一副口罩戴着了。

陆少爷提前发现她的意图，牵住她的手："没关系，在外国人眼里中国人都长一个样子，他们认不出来。"

结果刚从车里出来，"认不出来"的陆少爷就被人发现了。有蹲守在这儿已久的外媒记者直接冲上来，话筒伸过来，跟着一串叽里呱啦语速极快的英文，被同行的保镖拦住了。

陆星江没听清，书翡的脸色却是一变。

他很快察觉，低声问："怎么了？"

书翡表情一言难尽地看着他，小心翼翼地，像怕伤害他一样，慢慢道："刚刚那个记者问你，这次比赛是带女儿来给你加油的吗。"

陆少爷：“……”

好像在西方人眼里，东方面孔的女孩子总是显得年纪很小，但这样说也未免太过分了。书翦也很义愤填膺：“我们哪里像了！”

孰料陆星江没站在她这边儿，摇了摇头说：“还是有一点像的。”

“夫妻相。”

书翦：“……”

跟陆星江比说胡话的本领，她只有甘拜下风。

进入场馆后，他们走的都是隐蔽通道，避开了人流，偶尔撞见的都是同来参加比赛的网球选手。受身边人的耳濡目染，书翦已经从一个运动小白变成可以对来人名字如数家珍的网球通。

这么多只能在体育频道隔着电视屏幕看见的人出现在面前，书翦有一点新奇，小幅度地伸着脖子，直到眼睛倏然被一只大手遮住，温热的掌心贴着她的眼皮。

“不许看了。”某个少爷声音清清冷冷，“那些人都没有你男朋友厉害。”

醋味香飘万里。

书翦鼻翼翕动两下，点头如捣蒜：“我就是看看我男朋友的手下败将们都长什么样子。”

这马屁拍得好，陆少爷松开手。

走廊行到尽头，灼目的阳光透过巨大落地窗铺天盖地灌进来，书翦眨眨眼，畏光地微眯着，望见了逆光坐在红土场地边儿上长椅上的人。

轮廓愈渐清晰，身材高大，五官是西欧人的深刻粗犷，辨识度很高的一张脸。

也是她之前猜测的那个对象，和陆星江亦师亦友亦敌的人。

Richard Aaron。

书翦心里忽然就有几分紧张和局促交织，当初被陆星江爸爸叫去谈话时都没有这种感觉，毕竟这满打满算，是她第一次见到被他认可的前辈。

走神的几秒钟，陆星江已经过去跟他打了招呼，能看出Richard和他关系真的很好，书翦有一搭没一搭地听着他们交谈，思绪还停留在陆星江一块钱八斤变成了八块钱一斤的散装英语。

——和“my girl”这个词组。

Richard闻言朝她看来，碧蓝的眼珠望着她，带着善意和好奇的笑。大概是陆星江以前提起过她，他并不惊讶，不过书翦还是没想到，他会张口叫她“小奇迹”。

看出他有话要跟她说，书翦找了一个理由把陆星江支开了。

“我和陆在五年前交过手，我能看出他身上极强的网球天赋和潜能，一直等待和他再会的机会，却没想到他沉寂了很久，没再在国际网坛出现。”

“我后来才知道，他家中出了事。”他长叹了一口气。

指的应该是陆星江妈妈去世的事。

书翦抿了抿嘴唇。

那时的陆星江因为在国外比赛，耽搁了回国见妈妈最后一面的机会，陷入极端自我厌弃和悔恨之中，以至于很长一段时间都没有再出国打过一场比赛。

“他曾跟我说，如果不是偶然遇到了一个女孩，可能这辈子都很难走出来了。

“所以，叫你‘小奇迹’，因为你挽救了一颗可能半路陨落的网坛之星。”

书翦想起在孜岚县的那一晚，陆星江跟她说的话。

他一向甜言蜜语说得多，书翦一直以为那段话里的夸张成分居多，从来没想过，自己真的是他那段时间的精神依靠，是陪他走过漫长黑暗峡谷的那道光。

在她还没见过他的时候，就已经被他深深地刻在心脏上。

一天天，一秒秒。

默默吟诵，牢记不忘。

陆星江再回来的时候，就看见自家的小姑娘一个人在原地，垂着脑袋，心事重重的模样。

他应她所求拿来了球拍，本来是要和 Richard 赛前再切磋一次。拍子从拍头到拍柄都是特殊材料制成，穿线后总重 300 多克，他拎着毫不费力，递给书翦的时候却很小心握着她的手："不是要摸一摸我的女朋友吗？"

修长的手指划过她的掌心，姿势有一点暧昧，换平时书翦就要红着耳郭瞪他了，这会儿却一反常态地沉默。

陆少爷轻轻捏住她的下巴，让小姑娘抬起头来，看见她微红的眼角，原本要说的话含在胸腔咽了下去，喉结滚了滚，忽然露出笑来："我刚离开这么一小会儿，书书就想我了？"

她压着声音里的哽咽，却还带着遮不住的鼻音："陆星江，我觉得我对你还不够好。"

"哪儿不好了。"陆少爷被这一声叫得毫无办法，像要把人嵌进身体里，抱着哄，"书书，你不要把我宠坏，然后你就不要我了。"

书翦鼻尖蹭着他的衣料，轻声说："宠坏我也要你。"

等 Richard 也从休息室拿了球拍回来，书翦情绪已经平稳下来，安安静静地坐在一边当唯一的观众，看他们打球。

这一块训练场并不封闭，但也只有内部人员才能进来，偶尔会有人过来送送水，书翦替他们接过，余光向外一瞥的时候，隐约看见一个人在往里张望，穿一身白色运动服，应该也是某个明天要参赛的选手。

书翦感觉他也很眼熟，一时半会儿却怎么也想不起来他的名字。

她掏出手机，搜了几个名字，终于确定了他的身份。

前天刚出了第一轮比赛的抽签结果。

那个人就是陆星江的首轮对手，Clare Brown。

本来可以大大方方进来观摩，为什么要做出这种行踪鬼祟的事儿。书翦心里多了一分警惕，尤其是在看他又悄悄跟过来送水的工作人员说了什么话之后。

等那人走后，书翦紧紧盯着未开封过的水瓶，猜不出他想干吗，她拧开盖子尝了一口，也是普通白水的味道，但她还是不敢就这么把水给陆星江他们喝，就给闵维发信息送了新的水过来。

书翦想她可能是疑神疑鬼了一点，可是这种紧要关头，一点差错也不能出。

两个小时后，陆星江和Richard的对决结束。双方都保存了一定的体力，最后打了个平局。书翦随身带了纸巾给陆星江擦汗，一低头才看到，他手上还戴着她送的护腕。

不过不是两年前的那个。

在一起后，陆星江每年的生日，除了正常的礼物，书翦都会再额外给他定做一副护腕，每次到重大的比赛场合，他都会戴着。

按他的话说就是："有书书与我同在，我一定战无不胜。"

Richard见到他们俩亲密的动作，发出一声艳羡的感叹："年轻真好。"

书翦在网上看到过他今年三月喜得一对双胞胎的新闻，孩子太小还需要照顾，所以妻子没能过来。

她也笑眯眯地回："您家庭美满，也很惹人羡慕。"

陆少爷在一旁帮腔："确实很惹人羡慕。"

"……"

她是客气话，但怎么觉得陆星江的"羡慕"，就很真情实感。

（四）

回酒店的路上，书翦原先犹豫了很久，决定不把在球场遇见Clare

Brown 的事告诉陆星江，以免他为此分心，但之前喝的那瓶水好像渐渐起了什么作用，她的心脏开始以一种不太正常的频率跳动。

咚、咚、咚。

声音震耳。

脸颊也不自觉地开始泛着像发烧一样的潮红，眼皮很热，浑身有一种亢奋的情绪，好像刚刚和 Richard 在球场上厮杀的人是她一样。

陆少爷以为她被闷坏了，打开车窗透气，不冷不燥的风吹进来半晌，还是没有任何改变，一双水润的杏眼亮得出奇。

他用手背贴上小姑娘的额头，温度正常，也感觉不出在发热:“书书，很难受吗？”

书翦摇摇头，一副可以马上出去打三套军体拳做五套广播体操的架势，丝毫没有病恹恹的状态:“就是感觉胸腔里像被人塞了三百只小白兔，现在正排队在我心脏上跳健美操。”

陆少爷被这个形象的比喻折服了。

他还是放心不下，到酒店房间后，找了医生来上门看诊。

听诊器刚贴上去，医生表情就凝重起来：“出现这种状况多久了。”

书翦：“大概一个小时。”

“之前吃过什么特殊的东西吗？”

事已至此，书翦知道问题百分百出在那瓶水上了，她那会儿用手机拍了成分表下来，正好打开给医生看。

趁医生检查的工夫，她三言两语把事情的经过解释给陆星江听，他的脸色清晰可见地冷淡下来，脾气没收敛住，后怕中带着怒气凶她:“给你什么都喝吗？”

“这种随时都可能有人来往的地方，他总不能下毒吧。”说到这儿，书翦其实也觉得自己直接打开喝的行为太草率了，眨巴眨巴眼睛，示弱道，“我以后肯定不会这样了。”

“对不起书书。”陆少爷很快道歉，“他既然敢做这种事，肯定就连监控都安排妥当了，我实在害怕你出事。”

书翦知道他一贯色厉内荏，根本没有放在心上：“你没事就算我的牺牲有意义啦。”

所幸检查结果出来，水中的添加剂成分对身体没有大碍，只是和兴奋剂效果一样。如果是陆星江这样的专业运动员喝了，应该感觉不到什么特殊变化，但是普通人喝下去，尤其是书翦这种平时就锻炼很少的，身体反应就会很强烈。

明天比赛前后，选手都要进行尿检，检查到兴奋剂阳性，比赛资格就会被取消，甚至根据用量大小，可能会被限制法网终身禁赛。

Clare Brown 的意图昭然若揭。

药效一至两天就会慢慢消失，但是消失之前，整个人就会呈现这种亢奋的状态。医生走之前连药都没开，只嘱咐如果想早点把药性挥发出去，可以多运动多流汗。

书翦刚把医生送走，转头就对上陆星江暧昧不清的眼神。

陆少爷状似勉为其难道：“书书，要我帮你运动吗？”

“不要！”她回答得斩钉截铁、毫不犹豫。

于是法网开赛前一晚，求欢再度失败的陆少爷，只能陪着自己的女朋友去酒店的健身房里，踩了一晚上的跑步机。

法网公开赛开始前三天，都是单打第一轮比赛。

陆星江的比赛在下午，书翦跟他还是一早就过去球场准备，顺便看完了 Richard Aaron 的比赛。他的对手实力在他面前明显不够看，Richard 顺利晋级三天后的第二轮比赛。

直到下午比赛开始前，Clare Brown 才姗姗来迟，嘴角勾着一抹胜券在握的笑，脸上表情却故意收敛着，和陆星江赛前握手时都表现得十分谦虚恭敬，低着头，自然也没注意到陆星江愈来愈冷的眸色。

按常理来说，第一轮比赛如果对手不是特别强劲，选手都会适当藏拙，把真正实力和绝招都留到后面慢慢施展，以防被后来的对手提前防备，针对性地制订打法。

但陆星江这会儿却丝毫没有藏拙，整个人气势汹涌，打法杀气很重。

浑身上下透露出一个意思，速战速决，要让对手死得很惨。

哪怕是提前做好了准备，Clare还是被这个打法震到了，五局三胜制，他甚至都熬不过第三个回合。

最后一球轻巧地擦过他那边球场的边界线，他已经连伸手去努力接球的尝试都不愿做了。

他输得十分狼狈。

书翦坐在看台高处，被观众如浪潮一般的欢呼声包围着，远远望见陆星江仰着头，朝她这个方向看来，手上懒洋洋地提着球拍，姿态闲适，更显得对手不堪一击。

她的男朋友很帅气地在替她报仇。

不出所料，赛后没多久，陆星江就又接到主办方的通知，再度去做体检。那个来通知的工作人员话说得吞吞吐吐，但意思一听就明白，是有人检举陆星江违规使用了兴奋剂。

书翦气得握紧了拳，想去教教那个Clare做人，却被陆少爷轻轻握住手："不光赢了比赛，还让他一直以来的希望落空，这样比较惨吧。"

果然，第二次检测结果出来，显示一切正常后，Clare的表情完全扭曲了："你们有没有看比赛，他的那个状态怎么可能是没有服用兴奋剂的人能有的！"

不好意思，是真的可以有。

陆少爷实力表明，为女朋友报仇，本来就可以披荆斩棘、所向披靡。

Clare最终止步六十四强，离场时看向陆星江的眼神都带着一丝畏畏缩缩的愤怒和恐惧。

“我觉得你要成为他的心理阴影了。”书翦开始慢慢感受到她这个男朋友的可怕之处。

兵不血刃，实力碾压，还要云淡风轻地在敌人的伤口上撒盐。不把人疼死也要把人齁死。

陆少爷皱了皱眉：“不要。”

“嗯？”

“只有我的女朋友才可以惦记我。”

书翦：“……”

陆少爷一路顺风顺水地度过了前四轮单打比赛，拿下四分之一决赛的胜利后，兜兜转转，终于又要在半决赛中对战 Richard Aaron 了。

陆少爷心态很放松，还是以往的训练节奏。书翦业务繁忙，每天先和魏醒醒实况转播，再去微博群里发图。

尽管大家每天在群里刷屏的都是“少爷必胜”“少爷最棒”，但心中还是多少会有些忐忑。

毕竟宿敌一词不是说说而已。

于是书翦就发消息过去平定军心。

“包包你去法国了吗？这些照片拍得太清楚了吧，你不说自己是学生的话，我还以为你是体育记者。@菠萝包包”

书翦：因为我就在当事人旁边。

“这个内场区的票也很贵的！包包家里有矿实锤！”

书翦：我也买不起，这个是家属特供票。

“等等！这张怎么回事！这张几乎是贴着少爷的脸拍的吧！你到底是谁？@菠萝包包”

书翦：“……”

完了，这张照片本来是自己存着的，不料一手滑就发出去了。

她战战兢兢地发消息：“我现在撤回的话，大家能当作没看见吗？”

回答她的是一排滴血的刀片的表情包。

没想到她辛辛苦苦隐藏了两年的身份，就在这一天猝不及防地曝光。书翦索性一不做二不休地关了手机，自然也就不知道后面微博蹦出了一条新热搜，叫“论女友如何伪装成女友粉”。

赛程已经走完了一大半，半决赛在第十一天。

书翦从前一晚就开始有些焦虑，隔日一大早，嘴里还在继续念叨：“希望幸运继续眷顾陆星江。”

不知是不是夜以继日的祈祷真的有用，这一场比赛虽然一如以往和Richard的对决一样艰辛，2∶2的平局后，最后一轮又僵持了一个多小时，但最后，最后的最后，还是陆星江惊险地拿下制胜的一分。

轰轰烈烈地打败宿敌的一分。

这是开赛以来最为精彩的一局。书翦被激动的人潮淹没，有人挡在她面前，她看不清陆星江的动作，却无端想起了三年前的那一天。

她坐在广播站的看台上，他从主席台前经过，不经意抬头往上看，在目光和她交会的那一刻，原先清冷的桃花眼弯出了好看的弧度。

一瞬间，春雪消融，万物复苏，绿叶攀上枝头，群山漾起青波，眼前的世界像从一场冗长单调的梦境中溘然重生，被一点一点地染上无穷瑰丽的颜色。

是她的阿波罗。

她闪闪发光的太阳神少年。

两天后的总决赛，“阿波罗”如愿以偿地战胜最后一个对手，捧回了火枪手杯。

陆星江人生中第一个大满贯赛事的奖杯。

这次的赛后采访是他躲也躲不掉的，一路追随而来的中国记者和外媒济济一堂，把各个出口都堵得严严实实。

最后还是闵维从里面筛选了人去做采访。其中一个就是当初问陆星江是不是带女儿来给他加油的记者。

陆少爷正是春风得意马蹄疾的时候，又一向心胸宽广从不记仇，只在回答他提问的时候，微微笑着说了一句："That is my fiancée.（那是我的未婚妻。）"

那个记者倒是早就忘了那天的事，顶着一头问号不明所以。

刚巧一些老生常谈的"打败宿敌是什么感受""下一步是去参加下个月的温网比赛吗""有没有计划今年拿下大满贯"等问题都问得差不多了，有记者敏锐地捕捉到"未婚妻"这个信息点，见这个常年对媒体冰山脸的冠军难得好说话一次，抓紧机会问："这次拿了法网冠军，有没有什么想对未婚妻说的？"

送上门的秀恩爱机会，陆少爷自然不会放过。

台下他的女孩儿眉眼弯弯，正朝他挥手。

她站在大厅的门口，夏初的阳光倾泻而下，洒了她一身碎金，有风拂动，长发随风微微荡漾。

从很久很久以前，她在他生命中出现的那一刻起，他的人生逐渐就开始有了坚定的方向、具象的模样。

"从来都不是幸运眷顾我，是你眷顾我。"

（五）

在法国待了近一个月，书翾再回到A市，不光时差要调整，连气温都要重新习惯。走的时候还是二十多度舒适宜人的温度，一回来就直接享受了三十五度的日光浴。

晚上睡觉的时候，还有个不明物体想拱进她的被子里。

"书宝，你不知道，我这两天看了一个恐怖片，已经好久没能好好睡觉了，呜呜呜……"魏醒醒哭唧唧，"而且我这不是看你在巴黎整天有人陪床，怕你乍一孤枕会睡不着嘛。"

前一个理由书翾可能还会接受，后半句让她直接把魏醒醒赶回自己的床。

“我在巴黎也是一个人睡的。”

魏醒醒满脸写着震惊：“你们睡前运动结束以后，少爷还回自己房间吗，这也太辛苦了吧？有钱人都喜欢这样吗？”

书翦闭了闭眼睛，打开手机搜索“最骇人听闻的恐怖故事”，点进第一条开始念：“那是一个月黑风高的夜晚，路上没有行人，我一个人走在街上，偶尔听见两声凄厉的犬吠……”

“我什么都不说了！”魏醒醒一秒安静。

嘴上这么狠心，晚上书翦还是等魏醒醒睡着以后才睡。

陆星江只能在A市停留一周，他下一步的计划的确是去参加下个月的温网比赛，一早就接到了邀请函。

这次是回来陪书翦参加毕业典礼的。

只是没想到飞机刚落地，他就接到了陆启元的电话。

当时书翦还在他旁边，有点儿紧张地看他接电话，生怕父子俩又一言不合吵了起来。

这次陆启元倒真的像他自己所说那样，愿赌服输，打电话来是叫陆星江吃顿饭，还要一并把书翦给带上。

陆少爷语气冷硬：“你要见她做什么？她跟你有什么关系。”

陆启元没动怒，语气甚至还柔和了不少：“她是以后要接管先屿的人。”

听筒声音有点儿大，径直传出来，连书翦都听得一清二楚。

书翦左脸写着“我不是”，右脸写着“我没有”，冤枉地想就地跳海。

电话挂了以后，她才老老实实地跟陆星江坦白了之前实习的事儿。陆少爷脸色波澜不惊，书翦却心惊胆战，时不时地掀起眼皮观察他的反应。

“书书，你想去先屿吗？”他平静地问。

书翦看着他：“如果我不是你的女朋友，先屿这样的公司对我而言是一个不错的选择。但是你对我而言，比什么都重要。”

“所以，你对我也是。”陆星江拍拍她的脑袋，“你想去就去，不想去，他也永远不能勉强你。”

“他”指的是陆启元。

陆星江还是不愿意叫他一声爸。

书翦沉默了一会儿，指甲在掌心里掐出了印子，开口道：“其实我之前……还在你爸爸的办公室里，发现了一张照片。”

她不了解那一辈的感情，只是怎么都觉得，如果真的那么冷漠无情，不会这么多年了，还把那张照片放在自己一低头就能看见的地方。

陆星江过了很久才回。

“他犯下的是一个永远也无法挽回的错。”

书翦没指望陆星江能一下子就和陆启元重塑父子情，而且以陆启元这些年的独断专行，本就不应该这么容易就得到谅解。

能和平地把饭吃完，她就心满意足了。

至于饭吃到最后，陆启元板着脸对陆星江说的那句“既然走了这条路，就要把它走好”，也可以理解为别扭的关心，算是意外之喜。

回去的路上，陆少爷把一路都笑得很开心的小女朋友搂在怀里：“书书，我是不是也应该去你家见叔叔阿姨了？”

书翦捏着他的手指玩：“我妈妈很欢迎你啊。她早就想好等你去我们家，给你准备什么样的菜谱了。”顿了顿，又说，“不过你要做好心理准备，上次视频审问还算简单的，等面对面，我爸爸可能要审你五个小时。”

“这么久啊，中间给饭吃吗？”

“不给，但是我可以给你偷偷送馒头。”

“只要书书心疼我，那我喝水都可以饱了。”

“那喝水吧，节省粮食。”

……

夏日夜空繁星烁烁，处处有蝉鸣，高楼的空调外机一刻不停地高速运转，水声滴答，一滴一滴都照见清晰可辨的未来。

F 大的毕业典礼在 6 月 15 号正式举行。

一大早全体毕业生就穿着学士服到正大操场集合，集体拍照留念。大多数人的学生时代都在这“咔嚓”一声中宣告结束，迈出象牙塔，进入一片更加广阔的新天地。

校长在主席台上讲话，两边还坐着十几名优秀毕业生镇场面。作为最近话题度最高的人，陆星江也在受邀之列，书翦难得看他穿西装的正经模样，褪去一身少年气，看上去有点儿像个“斯文败类”了。

毕业典礼后还有拨穗礼，按院系进行，书翦所在的外语学院要排到下午临近傍晚，是最后的一批。

中午吃饭的时候，什么珍馐美食都尝过的陆少爷，在食堂讹了女朋友一顿饭。

因为 F 大只有本校学生刷校园卡才能在食堂吃饭，提前毕业了两年的陆少爷只能“吃软饭”。这是在这边校区待的倒数第二天，读研后还会换研究生校区的学生卡，现在这张卡里充的钱反正也取不出来了，书翦小富婆决定请男朋友吃顿贵的。

看着满当当的一桌大菜，陆少爷不由发出感慨：“这是最后的午餐？”

书翦抬眸看他。

陆少爷慢悠悠道：“毕竟以后就只有水喝了。”

“……”

陆星江下午好像还有事儿，没能继续留下来看完拨穗礼。

给书翦拨穗的是那名传言里曾跑去和金融系教授决斗的系主任，此刻看着爱徒，还是既欣慰又惆怅：“你是老师最看好的孩子，随时欢迎你再回我们英文系。”

书翡哭笑不得，眼眶隐隐湿润。

典礼成功在太阳落山前结束，书翡被三个室友拉去吃散伙饭。

还是寝室聚餐标准特色的火锅，临别了大家更不客气，抢肉抢得筷子直打架，袅袅白烟模糊了几双泪眼。

魏醒醒吸吸鼻子，呜咽道：“以后吃火锅，再也没人跟我抢了。”

林芝敲她的脑袋：“你是不是小孩子，跟人抢着吃饭才吃得香啊？”

她俩一贯喜欢拌嘴，又喝得有点儿多，最后吵着吵着抱在一起哭成一团，书翡和晓春一人拖一个，把人带回了寝室。

回去的时候，时间还早，书翡索性又趁着月色下去散了个步，最后看一眼这个待了四年的校园。

走过学生广场时，有社团在组织活动，低年级的学弟学妹们围着草丛的灯箱坐了一圈，中间站了一个女孩，在唱《告白气球》，有男生手指放在嘴边，吹了一声悠长的口哨。

是青春肆意的模样。

书翡忽然就想拍点儿照片留念，掏出手机看到一条莫名的新消息：“往前走。”

她脚步一滞，却还是照做了。

走了将近一百米的距离，又有新消息传来：“转弯穿过比翼湖。”

这个人还一步一步给她指点起路线来。

书翡依旧照做，眼前的视野一点点变得开阔，她走向了一个曾经再熟悉不过的地点。

熟悉的小竹林，熟悉的八角凉亭。

熟悉的“Hello,Han Meimei,my name is Li Lei”。

她手微颤着拂开遮在眼前的枝叶，风吹过，发出簌簌的声响。

下一秒，记忆倒带，一帧一帧回放到那一天，少年眼疾手快地闪现到她面前，握住了她的手腕。

她努力佯装惊慌，还是忍不住有点儿想笑：“我就是路过，什么都没听见。”

来人将什么东西戴在了她右手的无名指上。

“不好意思，我不是很相信。”

月光洒落在他昳丽的眉眼。

“我这个人为人处事向来比较谨慎。很抱歉，不管你有没有听见什么——”

“我都要娶你回家了。”

（正文完）

番　外

醋王今天着陆了吗

（一）

每年六月下旬，都是先屿新一批实习生入职的时间。

袁向蔚是首都名校 B 大毕业，在学校也算佼佼者，简历填得满满当当金光灿灿，被录用是他意料之中的事。

大概因为自小就被周围人用崇敬的态度捧着，他言谈举止中不自觉就流露出几分傲气。在学校时人缘就一般，进入职场更不会有什么人惯着。

不过他也并不在意，毕竟“天才总是孤独的”。

唯一有些尴尬的是，每天中午吃饭的时候，他那一桌总是空空荡荡，只有他一个人。

先屿的员工待遇好，食堂管一日三餐，大厨还是从哪个米其林餐厅挖来的，手艺一绝，大多数员工都会选择在公司用餐。餐厅虽大，但员工数量更多，难免会有点拥挤，就更显得袁向蔚那一桌的清冷很奇怪。

他再怎么假装不在意，还是要面子，正要匆匆收拾东西离开，忽然有一个像是加班来迟了的女生端着餐碟在他对面坐下了。

这个女生看面相年纪不大，白净漂亮的瓜子脸，眉目秀丽，好看得没有攻击性，一看就是脾气很好的模样。

大概也是哪个部门新来的实习生，但是胸前没挂吊牌，袁向蔚猜不出她的工作。

感觉到他一直在盯着她看，女生抬头，目光诧异，但还是对他露出一个礼貌的笑。

笑起来更好看了。

平心而论，袁向蔚长得不错，大学四年也不缺漂亮女孩向他表白，但这还是他第一次，有了怦然心动的感觉。

他们这桌位置靠过道，有袁向蔚眼熟的人从旁经过，两人彼此互不搭理，可那人却和他对面的女生打了招呼。

叫她“shu zong”。

估计是她的名字，分辨不出是哪两个字。

自诩清高的袁向蔚并不能做出向第一次见面的女孩要联系方式的事，于是到那个女生吃完离开，他也没跟她说上一句话。

然而事情有一就有二，有二就有三。

阴差阳错之下，第三次坐在那个女生的对面，袁向蔚状似无意地开始说起自己的工作，从怎么举重若轻地解决上司的任务，到提前一个月转正，工资是同期的两倍。

女生礼貌地听完，说：“恭喜你，很厉害。”

语气很平静，脸上没有他想象中的景仰和崇拜。

袁向蔚不由有一丝气馁和羞恼，觉得她未免“太不识货”。所幸自信去得快，回来得也快，他很快镇定下来，决定换别的攻势。

他家境不错，收入也确实在同龄人中算高的，买个奢侈品手表戴戴还不是什么费力的事。

然而这次让他更加挫败，那个女生好像根本认不出他手腕上的是劳力士还是江诗丹顿。

他想要暗中透露自己积蓄颇丰的心思也没得以实现。

从没遇到过什么大烦恼的袁向蔚，生平头一次开始为怎么追女孩而头疼。他放不下姿态追问，那个女生似乎也一直只把他当熟悉一点的陌生人，连名字都没说过。

更甚至于某一天中午，她没加班，提前来餐厅吃饭，也就自然没再跟他坐在一起。

袁向蔚无法再忍耐下去，从餐厅出去后，一直跟在她身后，看着她走过一楼大厅，就要跟随她进电梯的时候，楼道间走出一道仿若玉树的挺拔身影。

来人个子很高，眉目深深，相貌异常英俊，拦在他身前，一看便知来者不善，脸色冷冷的，目光落在他脸上带着一丝不快。

袁向蔚的气势一下就被他压下去，听见他冷淡的声音："你想做什么？"

动静有些大，原本已经进了电梯的女生也探出头望过来，目光一瞬间溢满喜悦，看也没看袁向蔚一眼，径直和他擦肩而过，抓住了那人的手臂，姿态亲昵："不是说明天的飞机吗，怎么现在就回来了？"

袁向蔚眼睁睁地看着他们相携而去，像一道惊雷响在耳边，他头一次和公司前台小妹搭话，怒气冲冲地问："他们是什么人？"

前台小姑娘乐得看这个一向鼻孔扬得比天高的人吃瘪，毫不留情地扑哧一声笑出来，冷冷道："刚刚过去那个大帅哥你都不认识？刚拿了网球大满贯的陆星江没听过？"

"至于他旁边那个，是我们公司的书总。人家夫妻俩都结婚几年了，我劝某些人还是别异想天开的好。"

另一边，刚出了顶层专用电梯，进到办公室，书总就被她的"小娇妻"摁在怀里亲得天翻地覆。

"小娇妻"身强力壮，抱她毫不费力，脸上哪还有丝毫冷淡的迹象，吻落得又凶又急，带着一点委屈和发泄："我才出去两个月，就多了个情敌。"

书翦自己还是刚知道可能被人追的事，她也很冤枉："我都不知道他是谁。"

陆少爷得理不饶人："那我也要补偿。"

不光熊孩子不能惯，陆少爷比熊孩子还更胜一筹。

书翦趴在他肩头半天，忽然仰起脑袋，悄悄用气音在他耳边说了两个字。

两个表露他身份和他们俩关系的字。

“别生气啦。”

（二）

毕业第二年，顾明依跟一个门当户对的相亲对象闪电战结了婚。等书翦和陆星江婚礼那会儿，孩子都可以给他们当花童扯婚纱了。

顾明依生的是个一小姑娘，叫孟思齐，“见贤思齐焉”的思齐，小名思思，今年三岁半，在英汉双语幼儿园读中班。

思思小朋友很聪明，每次考试都是满分，学习进度远甩周围小同学一大截，有的时候问的问题连老师都答不上来，只能回家问爸爸妈妈。

她爸爸是一个律政精英，戴金丝边框眼镜，一言不合就捧起厚厚一本法律条文给她从小进行熏陶，小思思最常干的事儿就是捂着耳朵对他说：“不听不听，爸爸念经。”

孟爸爸：“这都谁教的。”

不能找爸爸问问题，思思又将矛头指向了妈妈。

顾明依脱离校园生活已久，平时工作就够费脑筋了，回家哪还有精力解答小孩子的问题，本来想请个家教回来，但是思思平时看上去乖巧，其实古灵精怪得很，又怕陌生人降不住她。

思来想去，顾明依一拍大腿：“去找你小舅妈！”

于是每天司机去幼儿园接完思思，都直接送到先屿的大厦里。

陆星江天南海北地打着比赛，一年能待在家里的时间还不到四分之一，所以思思对这个经常出现在体育娱乐杂志上面的帅舅舅，印象还没有温柔漂亮的舅妈深刻。

书翦向来喜欢乖巧的小朋友，思思小小年纪就练就一番见人说人话，见鬼说鬼话的本事，每天趴在舅妈的办公桌上安安静静地写作业。

等书翦不忙了，思思才把作业交过去检查，眨巴眨巴葡萄状的大眼睛问她：“小舅妈，我是不是很聪明？”

说完自己肯定地点点头：“妈妈说我比舅舅聪明。”

书翦忍不住想笑，给她喂小饼干吃：“你这样说，舅舅如果听见了，会很难过。”

心地善良的思思闻言愧疚极了，连忙说：“小舅妈，你别告诉舅舅啊，我害怕舅舅哭。”

在自己外甥女心里已经变成了“小哭包”的陆星江对此还一无所知，拿下这年温网冠军暨人生第二个大满贯回国的时候，拒绝了所有采访，行踪隐蔽地抵达A市机场，想给书翦一个惊喜。

结果刚进到书翦办公室，门合上，想把人抱进怀里亲，陆星江就发现有个小小人抱着他的腿，仰着头费力地看他。

“思思？”

小家伙脆声叫他：“舅舅！你没哭！真是太好啦！”

陆少爷一脸黑人问号。

有这么一只小电灯泡在这里看着，再做点什么也不合适了，刚巧书翦有新文件要看，陆少爷就顶替了保姆一职，看着小孩写作业。

幼儿园小朋友的作业还没什么难度，陆少爷觉得自己完全可以胜任，其中有一项任务是“给大家介绍一下你的一位家庭成员”。

思思皱了皱眉，奶声奶气地问坐在她旁边的舅舅：“舅舅，我可以说你吗？”

陆星江意外地挑了挑眉：“可以啊。”

“对不起舅舅。”她嘟囔了一句，陆星江没听清，再然后就听她清了清嗓子，用稚嫩却正经的普通话道，“我的舅舅是我们家最可怜的人。”

陆星江："？"

"妈妈说，舅舅生下来的时候，脑袋先着地，所以从小就比其他小朋友要笨，但好在没伤到脸，所以能把舅妈骗回家。"

越听越不对劲的陆少爷："……"

"下面我来给大家浓重介绍一下我温柔、美丽、聪明、可爱的舅妈！"

这怎么还换人了？

陆少爷已经连省略号都打不出来了。

"感谢女娲娘娘捏了舅妈出来，和舅舅平衡了一下智商。现在舅舅又成了我们家最幸福的人！"这个结尾还首尾呼应了一下。

最幸福的舅舅心情并不是非常愉快。

大人的错他自然不会怪到小孩头上。陆少爷磨了磨后槽牙，蹲下身把小不点抱起来，捏捏她的脸蛋："思思，你怕不怕我？"

思思摇头："有小舅妈保护我就不怕！开启一级防御模式！"

这小孩，一看就是平时动画片看得不少。

陆少爷拿她没办法了。

当晚回到家，书翦刚洗完澡吹了头发出来，灯就灭了，骤然被黑暗淹没，她的惊叫也被吻封住，整个人陷落在柔软的大床上，身上还压着一具修长身躯，按在她后背的手掠夺意味十足。

滚烫的唇瓣贴着她的耳郭："我要给孟思齐找点事做。"

书翦还没明白话题是怎么跳过来的，呼吸错乱："嗯？"

"给她造个弟弟妹妹，让她带着玩。"

后 记

初恋即热恋

2018 对我来说，是一个挺特别的年份。

我的四年大学生活在这一年落下了帷幕，要跟一群像我书里小书和少爷的朋友一样可爱的伙伴们说再见啦。

现实中的我没有小书这么善良可爱人缘好，也没有少爷这么帅气多金有魅力。尽管写文的时候很活泼，但我的性格严格说来有点冷淡，平时很少去主动认识什么人，所以能在大学里交到那么多朋友，全仰仗大家的不离不弃。

作为回报，我在书里折射了很多现实中和朋友们的有趣的经历。

具体举个例子，故事开头，小书被陆少爷在小竹林里抓包，闻到他身上蓝月亮茉莉花洗衣液的味道，想到自己双十一买一送一至今没用完的事，就是我和一个室友的亲身经历。

小书和少爷上的死亡素描技法课以及叶子同学的音乐鉴赏课，也都来源于我周围朋友的真实体验，唯一的区别大概就是，他们上公选课找到了真爱，而我们还是一群“单身狗”（含泪）。

第二点特别，就是 2018 是我正式写文的第五年。

直到现在我还记得高中第一次投稿过稿时的喜悦，在床上乱蹦，头磕到吊灯，撞了个包，脸上还挂着傻笑，被我妈开门看到差点把我送医院神经科看看。

我是一个做什么事情都三分钟热度的人，学画画、学编程、学奥数、学古筝、学钢琴，我们那个年代小孩子常要被家长送去学的东西，我大多都学过，然而除了古筝，基本都没坚持下来。

最让我后悔的就是没能学成画画，害得我现在和朋友一起玩“你画我猜”，就被全体嘲笑是灵魂画手。有次我画的“洗头”，底下齐刷刷一排猜“上吊”，气得我跟他们绝交了三分钟。

所以现在回顾往昔，五年了还在写文，我自己都还挺惊讶的。虽然身为一个低产作者，有时候我一年写的字数还不如《月光着陆》一本书的字数多（理不直气也壮）。

打下《月光着陆》的第一个字，是在2018年2月的某一个晚上。当时没想很多，没有大纲、没有情节、没有人设，就是脑海中突然有了一个画面，运动会，女孩儿在广播站念稿子，不经意往下看了一眼，望见了人群中的少年。

然后一眼惊鸿。

好，在这里，我薄皮大馅，向陆少爷诚恳道歉，因为我并没有写成这样，导致一个原本可能是女主暗恋的苦涩故事变成了男追女的爆笑甜文。

看过我一些短篇故事的朋友也许能发现，我的短篇，尤其是第一人称的文，女主在爱情里都有点儿卑微，没什么自信，一个人出演一场暗恋伤痛大戏。其实拼拼凑凑放在一起，就是我本人的故事。

而我的暗恋对象连我喜欢他这件事，可能都不知道。

短篇女主都尝过我的苦了，我不想在一个十几万字的故事里，还花大量笔墨去写爱一个人有多苦。就像我个人简介写的那样，希望大家看见我就会笑，看这本书的体验也是甜甜的，暖暖的。

这本书里，我写了一个和自己完全不一样的女主角。我在书翦身上投注了很多我对女孩子最好的品质的幻想，她几乎没什么缺点。

首先她是个个子不高的小学妹，这点参考了我一个四川室友，读大学时每天早上我俩一起刷牙，望着镜子，看见比我矮一头的她，觉得自己非常伟岸（也没有）。

大概因为自己太高了，我就特别喜欢娇小玲珑的女孩子，可以被人一把抱在怀里的那种。

其次她非常乐于助人，她可以牺牲自己很多的时间来帮别人做事情，这是一向怕麻烦的我这辈子都难以拥有的美好品德。

此外，她最让我羡慕的一点，就是很爱学习。

希望看到这本书的小朋友们都能沾到她的学霸灵气，逢考必过得高分。

因为她太好了，写到陆星江和她的互动，我经常有种嫁女儿的不爽心态。朋友笑称我是陆少爷的后妈，我觉得不太贴切，我应该是岳母。

当然，我们陆少爷也是个很好的男孩子，虽然家世好，但没有什么不良嗜好，为人正直，追个女孩子也不仗势欺人，有点笨拙、费尽气力，给大家制造了不少笑料（此处应有陆少爷的眼刀一枚）。

2018 上半年我在忙着写毕业论文，每天焦头烂额，发了无数条微博说觉得自己要延期毕业了，好在最后还是顺利完成了，毕业答辩还得了“优”。事实证明，给自己反立 flag 还是挺有用的。

下半年我在准备二战考研，每天遨游在高数题海中，被淹得半死不活，希望自己能早日上岸。

这本书诞生在这种风雨飘摇的时刻，以至于战线拉得非常长，连载初期我故事才写到一半，对大家的反馈紧张又期待，好在收到的微博私信都是鼓励和表白，让我在 2019 年重新接着前面往后写的时候，多了几分信心。

前面插科打诨了这么多，最后的最后，让我正经一点点吧。

“月光着陆”是后来在花火 B 版签了这本书后，我和编辑叉妹一起商量着定下来的名字。在这里感谢叉妹给这本相声书起了这么好听又温暖的书名。（叉妹：其实是朵爷！）

在我把这篇稿子交上去之前，它最初被我打下来的名字，叫作：初恋即热恋。

这个名字寄托了我虽然没能实现，但仍旧深藏在心底的，对一段爱情最美好的幻想。

我愿遇见你、爱上你，和你一生相守、直到暮雪白头——

在我的初恋。

薄皮大馅

2019 年春日